FERCHER VON STEINWAND

# DEUTSCHE KLÄNGE AUS ÖSTERREICH

## Der deutsche Geist und seine Mission

Herausgegeben und kommentiert von Imanuel Klotz

FERCHER VON STEINWAND

# DEUTSCHE KLÄNGE AUS ÖSTERREICH

## Der deutsche Geist und seine Mission

ISBN-13: 978-3-940140-05-0

Preis: € 20,-


Sonnenhalde 10, 88633 Heiligenberg
Gass 12, 79875 Dachsberg/Urberg
imanuelklotz@googlemail.com

Satz und Druck: DCS-Verlag GmbH, Überlingen.

# Vorwort

In dem vorliegenden Büchlein wird der Versuch unternommen, 56 Gedichte von Fercher von Steinwand, die er DEUTSCHE KLÄNGE AUS ÖSTERREICH nennt, dem erlebenden Verstehen näher zu bringen. Zuerst soll die Individualität dieses Dichters betrachtet werden, die man sich im Lichte anthroposophischer Erkenntnisse als Repräsentant des deutschen Geistes erschließen kann. Um seine Wort-Schöpfungen erleben zu können, genügt es kaum, sie nur lesen und gleich denken zu wollen. Sie möchten mit einem gewissermaßen tätigen Wollen erfasst werden, das in Bewegung kommt, wenn nicht nur gedacht, sondern ein denkendes Wollen oder wollendes Denken regsam wird. Lautes Sprechen, Abschreiben, oder andere Willensregungen ermöglichen zunächst ein verdichtetes „Verstehen", und eine gewissermaßen sachlich richtig betonte Darbietung eröffnet das eigentliche ästhetische Auffassen. So scheint Fercher von Steinwand von frühester Jugend an seine Gedanken selber vorgetragen zu haben, sodass schon in seiner Kindheit Knechte und Mägde förmlich bezaubert waren, wenn er ihnen abends, nach getaner Arbeit, vorpredigte, was er gelesen hatte. Im Jugendalter nannten ihn seine Klassenkameraden ohne weiteres LEIRER, weil er ihnen – wie jene alten Sänger, die mit der Leier durch die Lande zogen – tiefe Ideen und Gedanken melodisch mitteilte.

Tatsächlich möchte ich in den einleitenden Aufsätzen zeigen, dass in der Individualität Fercher von Steinwands der Geist des uralten Sängers Orpheus vernommen werden kann. Von den Griechen stammt die Sage, Orpheus habe seine Seelen-Braut nicht mit ins konkrete Leben auf der Erde mitnehmen können, sondern er habe sie in der Unterwelt lassen müssen, was uns als die Tragödie von „Orpheus und Eurydike" überliefert wird. In diesem Licht besehen, können wir heute aber in Fercher von Steinwand einen Geist vernehmen, in dem das Tragische verklungen und in ein großes Glück verwandelt worden ist. Man möchte meinen, dieses Glück war so groß, dass der Dichter die Schmerzen und

Drangsale seines Erdenlebens – die ihm reichlich beschieden waren – ertragen konnte und sich noch im höchsten Alter, trotz erheblicher Gebrechen, als ein immerfort sich verjüngender Mensch zeigte.

Imanuel Klotz, Juli 2016

Fercher 43jährig, 22. März 1871

# Inhalt

# Fercher von Steinwand und der deutsche Volksgeist

Fercher von Steinwand bringt den deutschen Geist durch seine Dichtungen zum Ausdruck, wie wenn er ihn durch sich selber sprechen lassen wollte. Zum Beispiel sagt er einmal:

Gesandt bin ich als Rufer dieser Tage,
Dass meines Volks Propheten ich erfülle
Und wie der Flammenruf im Dornenhage,
Mein eifernd Mahnwort heute sich enthülle:

Wie hast du dich, mein Volk, verlassen schnöde!
Wie hast du in Verzweiflung dich vermessen!
Wie machte dich der Zeiten Ungunst blöde!
Wie hast du deinen Wert so ganz vergessen ...[1]

Zu seinen Lebzeiten war es Steinwand noch kaum beschieden, öffentlich verstanden und anerkannt zu werden, noch weniger im zwanzigsten Jahrhundert, in dem er, außer in kleinen anthroposophischen Kreisen und in seiner Heimat, fast vollständig ungehört blieb und zum Schweigen verurteilt war. Aber sein Leben und Wesen harrt einer Erweckung, und es sei jetzt versucht, mit anthroposophisch gereiftem Vermögen, das in der Zwischenzeit, insbesondere an Goethe, gewachsen ist, ihm Gehör zu verschaffen. Knüpfen wir an dem an, was Steinwand selber zuletzt gesagt hat.

Gegen Ende seines Lebens berichtet er – zunächst mit Worten Friedrich Lemmermayers – von der kleinen Dichter-Gesellschaft IDUNA, die sich 1892 gegen den schon damals auf der Lauer liegenden Vernichtungwil-

1 Aus dem Gedicht „Das Christbäumchen des Jahres 1853 an die deutsche Nation". Steinwand's sämtliche Werke in drei Bänden, Theodor Daberkow's Verlag in Wien, 1. Band, S. 239.

len deutschen Geistes formiert: „Iduna – deutsche Göttin der ewigen Jugend! Klangvoll wie der Name soll unsere Gesellschaft werden. Jung soll sie bleiben in ihrem Herzen, in ihrer Begeisterung, in ihren Idealen; deutsch und frei soll sie bleiben in Worten und Taten – unabhängig von der Mode, die den Keim des Moders in sich trägt, unberührt von dem Hader der Parteien; keiner augenblicklichen Richtung soll sie dienen, sondern unmittelbar in den Dienst der Dichtung selbst soll sie sich stellen. Sie soll eine Hüterin sein der wunderbaren Schätze unserer alten Kunst, vornehmlich aber der neuen ihre Teilnahme und Pflege widmen, insofern sie treu ist den ewigen Symbolen der Menschheit. Diese Worte seien unser Feldruf! Jeder der ihm folgen will, sei uns herzlich und freundlich willkommen!“[2] – In diesem Sinn hat Fercher von Steinwand lebenslang geistige Kräfte kultiviert und aufgebaut, die bis heute darauf warten, wirksam werden zu können. So, wie der Sage nach Kaiser Rotbart im Kyffhäuser wartet, neu erstehen und wirksam werden zu können, so überdauert Steinwands lebendiger Führungswille bis heute, um erkannt und wirksam zu werden.

Jeder Schritt, sein Leben betreffend, zeugt vom Erringen der die Widerwärtigkeiten überwindenden Kraft des Geistes. Nur zwei Beispiele: Als er am Tag der Geburt von seiner Patin zur Kirche gebracht wurde, wollte der Pfarrer das unehelich geborene Kind nicht taufen; „da legte die Patin das Neugeborene auf den Opferstein und sagte: ‚Ein´ Heiden trag i net heim!‘ Da hat der Geistliche nachgegeben...“[3] – Als er dann nur im Winter zur Schule gehen kann, weil er als Hirtenbub im Sommer Tiere hüten muss, gilt es, sich den Schulweg im Hochgebirge durch Eis und Schnee zu erkämpfen:

> Ich war noch nicht fünf Jahre alt,
> und Winter war es, bitter kalt.

---

2 Ebd.

3 Friedrich Zauner, „Fercher von Steinwand, ein Fackelträger des Geistes, 1828-1902“, Verlag Carinthia, Klagenfurt 1978, S.16.

Die Mutter führte mich vor die Tür:
„Ach dass du lebst, wer kann dafür?“ –
Lawinen schliefen den Weg entlang;
Als ich ging, o wie das knirrt´ und klang!
Jetzt erwirb oder verdirb,
Weine, stirb![4]

Äußerlich wird nun sein Leben durch viele Demütigungen geprüft, sein Geist hingegen triumphiert und erringt wie mit einer engelsstarken Seele Sieg um Sieg.

## Von der Überwindung der verhängnisvollen Leiden der Jugend

„Die zweite Hälfte des Namens Johann Fercher von Steinwand ist meiner Heimats- und Geburtsstätte entnommen. Ich begann mein Leben am 22. März 1828 auf den Höhen der Steinwand über den Ufern der Möll in Kärnten, also in der Mitte einer trotzigen Gemeinde von hochhäuptigen Bergen, unter deren gebieterischer Größe der belastete Mensch beständig zu verarmen scheint. Eine strenge Mutter, nicht ohne Heftigkeit, ein Vater, entschiedenen Herzens, doch geizig an Worten, schickten mich bereits im fünften Jahre in die entlegene Schule und zur – Beichte.“[5] Mit diesen Worten beginnt Fercher einen knappen autobiographischen Abriss, in dem er die Leiden und Nöte, denen er allenthalben ausgesetzt war, gar nicht hervorhebt, am Schluss aber die allerdings sehr erstaunlichen Worte sagt, dass nicht äußere Armut und auch nicht ein ungerechtes Behandelt-Werden verhängnisvoll waren, was er freilich ausgiebig zu spüren bekam, er sagt vielmehr: „Die Nötigung des Tages, der Unstern der Krankheit und das schlaflose Bedürfnis des Lernens“ waren „herbe Schutzengel“, die ihn an den verhängnisvollen *Leiden der Jugend* vorüber führten. Das Verhängnis der Jugend

4 Ebd.
5 Ebd.

ist die geistige Leere der Zeit, die Steinwand umschiffte. „Allenthalben habe ich mir zur Aufgabe gemacht, zu *reifen*, das ist ein Mensch zu sein oder zu werden, was aber Leute von Einsicht und Erfahrung als eine übermenschliche Aufgabe erklären oder als die Unfügsamkeit eines überspannten Kopfes."

Was Steinwand die „verhängnisvollen Leiden der Jugend" nennt, kann man sich am Leben Goethes klarmachen. In den tiefen Gründen der Jugendseele entsteht – an sich völlig unbewusst – ein Mensch im Menschen, den wir aber nicht kennen, weil er in den neuzeitlichen Lebensverhältnissen fast von Anfang an dem herben Schicksal ausgesetzt ist, sang- und klanglos verborgen zu bleiben. Warum und wie Goethe dies erfährt, aber durch seine Initiation überwindet, steht in „Dichtung und Wahrheit". Es kann verstanden werden als das Mysterium des Menschen im Menschen, in das man gewissermaßen eingeweiht werden könnte. Fercher hat auf Grund seiner Individualität dieses Mysterium durchlebt und im Licht jener „herben Schutzengel" erfahren. Wir werden zeigen, dass er in seiner Gedichtsammlung „Deutsche Klänge aus Österreich" gerade auf dieses Mysterium des Menschseins eingeht. Steht ihm das nicht wie im Gesicht geschrieben? Als ein weitbekannter Physiognom Ferchers Portrait analysierte, soll er gesagt haben: „Bei diesem Gesicht sind zwei Dinge möglich; entweder existiert es oder es ist bloß Phantasie des Künstlers. Das erstere sei kaum wahrscheinlich, das letztere stemple den Zeichner zum Genie und zeuge von einer großartigen schöpferischen Kraft im Charakterisieren. Wenn aber das Gesicht wirklich existiere, so sei, was die Erhabenheit und ideale Tiefe im Ausdruck anbelangt, seit Schiller unter den berühmten Männern schwerlich eine ähnliche Physiognomie dagewesen; was aber an Charakteristik der Leidenschaften und an leidender Schwermut in diesem Gesicht sei, das grenze an das Unglaubliche und Wunderbare. Der Träger dieses Gesichts müsste der tiefste Gedankenmensch sein."

Fercher 43jährig, 22. März 1871

Fercher 72 jährig, 1900

Von Jugend an hat Fercher seine Umgebung mit spiritueller Gedankenstärke überrascht. Zum Beispiel hatte er als Gymnasiast die Burschenschaft „Teurnia“ mit einem geistigen Impuls ausgestattet, an dem sich seine Freunde herzlichst erbauten. Davon legen u.a. seine Jugenddramen „Drahomira“ und das nur sporadisch erhaltene Stück „Tyrannensturz“ beredt Zeugnis ab. Die damaligen Behörden oder Staatsdiener aber dürften in Fercher einen Erneuerer der Kultur vermutet haben, den sie nicht wollten und vielleicht als gefährlich einschätzten. Sein Kommilitone, Jugendfreund und Lebensgefährte Egger von Möllwald berichtet: „Die Polizei mochte bemerkt haben, welchen Einfluss unser Präses (Fercher) auf alle Mitglieder der Burschenschaft ausübte. Bei manchem steigerte sich die Zuneigung geradezu zur Schwärmerei. Sein Wort war entscheidend in allen kleinen Angelegenheiten der studentischen Jugend. Dadurch brachte er einen idealistischen Zug in unser Treiben; rohe Ausschreitungen kamen überhaupt nicht vor. Trotz alledem scheint die Polizei in Fercher einen angehenden Demagogen gesehen zu haben, den man bei nächster Gelegenheit unschädlich machen müsse. So hatte sich ein Gewitter zusammengezogen, das sich am 12.

April 1849 über dem Haupt des Ahnungslosen entlud. An diesem Tage wurde Fercher vor die Assentkommission gestellt und sollte ins Militär eingereiht werden."[6] Freunde konnten dieses Schicksal von ihm abwenden, das ihn sonst zweifellos äußerlich erledigt hätte. Vorübergehend musste er im Militärhospital verweilen. Als ihm seine treuen Freunde von den Bedrohungen schrieben, denen auch sie ausgesetzt waren, antwortete er: „Dass ihr von allen Seiten angefochten wurdet, darf euch nicht wundern, denn es ist das Gesetz der Weltgeschichte, dass jede neu auftauchende Kraft mit den zermorschten Scherben der alten untergehenden Gewalten beworfen werde. Das Edle dringt aber endlich durch und der Geist strahlt als Sieger".[7] Sollten wir uns heute, 167 Jahre später, nicht auch von dieser Ermahnung angesprochen fühlen?

## VITA NUOVA: Einweihung in ein NEUES LEBEN

Steinwand musste nun Kärnten verlassen und geht zunächst nach Graz. „Mit meinen Wertpapieren, die natürlich nichts als Schulzeugnisse vorstellten, knapp an der Brust, meldete ich mich in Graz beim Dekan. Das war der Professor Erdlauer, ein Kriminalist von bedeutendem Ruf. Er hoffte mich zu sehen (sprach er) als fleißigen Zuhörer in seinem Kollegium, er werde über Naturrecht lesen. Hinter dem Vorhang dieser harmlosen Ankündigung führte er uns das ganze Semester hindurch in begeisternden Vorträgen die deutschen Philosophen vor, die unter der väterlichen Obsorge unserer geistigen Vormünder wohlmeinend durch Verbote ferngehalten worden waren: Fichte, Schelling, Hegel und so weiter, also Helden, das heißt Begründer und Befruchter alles reinen Denkgebietes, Sprachgeber und Begriffsschöpfer für jede andere Wissenschaft, mithin erlauchte Namen, die heute von jeder Gassenecke leuchten und sich dort in ihrer eigentümlichen diamantenen

6 Im Brief Fercher von Steinwands an seinen Freund Alois Egger, Theodor Daberkow's Verlag in Wien, S. 132f., neu aufgelegt im Verlag der Kooperative Dürnau, 2004.
7 Ebd.

Klarheit fast wunderlich ausnehmen. Dieses Semester war meine vita nuova"[8] – so, wie Dante in seiner göttlichen Komödie die vollkommene Erneuerung seines Lebens eine „vita nuova" nennt, erlebt Fercher von Steinwand durch jene drei Denker ein neues Leben. Wer sind diese drei Denker?

Rudolf Steiner, der sowohl über die Schärfe des begrifflichen Denkens als auch über ein neues, hochentwickeltes Hellsehen verfügt, findet in den Werken dieser drei Denker eine Geheimlehre. Sie tritt nur „in einer begrifflichen Art, in einer philosophischen Art vor uns hin. Es ist alles das, was sich in der neueren Zeit anknüpft an die drei Namen Fichte, Schelling, Hegel. In Bezug auf das Geheimlehrenartige lassen sich schon die Lehren dieser drei Menschen ein wenig vergleichen mit anderen ‚Geheimlehren' der Menschheit. Denn obwohl man schließlich die Lehren von Fichte, Schelling und Hegel haben kann, so wird doch niemand leugnen, dass sie im weitesten Umfang des Wortes richtige Geheimlehren geblieben sind. Sie sind wahrhaftig Geheimlehren geblieben. Es gibt wenig Menschen, die sich zu diesen Dingen, welche diese drei Leute geschrieben haben, auch nur irgendwie verhalten wollen. Aus einer gewissen Curtoisie heraus redet man heute in gewissen philosophischen Kreisen wieder von Hegel, und es wird einem entgegengehalten ... dass es doch Leute gibt, die sich mit Hegel beschäftigen. Wenn man dann allerdings nimmt, was diese Leute hervorbringen und was sie beitragen für das Verständnis Hegels, dann kommt man erst recht zu der Anschauung, dass für diese Leute Hegel eine richtige Geheimlehre geblieben ist."[9] Das gleiche gilt von Fichte und Schelling. Wer aber, wie Fercher von Steinwand, in diesen Denkern *„Begründer und Befruchter alles reinen Denkgebietes, Sprachgeber und Begriffsschöpfer für jede andere Wissenschaft"* erkennt, noch dazu als Einundzwanzigjähriger, dringt sozusagen auf Anhieb in die Mysterien dieser drei Denker vor und kann im Aufleben des Geistes, den er selber mitbringt, eine vita nuova erleben.

---

8 Zitiert nach: Zauner, a. a. O., S. 25.

9 Rudolf Steiner, „Das Markus-Evangelium", Vortrag v. 19. 11. 1912, GA 139, S.94.

Fercher verließ zunächst Graz, wo er noch einige letzte Schulprüfungen ablegte und ging nach Wien, in welchem Umkreis er sein weiteres Leben verbringen sollte. Er ergreift jetzt das Dichtertum in einer gedankengetragenen Bildhaftigkeit, die er weiterhin der begrifflichen Form vorzieht. Er durchschaut nun aber die Leere der Universitätsbetriebe. Am 12. Februar 1851 schreibt er: „Das Haarsträubendste dabei ist, dass mir die Dramatik so zur Notwendigkeit geworden, dass ich zu gar keinem Stand mehr Freude habe, und der Professor macht mir so viel Ekel als der Militär."[10] So wie Goethe nach seiner Erweckung, die ihm im Verlauf seiner Jugendkrankheit widerfahren ist, die Intelligenz der Professorenschaft als „Insuffizienz der Gelehrsamkeit" ansehen musste, ebenso erregt sie in Steinwands Seele „Ekel". In Wien spielt dazu noch die politische Situation eine Rolle. „Denn Acht und Aberacht einer fluchwürdigen Erinnerung hatte die berühmte Aula mit dem Entsetzen der Geisterflucht erfüllt. Daher ihre Verödung. Nur die erhabenste Wissenschaft der Sternkunde, behielt und bewahrte ihre alte Turmherberge, wie vergessen im Wirbel der ungestümen und feindseligen Tage. Um mich von dem unruhigen Missbehagen zu befreien, das mir mein geringer Einblick in den unermesslichen, ideenbevölkerten Lichtstaat (des Sternhimmels) einflößte, besuchte ich drei Jahre hindurch die Schule der Sterne. Das war für Gemüt und Geist eine Aufrichtung, ein immer wieder zu Herzen sprechender Trost. Denn der geistige Gesichtskreis wurde dunkler und dumpfer unter dem starren Regierungsverstand des unheimlichen Grafen Thun. Mitten unter den Gespenstern des allgefürchteten Rückschritts bereitete ich mich auf eine Professur vor. Allein mit dem Waltenden und Allgewaltigen (Gott) über uns ist nicht gerechnet worden und wird niemals zu rechnen sein. Gewöhnlich wollen seine Anordnungen etwas Anderes, als wir wollen. Was das betrifft, ist der Mensch gewiss nicht der Schmied seines Glückes; er ist einfach ein Geschöpf, das nicht klug ist, wenn es jammert, und närrisch ist, wenn es hadert. Ein erschütterndes Nervenfieber setzte mich für

10 Brief vom 12. Februar 1851 an Egger. Zitiert nach Zauner, a. a. O., S. 26.

geraume Zeit an den Rand des Grabes." Mit dieser Erkrankung aber dringt die vita nuova – das *neue Leben* als eine Initiation nun auch in den ganzen Körper. Obwohl er nie wieder ganz gesund wurde, ist er dennoch nach Leib, Seele und Geist von den verjüngenden Kräften ergriffen worden, so dass er trotz vielen Gebrechen noch im hohen Alter mit ungebrochener jugendlicher Frische erschien und als alter Mann im Kreis der Studenten wie der Allerjüngste gewirkt hat. In bezug auf die unmittelbare Krankheitsbewältigung schildert er: „Für eine langsame, niemals vollkommene Genesung wurde der Landaufenthalt geboten und Perchtholdsdorf, nicht weit von Wien, erkoren."
„Im vierundfünfziger Jahre (26. Lebensjahr) suchte ich auf den Schultern des „Wanderer" mit einigen Gedichten die laute Welt zu erobern. Diese Gedichte stachelten ein paar gallichte (neidische) Federn zur krampfhaften Rührigkeit auf. Natürlich, es galt ein auftauchendes Leben niederzustampfen. „Der Eisenbahnzug" und die Ballade „Vor Zeiten" (die damals mit der Aufschrift „Grabbe" sich nennbar machte), sind dieser Sammlung zugesellt der Erinnerung willen. Zu meinen verehrtesten Gönnern gehörte gleichzeitig Ludwig August Frankl. Häufig und warm gedenke ich dieses Dichters und hebe in ihm insonderheit den Menschen hervor, einen Mann, allbekannt durch seine liebenswürdige, stete Hilfsbereitschaft, die er mit einem seltenen Starkmuth rühmlich aufrechterhielt bis an sein spätes Ende."
Er schildert dann die abstoßenden politischen Verhältnisse, die leider vielen seiner jugendlichen Zeitgenossen das Leben kosteten. „Durch eine gemütliche Veranlassung kam ich auch mit Constant von Wurzbach in Beziehung, gab sie aber nach einiger Zeit wieder auf. Mein Verhalten in dieser Angelegenheit ist von niemanden glücklich gedeutet worden. Wurzbach war einmal Soldat gewesen. Für seine Sprechweise hatt´ ich kein passendes Ohr und der Umschwung seiner Laune war nur für einen galanten Gesellschafter fassbar. Ich jedoch war damals noch nicht imstande, das durch Bedacht zu ersetzen, was mir von Natur aus gebrach. Inzwischen rückte mich Wurzbach beim Ministerium Bach, dem er literarische Berichte zu erstatten hatte, in keine allzu empfeh-

lende Beleuchtung. Das musste meiner Jugend bedrohlich erscheinen. Weshalb? Das geb´ ich gleich zu errathen. Bach war damals ein mächtiger Stein im Gebäude Österreichs, ein scharfer Jurist, allein leider nur ausgestattet mit dem schmalen Kanzleiblick eines Beamten, ohne den Instinct, ohne die Fernschau eines Staatsmannes – zum unverscheuchbaren Unglück unseres Vaterlandes. Aus Mangel an Fähigkeiten wurden wir geschlagen am Ministertisch und auf dem Schlachtfelde. Die höchstgescheiten Leute, die den Staat gewissermaßen als ihr persönliches Gut und Eigentum betrachten, konnten sich nicht genug beeilen, die verwünschte studierende Jugend auf die ungarischen und lombardischen Ebenen zu schicken, um sie dort dem Fieber und den Bajonetten zur Weiterbesorgung zu übergeben. Begreiflicherweise erfolgte, was man hätte voraussehen können. Der Nachwuchs an regsamer, geprüfter Intelligenz war ein kümmerlicher. Der leitende Adel des Geistes ward vor den Augen der Gemeinheit seines sittlichen Ranges entkleidet, seiner schöpferischen Bestimmung entrissen und sichtlich der Erniedrigung aufgeopfert – für lange Zeit, wahrscheinlich für unsre ganze Folgegeschichte. Untrennbar sind die beiden Begriffe von Reaction und Racheaction. Auf dem ganzen Festland machten sich die Regierungen kaum anders fühlbar, als durch den hässlichen Schwarm der Jagd- und Spürhunde – bei Tag und in jeder Stunde der Nacht. Das ist nicht nur die verfehlteste, es ist die sündigste Politik. Sie schlafen nicht, die beleidigten Geister des zerrütteten persönlichen Fortbestehens, sie schlafen nicht, die gefesselten Stürme der blutenden Gemütsmächte! – Siehe da! Die Schamlosigkeit wurde verkehrsfähig, die Bescheidenheit in die Schranken der Dummheit verwiesen. Die wahnwitzige Tochter des alten, lernäischen Drachen, die gehässige Lügenhaftigkeit der Parteien, ihre Verleumdungswuth schoss aus den Sümpfen der Gesellschaft jugendlich-üppig empor, scharlachrot modernisiert. Der untergeordnete Sinn ohne Glauben und Liebe schwang sich auf die Oberfläche, der dürftigste Rest des menschlichen Begreifens schob sich grinsend in den Vordergrund und das rohe, niemals gesättigte Heischen und Ertrotzen zwang den Jahrzehnten einen gemüthlosen, denkfeindlichen Charakter auf. Das aber bringt die Zeit und ihr Wesen mit sich, dass sie die Wesenheit ihrer eigensten Söhne, der sinnigsten und empfindungsmächtigsten, am klarsten wiederspiegelt, beleuchtet und erläutert und dasselbe umgekehrt. – Im allgemeinen bin ich heute der Überzeugung, dass Wurzbach im innersten Kerne gutmüthig und dem jungen Zünftling des Schriftstellertums vielleicht sogar herzlich gewogen war ... Noch vor dieser Zeit (1867) kam „Dankmar“ zur Ausgabe, eine Tragödie. Eben hatte unser Reichstag einen Preis ausgesetzt für eine gute Dichtung. Der „Dankmar“ ging auf Werbung und führte die Braut nach Hause in Gestalt von sechshundert Gulden. Im Jahre 1876 wagte sich die „Gräfin Seelenbrand“ (ein Lied-Epos) ins Publikum. Der sich dabei als der wohlwollendste Freund und gefälligste Mann enthüllte, war Robert Hamerling, zu dem ich mich innigst gefunden hatte im frischen Austausch der Gedanken durch schnelles, erquickliches *Verstehen*. – Das erste achtziger Jahr (1881) war das Erscheinungsjahr der „Deutschen Klänge“. So nannte sich eine Sammlung von Gedichten, die in der Öffentlichkeit fast klanglos bleiben musste. Das war verschuldet durch Ungeschick, durch lauen Willen und durch die unseligen Verzögerungen von Seiten des Geschäftes und der Vertrauenspersonen.“

Die Entstehung der „Deutschen Klänge aus Österreich“ fällt in die Jahre zwischen 1851 und 1881 – 23. bis 53. Lebensjahr. Es gibt jedoch viele andere Dichtungen aus diesen Jahren, die Steinwand nicht in die „Deutschen Klänge aus Österreich“ aufgenommen hat, weil diese Sammlung in sich geschlossen ist und eine Ganzheit darstellt. Andere Gedichte, die auch aus dieser Zeit stammen, sind in „Deutsche Klänge aus Österreich, II. Teil“, „Johannisfeuer“ und anderen Sammlungen untergebracht.

Am Anfang des letzten Jahrhunderts ist Rudolf Steiner andeutend auf Steinwand eingegangen. In seinem Buch „Vom Menschenrätsel“ hat er ihn in Anknüpfung an die Philosophen des Deutschen Idealismus dargestellt und ist in einigen Vorträgen ein klein wenig auf ihn eingegangen, hat aber für viele seiner Dichtungen Eurythmie-Formen gegeben. Zweifellos hat Steiner gesehen, dass dieser Geist erst nach der historischen Selbstmord-Katastrophe Deutschlands zu neuem Leben er-

weckt werden konnte. Im Jahre 1978 haben dann der auch aus Kärnten stammende Friedrich Zauner und der Holländer Heten Wilkens wieder auf ihn aufmerksam gemacht. Ersterer schreibt das Buch „Fercher von Steinwand ein Fackelträger des Geistes", in dem kostbare Erkenntnisse publiziert und seine Biographie skizziert werden; für eine vollständige Biographie Steinwands sei die Zeit jedoch noch nicht gekommen. Für Zauner war es noch nicht möglich, den Bezug Steinwands zu den Denkern des deutschen Idealismus darzustellen. Vielmehr weicht Zauner dieser Herausforderung aus, indem er Steinwands Bezug zu Dante hervorhebt, was nun allerdings auch außerordentlich wichtig ist.
Heten Wilkens hat in der Zeitschrift „Die Drei" von einem Attentat berichtet, das auf Rudolf Steiner ausgeübt wurde, wobei er den Namen Steinwands gleich einem rettenden Schutzgeist nennt: „Am 15. Mai 1922 wurde in München – während eines Vortrags – von Nationalsozialisten ein Attentatsversuch auf Rudolf Steiner unternommen. Der Angegriffene konnte durch einen dunklen Gang auf eine rückwärtige Seitenstraße hinausgeleitet werden. Auf diesem Wege sprach Rudolf Steiner völlig ruhig einige Sätze über *Fercher von Steinwand*. Die Begleiter hatten zu diesem Namen keinen Zugang. Einer der hinausgeleitenden jüngeren Mitglieder der anthroposophischen Gesellschaft erinnerte sich der Wendung: „Fercher, dieser Lenker der weißen Loge der Deutschen ..." Auch Andreas Bracher hat in „Der Europäer" (6, 2002) auf Steinwand und auf die Verhinderung des Attentates hingewiesen. Hier darf ich vielleicht die persönliche Bemerkung einfügen, dass mir diese Hinweise seit über 40 Jahren bekannt sind, ich mich jedoch erst jetzt, nachdem ich „Goethes Leben im Rhythmus von sieben Jahren"[11] dargestellt habe, in der Lage sehe, Steinwands Wesen und sein Verhältnis zu dem Deutschen Geist ins Auge zu fassen.

---

11 Imanuel Klotz, „Goethes Leben im Rhythmus von sieben Jahren", August von Goethe Literaturverlag, Frankfurt 2014.

## Fercher von Steinwand und der deutsche Volksgeist

Richten wir nun unseren Blick auf den Begriff „Volksgeist". Volksgeister sind höhere Wesen, die zu denjenigen gehören, die in der Bibel Engel genannt werden. Es gibt drei Hierarchien mit jeweils drei Stufen. Die griechischen Namen der untersten oder dritten Hierarchie sind Angeloi, Archangeloi, Archai; die der zweiten Hierarchie Exusiai, Dynamis, Kyriotetes und die der dritten Hierarchie Throne, Cherubim und Seraphim. In anderen Kulturen kannte man solche Wesen als Götter, wusste auch von Halbgöttern oder Heroen bzw. Heroinnen und hat niedere und höhere Wesen unterschieden. Es sind „Geister" mit einem rein geistigen Leben, die aber auch in der Gestalt des Menschen ein irdisches Dasein auf der Erde durchmachen können, das durch die Geburt begonnen und durch den Tod beendet wird. Die Inder nennen hohe, in Menschengestalt wandelnde Wesen Avatara. Aber alle diese geistigen Wesen entwickeln sich im Verlauf der Evolution. Für die Frage nach den Volksgeistern genügt es zunächst, Engel, Erzengel und Urkräfte oder Archai ins Auge zu fassen.

Als Engel oder Angeloi werden Geister bezeichnet, die jeweils mit einem einzelnen Menschen zu tun haben. Im Volksmund spricht man auch vom Schutzengel. Deren Wirken erstreckt sich über das Leben einzelner Menschen und auch über deren Wiedergeburt. Die nächsthöhere Kategorie sind Erzengel oder Achangeloi. Sie haben mit der Beschaffenheit eines ganzen Volkes zu tun, seiner Sprache und seiner Mission und werden darum auch als Volksgeister bezeichnet. Dann folgt die noch höhere Kategorie der Archai oder Urkräfte, die nicht nur einzelne Völker, sondern die ganze Menschheit im Strom der Zeit lenken und bestimmen. Sie werden darum auch Zeitgeister genannt.

| | |
|---|---|
| Engel / Angeloi | Lenker einzelner Menschen. |
| Erzengel / Achangeloi | Lenker ganzer Völker. |
| Urkräfte / Archai | Lenker der Ströme der Zeit. |

Auch unter diesen Wesen gibt es, wie gesagt, Entwicklung. So kann ein Engel so weit kommen, dass er zur nächsthöheren Kategorie aufsteigt und nicht mehr nur einen Menschen, sondern ein Volk lenkt und leitet; er steigt vom Engel zu einem Erzengel auf und wird als Volksgeist wirksam. Ebenso entwickeln sich auch die Erzengel. Sie können von Volksgeistern zu Zeitgeistern aufsteigen. Wenn ein Volksgeist zu einem Zeitgeist aufsteigt, wird auf der Ebene der Erzengel ein Platz frei, der durch einen anderen Geist, der vom Engel zum Erzengel aufsteigt, ausgefüllt werden muss. Solche Wandlungen spielen sich gegenwärtig in dem Bereich ab, in dem der deutsche Volksgeist waltet.
Heyer führt die anthroposophischen Erkenntnisse an, die bei aller Bestimmtheit zunächst doch nur als Fragen aufgefasst werden sollten. Es gibt Erkenntnisse, aus denen aber – wie er sagt – unzweifelhaft hervorgeht, dass der Engel, der als Erzengel Michael bekannt ist, von dem ja auch in der Kunst und den biblischen Schriften vieles gesagt wird, früher „einmal deutscher Volksgeist gewesen ist, dass er es nicht mehr ist und dass es statt seiner jetzt einen anderen deutschen Volksgeist gibt.“[12] Heyer führt das in vorsichtigen aber deutlichen Formulierungen an. Wann Michael als deutscher Volksgeist begonnen hat, lässt er dahingestellt, aber aufgehört hat er im zweiten Drittel des 19. Jahrhunderts und zwar im Jahre 1879. Zu diesem Zeitpunkt ist der als Michael bekannte Erzengel aus der Reihe der Volksgeister zu der höheren Kategorie der Zeitgeister aufgestiegen. Wir haben uns also vorzustellen, dass in den vorangegangenen Jahrhunderten der Erzengel Michael als Volksgeist das deutsche Volk geführt hat, nun aber zum Zeitgeist erhöht wird und damit die Notwendigkeit hervorruft, dass auch ein Engel eine Erhöhung zu einem Volksgeist erfährt; denn der frei gewordene Platz eines Volksgeistes muss ausgefüllt werden. So jedenfalls formuliert Steiner, den Heyer zitiert: „Wenn eine Erhöhung des Michael stattgefunden hat, wenn er zum leitenden Geist der abendländischen Kultur geworden ist, wer tritt an seine Stelle? Der Platz muß ausgefüllt wer-

12 Karl Heyer, „Wer ist der deutsche Volksgeist?“ Perseus Verlag, Basel 1990, S. 174.

den. Jede Seele muss sich sagen, also muss auch ein Engel eine Erhöhung, ein Aufrücken erfahren haben, muss eintreten in die Reihe der Archangeloi. Wer ist das?[13]

Heyer lenkt unseren Blick auf Rudolf Steiners in Stuttgart gehaltenen Vortrag vom 20. Mai 1913, der unter dem Titel „Der Michael-Impuls und das Mysterium von Golgatha" veröffentlicht wurde. Er führt an, Rudolf Steiner beantworte diese Frage „zwar nicht mit dürren Worten. Was aber ... gesagt wird, kann nicht anders als so verstanden werden, dass er auf den *Engel des Buddha*, d.h. mit dem Buddha verbundenen Engelwesen hinweist als einem Engel, der in die Hierarchie der Erzengel aufsteigt (nachdem er gleichsam dadurch „frei" geworden ist, dass der Buddha, wie bekannt, durch keine weiteren Inkarnationen mehr geht). Der Engel des Buddha, das ist der eindeutige Sinn, füllt nun in der Hierarchie der Erzengel den Platz aus, den vorher Michael innegehabt hatte. In diesem Sinne können wir sagen, ist der Buddha-Engel der Nachfolger Michaels in der Erzengelhierarchie geworden."

Heyer fährt fort: „Von einer Funktion früher Michaels und nun des Buddha-Engels *als deutscher Volksgeist* ist aber, wie betont werden muß, hier (bei Steiner) mit keinem Wort, auch nicht andeutend, die Rede. Wir können daher zunächst nur die *Frage* aufwerfen: ist der Buddha-Engel, indem er Erzengel wird, auch in das frühere „Amt" Michaels als deutscher Volksgeist eingetreten? Diese Frage findet man, soviel bekannt, nirgends von Rudolf Steiner ausdrücklich beantwortet. Aber eben aus stärksten inneren Gründen kann man zu der Überzeugung kommen, dass diese Frage zu bejahen und daß also in der Tat der zum Erzengel- (das heißt zum Volksgeist-) Rang aufgestiegene Buddha-Engel an die Stelle Michaels auch als Volksgeist der Deutschen getreten ist."[14]

Es ist eine bestimmte Eigenschaft, die Rudolf Steiner in dem deutschen Volksgeist erkennt. Es handelt sich um ein gewisses Auf- und Absteigen von der Erdenwelt zur geistigen Welt und wieder zurück, was der Volksgeist der Deutschen leisten würde. Steiner formuliert: „Und nun

13 Ebd., S. 175.
14 Ebd., S. 176.

denken sie sich das Wesen des deutschen Volksgeistes sei so, dass dieser Volksgeist fortwährend den Weg hinunter zum Volk und wieder hinauf in die höhere Welt durchmacht. Warum tut er das gerade bei einem Volkstum? Aus dem Grunde, weil dadurch gerade innerhalb dieser Volkswesenheit die Kräfte hervorgerufen werden sollen, welche in die Geisteswissenschaft im eminentesten Sinne hineinführen. Wenn der Volksgeist hinuntersteigt, dann wird durch den Volksgeist in der physischen Welt ein strammer Volkscharakter bewirkt. Wenn er wieder zurückgeht, der Volksgeist, und den Nationalcharakter fluktuierend lässt, dann wird das Volk immer wieder und wieder jenes Auf- und Abfluten des Volksgeistes mitmachen müssen ...“[15] In der Zeit Goethes und Fichtes war der deutsche Volksgeist auf der Erde, hatte seine Zelte in der deutschen Kultur aufgeschlagen und ist dann ungefähr ab der Mitte des 19. Jahrhunderts wieder im Aufsteigen begriffen. Steiner fährt fort, „dass die ganze Literaturgeschichte der letzten Jahrzehnte umgeschrieben werden muss, weil gewisse geistige Persönlichkeiten heute vergessen sind, die viel größere Bedeutung besitzen als solche, von denen man etwas weiß. Das ist in der Zeit, in der der Volksgeist wieder hinaufgegangen ist.“[16]

In dieser Zeit spielt sich Fercher von Steinwands Leben ab. Steiners Hinweis passt auf ihn, der 1828 geboren und 1902 gestorben ist, völlig unbekannt war, aber ein einzigartig konkretes Verhältnis zu dem deutschen Volksgeist aufweist, das er erlebt, dichterisch ausspricht und noch dazu so andeutet, als ob Steinwands Individualität selber eine Art Verkörperung des deutschen Volksgeistes sei.

15 Rudolf Steiner, „Der Michael-Impuls und das Mysterium von Golgatha“, Vortrag vom 18. und 20. Mai 1913, GA 150.

16 Ebd.

## Die Entwicklung des Denkens als Aufgabe des Engels des Buddha

Man kann den Buddhismus so verstehen, dass es in den verschiedenen Kulturepochen einen Führer der Menschheit gibt, der da zu einem Buddha aufsteigt. Wer so denkt, muss auch nach dem Buddha der fünften Kulturepoche fragen. Rudolf Steiner hat diese Frage nicht gestellt. Es soll aber gezeigt werden, dass man sie stellen kann und dass sich Fercher von Steinwand als der Engel des Buddha und – so unglaublich das auch erscheinen mag – als dieser Buddha entpuppt.

Der Gautama Buddha ist ja der Buddha der vierten Kulturepoche, der im 5./6. Jahrhundert vor unserer Zeitrechnung gelebt hat. Als er neunundzwanzig Jahre alt war, „da zuckte hinein in den Sohn des Suddhodana ... die Individualität des Bodhisattva, die vorher noch nicht vollständig von dem physischen Leib Besitz ergriffen hatte, und er erlebte jetzt die große Menschheitslehre vom Mitleid und von der Liebe.[17] – Für diese Aufgabe hatte sich der Buddha gerade in einem indischen Leib inkarniert, weil die indische Leiblichkeit plastischer geblieben und daher geeigneter für diese Erkundung war. Außer der Entwicklung von Mitleid und Liebe wurde nun auch die Entwicklung des Denkens veranlagt, das erst in unserer heutigen Kulturepoche möglich ist. Mit dieser Entwicklung ist der Engel des Buddha verknüpft. Steiner sagt das zwar nicht, jedoch charakterisiert er die Aufgabe mit den Worten: „in reinen Formen des Denkens zu denken, in auskristallisierten Gedanken Gedankenplastik zu treiben, einen Gedanken als reinen Gedanken zu dem andern zu setzen. Diese Fähigkeit lag nicht in der Buddha-Mission, ... musste aber damals schon veranlagt sein als Keim zu dem, was heute in der fünften Kulturepoche als Bewusstseinsseele aufgeht. Das war nur durch eines möglich. Um die Empfindungsseele anzuregen, ihr sozusagen das Denkerische einzuimpfen, musste wirklich diese Individualität damals auf eine ganz besondere Weise wirken: Sie musste unterrichten nicht in Begriffen, sondern durch Musik! Die Musik gibt Kräfte her, welche in der Empfin-

17 Rudolf Steiner, „Der Christusimpuls und die Entwicklung des Ich-Bewusstseins", GA 116, 1. Vortrag, Rudolf Steiner Nachlassverwaltung 1909, S. 22f.

dungsseele dasjenige auslösen, was, wenn es ins Bewusstsein hinaufsteigt und von der Bewusstseinsseele verarbeitet wird, zum logischen Denken wird. Da ging eine bezaubernde Musik durch die ganzen europäischen Gegenden und das Gemüt jener Völker wartete in aller Stille ab, wozu sie in späteren Zeiten bestimmt waren."[18] Auf diese Musik deutet die Leier, die wir u.a. aus Irland und Norwegen von Kelten und Germanen kennen. Aus Norwegen ist noch das Lied von Olaf Ästeson und aus Finnland das Kalevala mit dem Sänger Väinämöinen bekannt. Von dem Begründer dieser musikalischen Tradition sagt Rudolf Steiner: „Es war ein uralter Lehrer innerhalb der europäischen Kulturgegenden – ein uralter Lehrer, der in diesem Sinne uralter Barde war, der Anführer aller alten Bardenschaft. Er lehrte auf dem physischen Plan durch Musik, und er lehrte so, dass durch seine Wirkungen sich der Empfindungsseele etwas mitteilte, wie wenn eine Sonne aufging und leuchtete. Was sich über diesen großen Lehrer in der äußeren Tradition erhalten hat, das haben später die Griechen, die noch vom Westen her von ihm beeinflusst waren, wie sie in anderer Weise vom Osten beeinflusst waren, zusammengefasst in ihren Anschauungen über den Apollo, der ein Sonnengott ist und zu gleicher Zeit der Gott der Musik. Diese Gestalt des Apollo führte aber zurück auf diesen großen Lehrer der Vorzeit, der in die menschliche Seele die Fähigkeit gelegt hat, welche heute als logisches Denken hervortritt.

Und ein Schüler dieses großen Lehrers der Menschheit ist ebenfalls von den Griechen genannt; ein Schüler, der allerdings auf eine ganz eigentümliche Weise Schüler wurde. Wie konnte jemand Schüler dieser Wesenheit werden? – Auf folgende Art:

18 Ebd., S. 26.

Apollon mit Lyra und Schildkrötenpanzer Delphi um 460 v. Chr.

Diese Wesenheit war natürlich in jenen Zeiten, in denen sie auf die geschilderte Art wirken sollte, auch so, dass sie nicht aufging in der physischen Organisation des Menschen, dass sie mehr war als das, was als physischer Mensch auf der Erde herumging. Ein Mensch mit einer gewöhnlichen Empfindungsseele hätte die musikalischen Wirkungen zwar aufnehmen können, sie aber nicht erregen können. Eine höhere Individualität war heruntergestiegen und wie der Schein war das, was da außen lebte.

Aber in der vierten nachatlantischen Kulturperiode, im griechisch-lateinischen Zeitalter war es notwendig, dass diese Individualität nun wieder herunterstieg, sozusagen bis zur Menschlichkeitsstufe, und alle die Fähigkeiten, die im Menschen sind, benutzte. Aber obwohl sie alle Fähigkeiten benutzte, konnte sie doch nicht ganz heruntersteigen. Denn um das zu bewirken, was ich eben geschildert habe, um diese Wirkung über Kreuz zusammenzubringen, brauchte sie Fähigkeiten, die hinausgingen über das Maß dessen, was eine menschliche Organisation im vierten nachatlantischen Zeitraum hatte. In den musikalischen Wirkungen lag ja schon alles drinnen, was in der Bewusstseinsseele ist. Das konnte aber in jener Zeit noch nicht vorhanden sein in einer Individualität, die erst für die Gemütsseele in Betracht kam. Daher musste diese Individualität, nachdem sie in jener Gestalt verkörpert war, trotzdem wieder etwas zurückbehalten. Sie musste sich im vierten Zeitraum so verkörpern, dass sie zwar den ganzen Menschen ausfüllte, aber der Mensch, der da lebte, hatte gleichsam doch etwas in sich, das über ihn hinausreichte. Er wusste etwas von einer geistigen Welt, das er nicht verwenden konnte. Er hatte eine Seele, die über diesen Leib herausragte.

Es war, wenn wir es menschlich betrachten würden, etwas Tragisches, dass sich die Individualität, die als großer Lehrer in der dritten Kulturepoche gewirkt hatte, wiederverkörpern sollte in einer solchen Gestalt, die in ihrer Seele über sich selbst hinausragte und doch keine Verwendung hatte für eine über das gewöhnliche Maß hinausgehende Seelenfähigkeit. Man nennt deshalb diese Art der Verkörperung, weil das, was früher da war, sich nicht unmittelbar, sondern in einer sehr komplizierten Art verkörperte, einen „Sohn des Apollo" – einen Sohn, der das als Seele in sich trug, was man in der Mystik gewöhnlich mit dem Symbol eines Weiblichen bezeichnet. Aber es war so in ihm vorhanden, dass er es nicht ganz haben konnte, da es in einer anderen Welt war. Das eigene Seelisch-Weibliche trug er in sich in einer andern Welt, zu der er nicht den Zugang hatte, in die er sich aber hineinsehnte, weil ein Teil seines eigenen Selbstes darinnen war. Diese wunderbare innere Tragik der wiederverkörperten großen Lehrerindividualität von früher, hat der griechische Mythos in einer wunderbaren Art festgehalten in dem Namen, den er dem wiederverkörperten Apollo oder dem „Sohn des Apollo" gegeben hat: in Orpheus.

In dem Mythos von Orpheus und Eurydike wird diese Tragik der Seele in einer wunderbaren Weise dargestellt. Eurydike wird dem Orpheus früh entrissen. Sie ist in einer anderen Welt. Orpheus steigt ins Reich der Schatten hinunter. Er hat noch die Fähigkeit, die Wesen in der Unterwelt durch seine Musik zu rühren. Er erhält die Erlaubnis, Eurydike wieder mitzunehmen. Aber er darf sich nicht umschauen, denn es ist der Anblick für ihn innerlich ertötend, oder wenigstens verlustbringend, wenn er auf das zurückschaut, was er vorher gewesen ist und was er jetzt nicht in sich aufnehmen kann.

So haben wir in dem Orpheus-Werden des Apollo wiederum eine Art Herabsteigen eines Bodhisattvas, wenn wir einen orientalischen Namen anwenden wollen, der zu einem Buddha wird. Und so könnten wir eine Reihe von solchen Wesenheiten anführen, welche von Zeitalter zu Zeitalter als die großen Lehrer der Menschheit dastehen, und welche innerhalb ihres tiefsten Herabstieges, wenn sie zu einem Buddha werden, etwas ganz Besonderes erleben. Der Buddha erlebte die Seligkeit, die ganze Menschheit zu inspirieren. Jener Bodhisattva, der äußerlich unter dem Namen Apollo erhalten ist, erlebte etwas Individuelles; er sollte ja gerade die Individualität, die Ich-Eigenschaft vorbereiten. Er erlebt die Tragik des Ich, er erlebt, dass dieses Ich nicht ganz bei sich selber ist, wie die Menschen in Bezug auf diese Menschheitseigenschaft heute eben sind. Der Mensch strebt hinauf zu dem höheren Ich. Das ist vorgebildet in dem, was für Griechenland der Buddha oder Bodhisattva in entsprechender Weise in Orpheus ist."[19]

### Christus und die Bodhisattvas

Über den Bodhisattvas aber steht der Christus-Geist. Christus ragt so über die Bodhisattvas hinaus wie die Bodhisattvas über den Menschen hinausragen. Rudolf Steiner verdeutlicht das an dem Verhältnis zu dem irdischen Leben und zu dem Leben zwischen Tod und neuer Geburt. Wenn der Mensch sein Erdenleben durchmacht, geht er von der Geburt zum Tod und dann vom Tode zu einer neuen Geburt. Nach dem Tode macht er zunächst die astralische Welt durch, dann das, was wir den unteren Teil der devachanischen Welt nennen und danach den oberen Teil der devachanischen Welt. Dann erfolgt der Abstieg vom oberen ins untere Devachan und dann durch die Astralwelt zur Erdenwelt. Die Bodhisattvas aber sind Wesen, die auf dem Weg nach dem Tod noch eine Stufe höher aufsteigen. Vom oberen Devachan aus steigen sie in

19 Ebd., S. 27ff.

eine noch höhere Welt, die gemäß Steiner als die „Welt der Vorsehung" richtig benannt würde. Im indischen Sprachgebrauch heißt sie der Buddhiplan. Hier holen sich Bodhisattvas die Fähigkeiten, die sie zu Führern der Menschen auf dem Weg in die Zukunft machen. Aber auch die Bodhisattvas sind lernende Wesen, die sich entwickeln und von einem über sie hinausragenden, höheren Geist belehrt werden, und das ist gemäß Rudolf Steiner der Christus. Er ist der Lehrer der Bodhisattvas. Zwölf Bodhisattvas gäbe es, die als Schüler des Christus von ihm ihre Weisheit empfangen. Sie steigen hinunter zur Erdenwelt, lehren die Menschen und steigen wieder hinauf. Immer wieder gehen sie diesen Weg. Bei Christus aber ist das anders: „Der Christus war ein einziges Mal physisch da und hat damit dasjenige durchgemacht, was Abstieg, Ankunft auf der Erde und Aufstieg ist. Er kommt von der anderen Seite und ist diejenige Wesenheit, die in der Mitte der zwölf Bodhisattvas ist, die sich dort dasjenige holen, was sie auf die Erde hinunterzutragen haben ... So gehören zu dem Christus zwölf Bodhisattvas, die vorzubereiten und weiter auszubauen haben, was er als den größten Impuls unserer Kulturentwicklung gebracht hat. Da erblicken wir die zwölf und in ihrer Mitte den Dreizehnten ... und eingetreten in einen Kreis von zwölf Sternen, und in ihrer Mitte die Sonne, die sie erleuchtet und erwärmt, von der sie jenen Lebensquell haben, den sie dann wieder herunterzutragen haben auf die Erde. Wie nimmt sich auf der Erde das Abbild von dem aus, was da oben geschieht? Auf die Erde herunterprojiziert nimmt es sich so aus, dass wir sagen können: der Christus, der auf der Erde gelebt hat, hat dieser Erdenentwicklung einen solchen Impuls gebracht hat, dass die Bodhisattvas vorzubereiten hatten die Menschheit für diesen Impuls und auch wieder auszubauen haben, was der Christus der Erdenentwicklung gibt. Das nimmt sich wie ein Bild auf der Erde aus: der Christus in der Mitte der Erdenentwicklung, die Bodhisattvas als seine Vorboten und seine Nachfolger, die seine Arbeit der Menschheit wiederum nahezubringen haben."[20] Bedenken wir nun die oben

20 Ebd., S. 33f.

angeführte Aussage Rudolf Steiners über Fercher von Steinwand als „Führer der weißen Loge der Deutschen". In dieser Loge wird der Weg in die Zukunft vorbestimmt.

## Aufstieg zur Buddha-Würde

Nach altindischer Lehre verläuft der Aufstieg vom Bodhisattva zum Buddha immer in vorgezeichneten Schritten, die zumeist als zwölf Schritte unterschieden werden. Hermann Beckh zählt sie auf: 1. Herabstieg von den Göttern; 2. Eingehen in den Mutterschoß; 3. Geburt; 4. Jugend (Wettkampf um die Braut); 5. Vermählung und Leben im Frauengemach; 6. das große Scheiden; 7. die Askese; 8. Eintritt in den Kreis der Erleuchtung (Bodhi); 9. Kampf mit Mara, dem Versucher; 10. Erwachen zur Buddhaerleuchtung; 11. Inbewegungsetzen des Rades der Norm (d. i. erste Verkündung der Lehre); 12. Parinirvana.[21] – Es handelt sich einerseits um mythische Bilder, in deren Licht die Errungenschaften des großen Buddha angedeutet werden, andererseits auch um konkrete Lebensdaten, die in diesen Schritten enthalten sind.

Dazu kommt heute der Einfluss des Christusimpulses. Dieser Impuls geht von dem Mysterium von Golgatha aus. Er führt die Seele stufenweise von der Dumpfheit durch den Zweifel zur Seligkeit. In Fercher von Steinwands „Deutsche Klänge aus Österreich" können die zwölf Schritte des Aufstiegs zur Buddha-Würde und die drei Stufen unterschieden werden, wodurch diese Individualität tatsächlich im Licht eines zum Buddha aufgestiegenen Bodhisattvas und als Träger des neu dazugekommenen Christus-Impulses erscheint. Steinwand hat zu den drei Stufen noch eine Art vierte Stufe hinzugefügt, in der einige konkrete Menschen aus seinem Lebensumkreis genannt werden, aber auch ein Hindernis, das dem gradweisen Aufstieg entgegensteht.

---

21 Hermann Beckh, „Buddha und seine Lehre", Stuttgart 1958, S. 29ff.

**Der klassische Weg eines vorchristlichen Buddha:**

1. Herabstieg von den Göttern
2. Eingehen in den Mutterschoß
3. Geburt
4. Jugend
5. Vermählung
6. das große Scheiden;
7. die Askese
8. Erleuchtung (Bodhi)
9. Kampf mit Mara
10. Buddhaerleuchtung
11. Drehen des Rades der Norm
12. Parinirvana
13.

**Der Weg des nachchristlichen Aufstiegs von Fercher von Steinwand in vier Stufen:**

| 1.Stufe: | 2.Stufe: |
|---|---|
| WEIHE | BÜRGER DER SCHÖPFUNG |
| MEINE IDEALE | ZECHLIED |
| UREIGEN | FROSCHLIED |
| MÄDCHEN AM UFER | KLAGE |
| UNGEWITTER | BEGEGNUNG |
| DIE DISTEL | BITTE |
| FLOTTE BURSCHE | DIE NIXEN |
| DÜSTRE BURCHE | BEIM ANBLICK ... KATERS |
| GENESUNG | JUNGE TANNE |
| DIE MUTTER | SCHÖN ELSCHEN |
| FEST IM FREIEN | DIE GEISSHIRTEN |
| WECKRUF | DIE BIENE |
| DIE ERSTE WALLFAHRT | DER MÖNCH |

| 3.Stufe: | 4. Stufe: |
|---|---|
| WALDRÖSLEIN | DER DEUTSCHE DICHTER |
| DIE WAISE | EIN ... STAMMBUCH |
| NACHTBILD | FRAU GREISTORFER |
| MORGENGEBET | LUDWIG II. |
| LERCHE I & II | GLÜCK |
| FERNSCHAU | ANASTASIUS GRÜN |
| MITTAG | VON STATTEN |
| AMALIE | DIE LAWINE |
| SONNENAUFG. | AUSTRIA BEI MAGENTA |
| SOMMERM. | AUF DER BRÜCKE |
| ALPEN UND ... | ENTMUTIGUNG |
| ÄLPLER UND ... | WIDERSTREBEN |
| ZEITGEIST | DIE SOIREE |

Von Fercher von Steinwand sei in Bezug auf den deutschen Volksgeist das Gedicht MEINE IDEALE hervorgehoben. In diesem Gedicht nennt er ganz natürliche Ideale wie ein Heim, eine Familie, eine gute Regierung, tauscht sie dann aber gegen ein höchstes, liebstes Ideal ein, das er als „ein edles Volk, ... ein Deutschland auf der Menschheit Zinnen ..." bezeichnet. So kann ja nur entweder ein König oder Kaiser von seinem Volk sprechen, oder ein Geist, dem die geistige Führung dieses Volkes obliegt. In diesem Sinne ist das Ideal Steinwands zu lesen. Wir können aber Rudolf Steiners Hinweis bedenken, dass sich der deutsche Volksgeist immer wieder vom Volk löst und dann wieder verbindet. In diesem Licht mag die letzte Strophe gesehen werden, die im Aufblick zur Sternenwelt mündet:

Verlierst auch du dich in den Fernen,
Mein Ideal von reinster Wahl:
Mit dir entwandl´ ich zu den Sternen,
Mit dir, mein Ideal!

Es ist durchaus möglich, dass der Dichter mit dem IDEAL zunächst nur ahnt, dass so eine Loslösung bevorsteht und dass sich diese Ahnung zuerst als Ideal ausgestaltet.
Wenn Menschen des 19. Jahrhunderts in Fercher von Steinwand die Sprache ihres Volksgeistes gehört hätten, wären sie nach seinem Tod zweifellos mit ihm verbunden geblieben, sodass er sie weiter inspiriert und sein Bewusstsein in ihnen gepflegt hätte und sie ihm hätten treu bleiben können. Dieser Faden ist zwar nicht ganz, aber fast abgerissen, und so fragt es sich, wie eine Wiedervereinigung gedacht werden kann. Als ein Volk im üblichen Sinn sind die Deutschen heute, im 21. Jahrhundert, nicht mehr wie früher vereint und vorhanden. Es lässt sich aber denken, dass die Menschen als Einzelne vermöge ihrer geistigen Standhaftigkeit sich eine Meinung bilden, die sie zu dem Entschluss kommen lässt, die Verbindung zu wollen. Steinwand ist nicht nur heute ein „Unbekannter"; er war es zu seinen Lebzeiten, und die ihn hochschätzten, wie zum Beispiel Hamerling, waren auch nur Einzelne. Als wahrer Führer unseres Volkes war er unbekannt. Deswegen haben dann Verführer wie Hitler und seine Hitleriden das Land gleichsam besetzt und eine Verkehrung der eigentlichen Führerschaft ins Unechte, Unwahre und Bösartige betrieben. Statt Liebe wurde Hass, statt Völkerfrühling Völkermord, statt völkischer Selbstlosigkeit ein kriegslistiger Egoismus und völkischer Selbstmord angeheizt. Steinwand hat das vorausgesehen und als ein historisches Gewissen in dem Gedicht KYFFHÄUSER GÄSTE ausgesprochen. Gleichzeitig deutet er hier seine Mission an: das Volk zur Freiheit und zu einer christlichen Bestimmung zu führen. Es sind drei umfassende Gedichte am Schluss der DEUTSCHEN KLÄNGE, in denen er das Ziel dieser seiner Mission charakterisiert: 1. KYFFHÄUSER GÄSTE mit der Wandlung vom geistigen Sklavenvolk zur Gemeinsamkeit freier Menschen, 2. HEIMSUCHUNG mit der Entdeckung des paulinischen Christentums, das den im Allgemeinen geistlosen Ahasver in uns überwindet, 3. DAS STELLDICHEIN mit der Geistgeburt eines neuen Menschen im Menschen. Diese letzten Gedichte können zusammen mit einem weiteren als fünfte Stufe angesehen werden, die auf den Aufstieg des Bodhisattvas zum Buddha deuten mag.

## Der Vergleich mit dem Jahreslauf

Die Neubildung des Menschen mündet in dem Ereignis der Wiedergeburt. Sie findet im Lebenslauf in den Jahren zwischen dem 28. und 42. Lebensjahr statt. Der Anfang dieser Entwicklung liegt im Jugendalter des 14. / 15. Lebensjahres. Vom 14. bis zum 42. Lebensjahr werden 28 Jahre durchlebt. Die 52 Gedichte sind eine Ganzheit, der im Jahreslauf die Zahl 52 in den Wochen eines Jahres entspricht. Dazu kommen die vier Gedichte der 5. Stufe, die den vier Jahreszeiten entspricht. Rein zahlenmäßig entsprechen sich also einerseits die vier Jahreszeiten mit 52 Wochen und die vier Stufen der Gedichte mit den vier Gedichten der fünften Stufe. Es gibt eine innere Verwandtschaft zwischen dem Jahreslauf und der Entwicklung vom 14. bis zum 42. Lebensjahr. Betrachten wir zunächst den Jahreslauf, wie Karl König ihn im Hinblick auf Rudolf Steiners Seelenkalender erforscht hat. Er ordnet die vier Jahreszeiten in Form einer Lemniskate an.

Am Kreuzpunkt der Lemniskate liegt zunächst Ostern, von wo aus der Weg durch den Frühling zum Sommer auf der rechten oberen Hälfte der Lemniskate aufsteigt. Ganz oben ist der Punkt, an dem die Sommersonnenwende mit dem Johannifest liegt. Dann geht der Weg auf der linken Seite abwärts und zurück zum Kreuzpunkt, an dem nun das Michaelfest zu denken ist, das mit Ostern zusammen den Kreuzpunkt ausmacht. Ostern und Michaeli befinden sich beide im Umkreis der Tag-und-Nachtgleiche. Dann geht der Weg weiter auf der rechten unteren Hälfte der Lemniskate von Michaeli zu Weihnachten, das am unteren Pol der Lemniskate liegt und im Umkreis der Wintersonnenwende. Danach steigt der Weg auf der linken unteren Hälfte der Lemniskate wieder hinauf und mündet wieder am Kreuzpunkt zur Osterzeit. Von hier ist der Weg ausgegangen, wohin er nun wieder zurückkommt.

Johanni

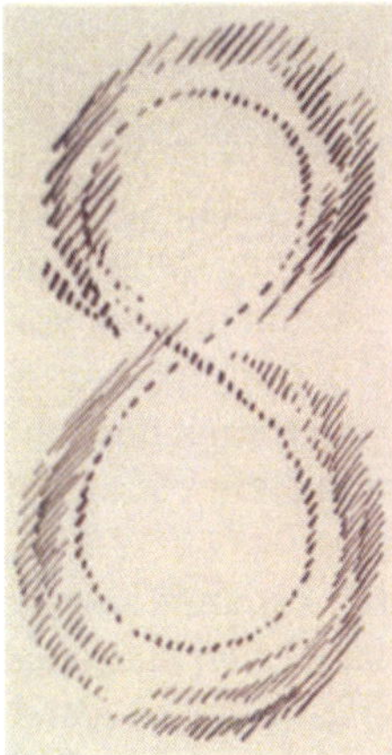

Weihnachten

Johanni

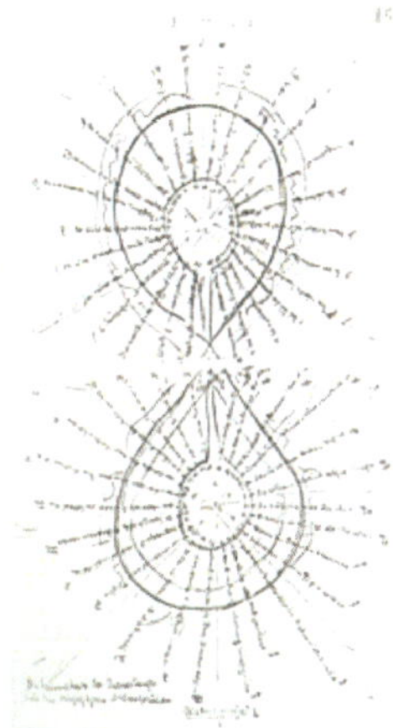

Weihnachten

Die vier Jahreszeiten in Lemniskaten-Form, links von Rudolf Steiner, rechts von Karl König, der die 52 Wochensprüche des Seelenkalenders in die vier Teile der Lemniskate eingesetzt hat.

Als König die vier Jahreszeiten durchgesprochen hat, stellt er die Frage: „Ist irgendwo in unserer Leibesorganisation aus diesem Jahres-Seelen-Lauf ein Urbild zu erblicken? Ein Geschehen, das wie Punkt und Kontrapunkt, wie Fuge und Gegenfuge kontinuierlich sich begegnet, im Begegnen sich begrüßt und im Begrüßen schon wieder Abschied nimmt? Ist da ein vierfaches Kommen und Gehen, das in der gleichen, fast ewigen Harmonie des Sich-Findens und Scheidens sich selbst erlebt?
Im Menschenherzen ist dieses Organ geformt; denn es ist ein vierfacher Strom des Blutes, der kommend und gehend vom und zum Herzen fließt. Gleich der Seele, die, innerhalb des Jahreslaufes, diesen im lebendigen Zusammenwirken aufnimmt und wieder entlässt und damit zum Herzen der sich wandelnden Jahreszeiten wird; so ist das Herz der

Seele gleich und nimmt das dauernde Kommen und Gehen des Blutes als Gezeiten in sich auf.
So ist das Herz vier-kammerig. Aus der linken Kammer tritt das Blut in der Jugendkraft des Tenors hinaus in den Körperkreislauf. Dort breitet es sich aus, bis es sich in die Unendlichkeit aller Kapillaren hinein verliert. Von dorten wandelt es sich allmählich in die stetiger fließende Bariton-Kraft des venösen Blutes um und kehrt zum rechten Vorhof des Herzens wieder zurück.
Das ist der Weg, der von der Osterwoche in die Höhen der Johannizeit hinaufführt und von dort durch den sich wandelnden Sommer zurück in den Herbst.
Zwischen dem rechten Vorhof und der rechten Kammer aber liegt eine Schwelle, die im Herzen als die dreifache Klappe sich ausgebildet hat; hier ist die michaelische Schwelle, die zu überschreiten ist. Von hier aus strömt das Blut als sich selbst überwindender Sopran nach oben in die Lungen, um dort der Geistesluft des Winters zu begegnen. Hier in den Lungen tritt die Wandlung ein; das Blut wird erneuert und strömt in der Kraft des Alts zurück in den linken Vorhof.
Das ist der Weg, der von Michaeli zur Weihnacht und von dort durch den Winter wieder zurück zum Herzen führt. Im linken Vorhof aber ist nun wieder eine Schwelle; die der zweifachen Klappe, und das ist die Zeit, die durch den Tod zur Oster-Auferstehung gleitet.
Als Rudolf Steiner am 29. Dezember 1922 über diese Geheimnisse des Jahreslaufes im Menschen und in der Welt sprach, sagte er die folgenden Worte:
Die bloß äußerlich-wissenschaftliche Betrachtungsweise schwingt sich nicht dazu auf, sich zu sagen: Wenn du in den Menschen hineinschaust, musst du zusammenklingend empfinden dasjenige, was im Zeitenlauf nur als einzelne Töne empfunden werden kann. Entwickelst du das geistige Ohr, so klingen im Menschen zusammen in einem Augenblick die Sommer- und Wintertöne, die man draußen in der Welt hört, wenn man in den Zeitenlauf selber eintritt. – Die Zeit wird wirklich zum Raume. Der Weltenumkreis, auch der Zeit nach, tönt uns entgegen, ausein-

andergezogen in die Weiten dasjenige, was aus uns selber herausklingt wie aus einem Zentrum, wie in einem Punkt gesammelt.
Und Rudolf Steiner schließt den Vortrag mit den Worten:
Das Zusammenleben mit dem Weltenlauf wird ihm (dem Menschen) zum Kultus, und es entsteht der kosmische Kultus, in dem der Mensch in jedem Augenblicke seines Lebens darinnen stehen kann. Von diesem kosmischen Kultus ist jeder Erdenkultus ein symbolisches Abbild.
So ist auch jede Messe ein vierfältiges Geschehen, weil sie ein Abbild jenes kosmischen Kultus ist, den die menschliche Seele Schritt für Schritt zu zelebrieren lernt, wenn sie den Seelenkalender als Brevier zu üben versucht."[22]
Was der Seelenkalender für das Erleben des Jahreslaufes bedeutet, bedeuten Fercher von Steinwands „deutsche Klänge aus Österreich" für die Entwicklung der Seele des Menschen, die sich in vier Phasen oder vier Siebenjahresepochen im Lebenslauf vollziehen. Es sind vier Seelenglieder: Empfindungsleib, Empfindungsseele, Verstandes-Gemütsseele und Bewusstseinsseele. König „hört" in den vier Jahreszeiten geistige Klänge, die er dem Tenor, dem Bariton, dem Alt und dem Sopran zuordnet, was wir auch mit Steinwands „deutschen Klängen aus Österreich" verbinden können. So gesehen heißt das, die erste Stufe von Steinwands Gedicht-Klängen entspricht der „Jugendkraft des Tenors", die zweite Stufe der „stetiger fließenden Bariton-Kraft", die dritte Stufe dem „sich selbst überwindenden Sopran", um der Geistesluft des Winters zu begegnen und die vierte Stufe „der Kraft des Alts", die zurück zum Ausgangspunkt der ersten Stufe führt. Das Herz aber mit den vier Räumen, den zwei Kammern und zwei Vorhöfen, ruht im Kreuzpunkt der Lemniskate und die vier großen Schlussgedichte „Schlachtchor am Lechfeld", „Kyffhäuser Gäste", „Heimsuchung" und „Das Stelldichein" haben eine gewisse Entsprechung zu den vier Räumen des Herzens. Während diese Erlebnisse Jahr für Jahr durchlebt und vertieft werden, deuten die 52 Gedichte auf die einmalige Entwicklung im Lebenslauf.

---

22 Ebd., S. 233.

Hier gibt es sodann das große Ziel: die Wiedergeburt. Was wir auf diesem Weg im gegenwärtigen Erdenleben nicht erreichen, kann als ein im nächsten oder einem der nächsten Erdenleben zu erreichendes Ziel angesehen werden. Wir können es mit Rudolf Steiner und Karl König als das Kind-Werden des Menschen bezeichnen.
Dieses Kind-Werden des Menschen ordnet König dem Johannifest zu, zu dem wir im Lebenslauf hinstreben mögen und das wir irgendwann einmal auch erreichen können. Als Kind sind wir ja alle am Anfang unseres Lebens einmal geboren worden und aufgewachsen. Das neuerliche Kind-Werden beginnt aber im 14. Lebensjahr und mündet in dem abermaligen Kind-Werden als neuerliche Geburt oder Wiedergeburt in dem als Bewusstseinsseele bezeichneten Seelenglied, das etwa im 40., 41. oder 42. Lebensjahr liegt. Es ist dasjenige ICH im Menschen, das Rudolf Steiner auch als zweites Ich bezeichnet, das im 14. Lebensjahr in Gestalt eines Geisteskeimes ins Leben gerufen und im dritten Jahrsiebt (14 bis 21) in der Dumpfheit unterbewusst heranreift. Das ist die 1. Stufe der Seelenentwicklung. Im 21. Lebensjahr wird es geboren und durchlebt im vierten Jahrsiebt (21 bis 28) die 2. Stufe des Zweifelns, auf der sein Wesen sich anfänglich entfaltet und dabei erheblich geprüft wird. So weit diese Prüfungen bestanden werden, was zunächst äußerst schwierig anmutet, kann die Seelenentwicklung mit ganz neu errungener Zuversicht und einer gewissen Seligkeit im fünften Jahrsiebt (28 bis 35) voranschreiten. Es ist aber, wie wenn ein unüberwindbar scheinender Fluss den Weg versperrt oder auch ein unüberwindbar scheinendes Hochgebirge vom Voranschreiten zurückhält. Jedenfalls sind ganz neue Kräfte zu ergreifen, um weiter zu kommen. Dann folgt die vierte Stufe im sechsten Jahrsiebt (35 bis 42), an deren Ende Steinwand den Menschen abermals auf eine Prüfung hinweist, die im 52. Gedicht unter dem französischen Namen „Soiree“ aufgezeigt wird. An dieser Schwelle können wir uns dann auf die vier letzten Gedichte besinnen, in denen uns Fercher von Steinwand von einer neuen Warte aus seine Führung anbietet. Zahlenmäßig entsprechen 13 Wochen eines Quartales den 13 Gedichten einer der vier Stufen.

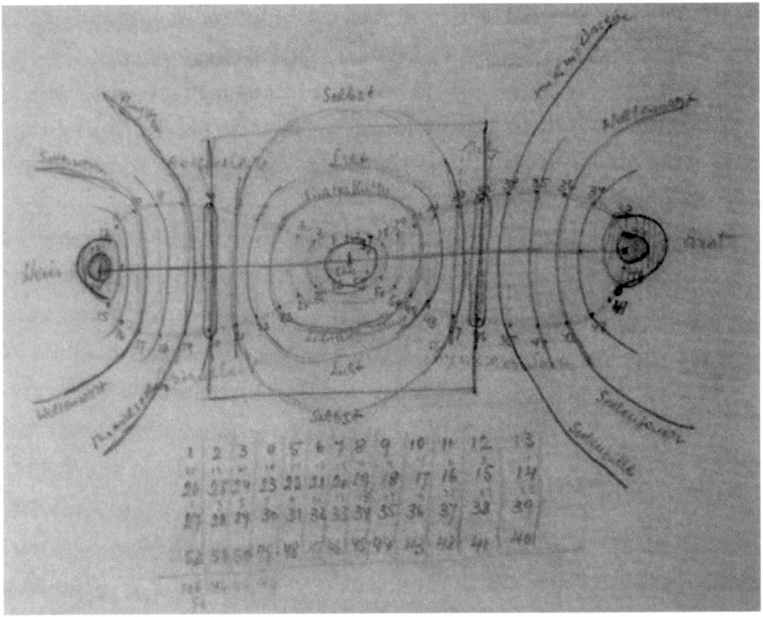

Eine der vielen unveröffentlichten Studien Karl Königs zum Seelenkalender[23]

23 Karl König, „Anleitungen zum Seelenkalender", Verlag Freies Geistesleben, Stuttgart 2009.

# DIE FÜNF STUFEN DER DEUTSCHEN KLÄNGE AUS ÖSTERREICH

## I. Stufe: DUMPFHEIT

Auf der I. Stufe führt uns der Dichter das Interesse vor Augen, das der deutsche Genius an uns Menschen hat. Er spricht gleich im allerersten Gedicht „Weihe“ das Göttliche in uns an und formt dann in den folgenden Gedichten Bilder, in denen das Göttliche in unentwickeltem, dumpfem Zustand vorhanden ist. Die Namen der Gedichte lauten: Weihe, Meine Ideale, Ureigen, Mädchen am Ufer, Ungewitter, Distel, Flotte Bursche, Düstre Bursche, Genesung, Die Mutter, Fest im Freien, Weckruf, Die erste Wallfahrt.

## II. Stufe: VERHÄNGNIS / ZWEIFEL

Die II. Stufe besteht wiederum aus 13 Gedichten. Hier wird das Verhängnis verdeutlicht, das den Menschen vom Göttlichen absondert. Dazu werden Bilder vom Seelenleben gegeben, in denen der Geist teilweise ganz verborgen bleibt und sein tragischer Zustand hervortritt: Bürger der Schöpfung, Zechlied, Froschlied, Klage, Begegnung, Bitte, Die Nixen, Beim Anblick eines Katers, Junge Tanne, Schön Elschen, Die Geißhirten, Die Biene, Der Mönch.

## III. Stufe: SELIGKEIT

Auf der III. Stufe stellt der Dichter das Göttliche als Seligkeit der Seele in greifbare Nähe und dann auch als wunderbare Erfüllung des Verlangens: Waldröslein, Die Waise, Nachtbild, Morgengebet, Lerche I und II, Fernschau, Mittag, Amalie, Sonnenaufgang und Amalie, Sommermorgen und Amalie, Alpen und Alpenwacht, Älpler und Alpentraum, Zeitgeist.

## IV. Stufe: ANERKENNEN

Die IV. Stufe weist auf Menschen, in denen das Göttliche schon waltet, das aber in vielen Menschen noch vom Kosmos und anderen Quellen bedroht wird: Der deutsche Dichter, Einer vortrefflichen Frau ins Stammbuch, Frau Greistorfer, An König Ludwig den II. von Bayern, Glück, Anastasius Grün, Von statten, Die Lawine, Austria bei Magenta, Auf der Brücke, Entmutigung, Widerstreben, Die Soiree.

## V. Stufe: EINSETZUNG

Die V. Stufe ist wie ein Gipfel. Wir blicken von hier aus in vier Richtungen: Im 53. Gedicht „Schlachtchor am Lechfeld" schauen wir in das deutsche Gemüt, dem wieder Mut und Zuversicht gemacht wird. Das 54. Gedicht „Kyffhäuser Gäste" eröffnet den Ausblick in die Geschichte des zweiten nachchristlichen Jahrtausends von Heinrich dem IV. – genannt der Vogler – im 10. Jahrhundert bis zur Gegenwart im 19./20./21. Jahrhundert. Dann weist Steinwand auf die Zukunft im Licht von Freiheit, Individualität und Volkheit hin. Im Feld der Religion verknüpft er im 55. Gedicht „Heimsuchung" sein eigenes Leben mit Paulus und Christus selber und zuletzt wird im 56. Gedicht „Stelldichein" das Wesen des Geistes als Höhepunkt erreicht, der im Bild des Kindes dem Dichter einen goldenen Stab reicht, mit dem er als eine Art Priester der Ästhetik Liebe und Schönheit walten lässt. Schlachtchor am Lechfeld (10.August 955), Kyffhäuser Gäste, Heimsuchung, Das Stelldichein.
Die Stufen I, II, III, IV bestehen jeweils aus 13 Gedichten, womit ein vergleichbarer Stellenwert vorliegt, den die Nummerierung verdeutlicht.

| | |
|---|---|
| I. Stufe: | 1 2 3 4 5 6 7 8 9 10 11 12 13 |
| II. Stufe: | 14 15 16 17 18 19 20 21 22 23 24 25 26 |
| III. Stufe: | 27 28 29 30 31 32 33 34 35 36 37 38 39 |
| IV. Stufe: | 40 41 42 43 44 45 46 47 48 49 50 51 52 |
| V. Stufe: | 53 54 55 56 |

Im ersten Gedicht wird die jeweilige Stufe betreten und im letzten Gedicht jeder Stufe spielt das Mysterium von Golgatha die entscheidende Rolle. Der Mensch wird Stück für Stück neu gebildet.

Ein großes Volk – ein höchstes Bestreben –
Im Geist es zu hegen und innigst zu wollen –
Ein Bild in mir stündlich aufzurollen,
Ein Bild vom blühendsten Tatenleben –
Dies Glück hat ein freundlicher Gott mir gegeben.

# Deutsche Klänge aus Österreich
## I. Stufe: Dumpfheit

## Weihe. 1
(Strophenzählung vom Herausgeber eingesetzt)

I *Dir*, helle Rose, Kind der Geisterpflege,
Du letztes Pfand des Lenzes auf dem Wege
Der düstern Ära, die den Lenz macht stocken,
Du wie gesponnen ab vom Blumenrocken
Der holden Liebe – *dir*, du treu Gemüt,
In dem der reine Klang noch nicht verklungen,
Der Himmelsklang, aus dem das All entsprungen;
*Dir* süßes Gold, das schön entgegenglüht,
Das wie das Gold der Sterne unbemüht
Entgegenglüht den schönen Huldigungen,
*Dir*, Jungfrau, der die Rede wächst ins Lied,
Die deinen Lippen anmutvoll entblüht,
*Dir* klingt das Lied, das mir mein Herz beschied,
*Dir* gilt der Funke, den mein Geist gesprüht!
*Dir*, schlanke Tochter Östreichs, leb ich zu!
Du, lieblich wie dein allgeliebtes Land,
Du, schön wie die Gewalt der Donau – du,

Verwandt, verwebt durch jedes Herzensband
Mit jeder Schönheit auf dem Erdenrunde,
Mit jeder Herrlichkeit am Himmelszelt;[24]
Du reizend Angebind des ew´gen Lichtes,
Du Keim und Knospe einer Weihestunde
Im Busen märchenvoller Felsenwelt:
*Dir* hab´ ich wie dem Aug´ des Weltgerichtes
Das Tiefmass meines Wertes heimgestellt!
Du mit dem Trost des lieben Angesichtes,
Du selbst ein Märchen ahnungsüß berauschend
Durch Licht und Klang im purpurdunklen Grunde,
Vor dem ich steh´, der wundergleichen Kunde
Wie eine traumversunkne Tanne lauschend:
*Dir* sind verknüpft die weihevollsten Triebe,
Mit welchen mich der höchste Geist beglückt,
Mit dir entschwingt sich, aller Not entrückt,
Mein Glaube, meine Hoffnung, meine Liebe!
Du Perle, hell und so bestrickend schön,
Als hätte dich auf weißen Alpenhöhn
Geweint ein königlicher Eistitan,

---

24 Erdentiefe und Himmelshöhe verbinden alte Völker in Form von Symbolen, wie zum Beispiel der Weltenesche Yggdrasil bei den Germanen, deren Wurzel in der Erde und der Stamm in neun Abschnitten zum Wipfel führen, der im Himmel mündet. Die alte, heidnisch erlebte Verbindung beruhte auf einer zugrunde gegangenen Wirklichkeit. Steinwand durchlebt diesen Untergang im Gedicht „Der Mönch". Dieses Gedicht steht in der Mitte der Sammlung. Dann erstrebt und erlangt er die Wiedergewinnung des „Himmels". Er beginnt mit der Mitteilung, dass er die Erneuerung der Verbindung von Himmel und Erde im Hochgebirge Österreichs erlebt. Die alten Kulturepochen von Indien über Persien bis Ägypten, Griechenland und Rom kennen gewisse Zentren, wo die Erdenkräfte, die an sich überall aufsteigen und im Menschen wirken, besonders nachdrücklich erlebt und verehrt wurden, was sich heute ins nördliche Europa fortsetzt. Überall strahlen die Erdenkräfte in den Menschen im Kindesalter ein und erwachen als Erdenreife in den kindlich-jungfräulichen Gefühlen der Liebe. Vor 2000 Jahren wurde in diesem Sinn Jerusalem als „Tochter Zion" bezeichnet, zu der Christus als Bräutigam kam. In diesem Sinn schaut Fercher von Steinwand auf Österreich als seine Seelenbraut, die er mit „jeder Schönheit auf dem Erdenrunde" und „jeder Herrlichkeit am Himmelszelt" verwandt findet.

Nachdem der Mai sein Silberhaupt geküsst –
*Amalie*, du von allen, die dir nahn,
Mit einem Namen edler Art geschmückt,
Du schmückst als Braut der Seele meine Bahn,
*Dir* ist mein Dasein liebend untertan!

II Wohl mir, wohl allen, die dein Blick bezwungen!
Denn aus den Strahlen, welche die Natur
Den himmlischen Gefilden abgerungen,
Um aufzuhellen unsre Sphärenflur,
Erscheinst du wie der Strahl des Ewigneuen!
Wer sah nach dir und mochte sich zerstreuen?
Wer traf auf dich und war nicht tiefdurchdrungen?
Du lebst in unsern Lebensgang verschlungen
Als göttlich Bild im Geist der Gottgetreuen.
Wohl mir, wohl allen, denen es gelungen,
Das reine Licht der Gottheit nicht zu scheuen,
Wohl mir, wohl allen, die sich deiner freuen!

III Du goldner Tropfen aus dem Zauberborn,
Aus dem versunknen Born der Seligkeit,
Wo welkt ein Zweig, wo schläft ein Samenkorn,
Dem Frühlingswonne nicht dein Tau verleiht?
Wo findet sich des Segens Überfluss,
Der nicht mit dir ins Tausendste gedeiht?
Du reicher, voller, gottbeseelter Kuss,
Der mit verlangenswerter Üppigkeit
Gleich einer klaren Kirsche rollte nieder
In den erkrankten Busen unserer Zeit
Vom Mund romantischer Vergangenheit;
Du bist es wert, erhöht durch kühne Lieder,
An *Laura* und *Beatrix* schön gereiht,
Zu prangen mit der Muse Diadem
Auf Morgenrot, Unsterblichen genehm!“[25]

---

25 „Amalie“ nennt Steinwand die heilsame Gewalt der jungfräulichen Erdenkräfte und vergleicht sie mit Dantes „Beatrix“.

# Meine Ideale. 2

Ein einsam Haus voll Liebeswonne,
Ein Wald, ein Quell im grünen Tal,
Ein Lebenslauf in Lenz und Sonne,
Das war mein Ideal.

Ein Freund mit einer deutschen Seele,
Für mich beseelt in Freud' und Qual,
Für mich, auch wenn ich fall' und fehle,
Das war mein Ideal.

Ein Weibchen in der eignen Stube,
In Wert und Willen treu wie Stahl,
Dazu ein kerngesunder Bube,
Das war mein Ideal.

Ein hoher Meister, der mir kühle
Die Wahrheit mit dem Geistesstrahl
Hinuntersenkt in die Gefühle,
Das war mein Ideal.

Ein Fürst mit Tatkraft in der Ader
Und Männer, nicht von Mißmut fahl,
Und wackre Herzen ohne Hader,
Das war mein Ideal.

Wie gerne lass ich sie entrauschen,
Die lieben Bilder allzumal,
Ich kann dafür ein höchstes tauschen,
Ein liebstes Ideal!

Ein edles Volk, das sinnig waltet,
Das über jedes Leides Qual
Die Seele mutiger entfaltet
Der Welt zum Ideal –

Ein Deutschland auf der Menschheit Zinnen,
Ein Säulenhort im Weltensaal,
Nach außen gussfest und nach innen,
Sich selbst zum Ideal –

Verlierst auch *du* dich in den Fernen,
Mein Ideal von reinster Wahl:
Mit *dir* entwandl´ ich zu den Sternen,
Mit *dir*, mein Ideal![26]

---

26 Der Genius gelobt den Seelen seiner Menschen Treue bis in die Unendlichkeit der Sternenwelt.

# Ureigen. 3

Es lässt sich mein Geist nicht länger halten,
Was soll ihm mit Büchern die Plackerei?
Das Leben bezeugt in beredten Gestalten,
Dass er der Verlierende bleibt dabei.

Zwar meinen das viele, bald keck, bald schüchtern,
Doch ernst im Innersten fassen sie´s nie,
Und möcht´ ein Grübler zur Tat sich ernüchtern,
Erschrocken enteilt er zur Theorie.

Da liegen die Griechen, in Noten verblichen,
Holt mancher davon sich ein grames Gesicht,
Nicht *einem* gelingt´s, aus den attischen Strichen
Das Wesen des Glückes zu heben ans Licht.

Mir schwillt ein belebender Zorn an die Kehle,
Indem wir so jäten in fremdem Korn;
O griffen wir mächtig in *unsere* Seele
Und grüben nach *eigenem* göttlichen Born![27]

---

27 Im Strom des Lebens jedes Menschen walten die Erdenkräfte seiner Heimat, die von noch so großen Kulturgütern anderer Zeiten nimmermehr ersetzt werden können. Auch ist der Strom der Lebenskräfte Träger des Gedächtnisses, das durch ein Übermaß von Vorstellungen, überflüssigem Lernstoff, unnötigem Bücherwissen ein geistig trübes „Gewässer" werden kann. Da verliert dann der Geist seine Leuchtkraft, die er braucht, und muss dann mit gesteigertem Bewusstsein berücksichtigt werden.

# Mädchen am Ufer. 4

Am Ufer steh´ ich
Mit kaltem Weh,
Hinüber seh´ ich
Zum Dörfchen am See.

Die Muntre lenkt
Sein Haus und Herz,
Der Wackre denkt
An keinen Schmerz.

Im jauchzenden Schwarme
Kam er vorüber,
An ihrem Arme
Zur Kirche hinüber.

Ich konnt´ ihm nicht sagen,
Was ich empfand,
Durft´s niemand klagen,
Wie mich´s umwand.

Vom schüchternen Wähnen,
Vom heimlichen Lieben,
Die Qual der Tränen
Ist mir geblieben.

Die Welle dehnt sich
Um meinen Fuß,
Die Welle nur sehnt sich
Nach meinem Kuß.[28]

---

28 Die Liebe zum Geist und die Liebe zum anderen Geschlecht sind beide gut, dürfen sich aber nicht vermischen. Luziferische Mächte zwingen uns aber die Vermischung auf,

## Ungewitter. 5

Horch und sieh! Die Blitze dröhnen
Und die dumpfen Täler stöhnen,
Die Natur im Fiebertraum
Wälzt Gewitter durch den Raum.

Wenn mich das Gewirr umschauert,
In der Luft der Zufall kauert,
Mahnt ein Götterbote mich:
„Dass du Mensch bist, freue dich!

Sollten all die Graungewalten
Zur Bedeutung sich gestalten,
Müssen sie, *dir* untertan,
Deiner Macht sich schmiegen an.

Du nur schaffst durch dein Beraten
Dieses Wurfspiel um zu Taten,
Hauchst in den verworrnen Drang
Sprache, Geist und Seelenklang!"[29]

---

wodurch sich das Schöne und Gute der Liebe in Unschönes und Ungutes verkehrt. Dadurch allein entsteht jedoch Freiheit. Die aber muss gleichsam bezahlt werden. Goethe hat diese Problematik in „Die Leiden des jungen Werther" im vierten Jahrsiebt exemplarisch durchdrungen und dargestellt. (Siehe „Goethes Leben im Rhythmus von sieben Jahren", 17. Kapitel: „Schlangenbezwinger", S.142).

29 Die inneren Seelenverhältnisse des Menschen spiegeln sich in äußeren Phänomenen der Natur. Der Genius ermutigt aber inmitten der Nöte mit dem Ruf: „Dass du Mensch bist freue dich". Auch die Nöte haben einen, wenn auch oft zunächst verborgenen, höheren Zweck.

# Die Distel. 6

O welch ein Herbst, welch trüber, schmerzensbanger!
Er schleppt wie Leichen mir vorbei die Tage,
Der Nebel wallt als Festgewand der Klage
Im Wind und einsam steh' ich auf dem Anger!
Glanz, Jugend, Blüte hab´ auch ich erschlossen,
Mein Scheitel glomm von Locken, rosenhellen,
Der Schmetterling umtanzte meine Sprossen,
Die Biene trug den Duft aus meinen Zellen.
So war mein Frühling nur dem Flattersinne,
Der Eigensucht des Fleißes zum Gewinne;
Ich lag an keinem seelenwarmen Busen
Und *meiner* Fülle sangen nicht die Musen!
Ich grolle drum nicht meinem bittern Lose,
Beneide deshalb Veilchen nicht und Rose,
Doch mag ich auch nicht beben jetzt und trauern,
Wenn um den Hain die kalten Klagen schauern.
Zwar streb´ ich mich zu schirmen, zu bewahren
Und nimmer sollt ihr hassen mich und schelten,
Wenn die Gefühle mir, die kraftgeschwellten,
In Stacheln wehrhaft aus dem Leibe fahren.
Zerrüttet ward mein Kleid mit Raubbegierde
Von rauhen Griffen mächtiger Gewitter,
Drum nur die Flachheit kann es tadeln bitter,
Wenn ich umhege meines Hauptes Zierde.
Ihr Halme zeiht der Härte mich, ihr wanken!
O seht, indes der Schöpfung das Erbarmen
Im Busen stocket, pfleg´ ich treu die kranken
Goldkäferlein in meinen sichern Armen!
Wohl mögt ihr Lenzbeglückten euch in Tränen

Am Grab des Lenzes krümmen gleich dem Wurme;
Ich laß den Winden meine weißen Mähnen,
Allein ich selbst, nicht beug' ich mich dem Sturme![30]

## Flotte Bursche. 7

Klare Lüfte, rasche Glieder,
Helle Blüten, edle Weine,
Lose Mädchen, knappe Lieder,
Witze, göttlich ungemeine –

Alles reißt mich hin zur Wonne,
Mag es auch im Beutel stocken;
Unwillkürlich lacht die Sonne
Und der Mond ist ganz erschrocken!

Ist die Blonde nicht bei Laune,
Wend´ ich kühn mich an die Schwarze,
Lustig werb' ich um die Braune,
Fällt die Schwarze durch die Parze.

Wenn ich voll des Blanken wanke,
Stütz' ich mich aufs Fass des Roten;
Macht kein Fiedler mir´s zu Danke,
Pfeif´ ich mir nach eignen Noten.

Nichts vom Priester, nichts vom Gotte,
Nichts von Schranzen oder Schranken,

30 Standhaftigkeit fordert die nicht zum Zuge kommende Jungfräulichkeit der Seele. Anstatt Frühlingsblüten bilden sich - wie von selbst - verletzende „Stacheln", die wie Raubtierkrallen gezähmt werden wollen.

Nichts von Höll' und Höllenrotte,
Nichts von Kranken und Gedanken!

Vor dem Ernste rasch vorüber,
Mit der Glatze noch zur Hatze!
Aber geht es einst hinüber,
So geschieht´s mit einem Satze.

## Düstere Bursche. 8

Hat sich je das große Ganze
Meines Teiles angenommen?
Ist mir aus des Lebens Tanze
Je ein Freudenstrahl erglommen?

Hat die Menschheit hold und sinnig
Mich in ihren Kranz gewunden?
*Lebt* ein Herz, das warm und innig
Meine Seele durchempfunden?

Wenn ich strebte, wenn ich wagte,
Mochte mich die Welt belohnen?
Wenn ich trauerte, verzagte,
Mich ermuntern oder schonen?

Starrten, die mir Tat empfohlen,
Nicht zur Tat hinauf wie Laffen?
Die mich schmähten unverhohlen,
Haben sie gewirkt, geschaffen?

Wenn ich zu verschmachten meinte,
Lud ein Prasser mich zu Tische?
Wenn ich vor Altären weinte,
Sprang ein Engel aus der Nische?

Wenn ich drum entfremdet wandle
Zwischen Schatten, unter Trümmern
Und dem Teufel mich verhandle,
Hat sich jemand drum zu kümmern?[31]

## Genesung. 9[32]

1 Du allerliebstes Schoßkind meiner Träume,
Ich seh´ erwacht am Schmerzenslager mich
Und mich umgrenzen fremder Kissen Säume!
Und über meines neigt dein Antlitz sich,
Dein Antlitz, das wie Waldesröslein funkelt –
Doch nein, du siehst bekümmert – sprich, o sprich
Und nenne mir das Leid, das, ach, dein Aug´ umdunkelt!

2 O still, erst sage mir, durch was für Wege
Gelangt' ich in dies Haus, in dies Gemach,
In deines schönen Arms geliebte Pflege? –
Ich, fast ein Fremdling jedem trauten Dach,
Ich traf in diesem Tal auf deine Spuren,
Ich irrte ratlos deinem Schatten nach
Und konnte scheiden nicht von diesen teuren Fluren.

3 Ei wie? Du sprichst, du habest mich gefunden
Vereinsamt draußen an der Felsenwand,
In meines Lebens Schwingen graus gebunden?
Ich sei hereingewankt an deiner Hand

31 ‚Wer den Schaden hat, braucht für den Spott nicht zu sorgen', sagt ein Sprichwort. Hier naht Mephistopheles, von dem direkt aber nicht weiter die Rede ist.

32 Die Strophen des Gedichtes „Genesung" wurden vom Herausgeber nummeriert. Sie sind ein Gespräch zwischen der „Genesung", als „Schoßkind" vorgestellt, nach der sich der Erkrankte im Sinne eines vehementen Willens zur Gesundung sehnt. Aber nur in der zweiten Strophe spricht die „Genesung".

Und läge hier, o Graun! Seit vielen Tagen
An eines Fiebers geistesirrem Brand
Und habe, Holde, dir geschaffen tausend Plagen?

4 Gesteh, bevor ich des mich überzeuge –
Dein Vater, zürnt er? – Sag mir holdgestimmt,
Ob er der Macht sich unserer Liebe beuge?
Denn dass für mich dein Seelenfunke glimmt,
Wer lebt und darf mir diese Wahrheit rauben?
Und dass dein Geist mein innres Wort vernimmt,
Dein edler Blick bekennt´s – ich wag´ an dich zu glauben!

5 Du zauderst? Welche Kunde wird mir Armen!
Wie? *Das* schon nennt dein Vater Übeltat,
Dass du mich nahmst in Obhut mit Erbarmen!
Ich sei wie jemand, der nichts ist, genaht
Und schreite her wie die Gedankentoren,
Schon mein Gesicht, es üb' an mir Verrat
Und zeichne klar den Mann, der für die Welt verloren.

6 Er fordert, dass ich deine Fährte meide,
Sobald ich abgestreift des Arztes Joch –
Wer weinte nicht vor Schmerz zu dem Entscheide!
Zwar halt' ich dieses Mannes Gründe hoch,
Wie lebensklug, bewerbsam ist sein Wesen!
Allein, Geliebte, traurig dünkt mich´s doch,
Dass er das Ziel nicht ehrt, das sich mein Geist erlesen.

7 Fürwahr, die wir des Göttlichen beflissen,
Stets glänzen wir durch *einen* Seelenzug
Vor denen, die den Göttertrieb vermissen.
*Wir* können uns von unserm Höhenflug
Zu ihres Werts Erkenntnis niederzwingen,

Doch *sie* sind selten schönbeseelt genug,
Um mit befreitem Blick zu uns emporzudringen.

8 Bewegt dich´s, Holde, dass ich sanft mich fasse,
Dass ich für euren kalten Widerspruch
Nicht mein Geschick verklage, schelte, hasse? –
Lebt wohl! – Mein Fieber war ein Bittgesuch
Um göttliches Geleit' auf allen Wegen –
Lebt wohl! – So wend´ ich Leid und Leides Fluch
In Sieg und Segen mir, wie´s echte Herzen pflegen![33]

## Die Mutter. 10

Tief in den Alpen, im halmigen Riet,
Da sitzt auf einem Stein
Ein armes, greises Mütterlein
Und sieht und sieht
In einen dunkelgrünen See.

Dies Auge, wie ringt es im strömenden Weh,
Dies Herz, ach wie schmachtet es tief nach Erbarmen!

Im See sind Nixen mit blanken Armen,
Die kamen geschwommen
Und haben der Mutter den warmen,
Den blühenden Sohn genommen.
Die Nixen kommen

33 Seelische Not und Elend sind in einer dem Geist entfremdeten Zeit unvermeidlich. Sie sind sogar ein Mittel der Wiedergewinnung des Geistes. Das geht hier so weit, dass „Patient“ und „Genesung“ am Ende nicht mehr zwei, sondern nur noch eine „Person“ sein dürfen. Dann wird die Kraft errungen, die wahre, eigentliche Not der Seelentiefe sehen und ertragen zu können.

Und reihen sich dicht
Um ihren Fuß
Und blicken licht.
Andere winken,
Wallen und blinken
Und nahen gewinnend und bringen Gruß,
Mit silbernen Lippen klingenden Kuss,
Doch bringen sie nicht
Den geliebten Sohn.
Die Mutter weinet. –

Wie schmerzlich ihr Busen im Sehnen schwillt,
Wie heiß die heilige Träne quillt –
Die Nixen schwimmen,
Sinken und klimmen
Vor ihrem Gesicht
Mit jammerndem Ton,
Sie bringen ihr nicht
Den geliebten Sohn.

Die Monden, die Jahre flohn,
Die jungen Tage blühn
Und spiegeln sich rosig in See´s Grün,
Die Mutter weinet –
Die Sonne scheinet,
Die Sonne sinkt,
Der Sternenhimmel winkt,
Die Mutter weinet, weinet, weinet. –[34]

34 Der tiefste Schmerz der Selbsterfassung und Selbsterkenntnis ist die Erfahrung, dass Selbsterkenntnis und Selbsterfassung nicht zustande kommen können, dass sie unmöglich sind und damit der Seele unendliches Leiden abverlangen. (Siehe „Goethes Leben im Rhythmus von sieben Jahren“, 17. Kapitel: „Mitten hindurch“, S. 144).

# Fest im Freien. [11]

(Strophenzählung vom Herausgeber eingesetzt)

1 Warme Gestalten
Hüben und drüben,
Schönes Entfalten,
Fröhliches Üben!
Lichte Gewänder
Glatt um die Hüften,
Farbige Bänder
Flatternd in Düften!
Reizende Zeugen
Festlicher Tage,
Kummer und Plage
Wisst ihr zu beugen;
Denn für euch stimmen
Äther und Fluren,
Wallen und glimmen
Alle Naturen!
Jubel im Freien!
Freudigstes Wesen,
Schnellstes Genesen,
Hellstes Gedeihen!
Lust auf den Hügeln,
Mut auf den Flügeln
Kecker Schalmeien –
Welcherlei Richter
Möchte dich zügeln,
Jubel im Freien!
Lichter und lichter
Strahlen die Reihen
Froher Gesichter;
Glückliche Klänge

Füllen die Seelen –
Aus dem Gepränge
Will ich mich stehlen.[35]

2 Niemand erscheinet
Mir im Gewühle
Grüßend und dankend,
Jauchzet und weinet
Dem, was ich fühle,
Schön mich umrankend!
Niemand im Kreise,
Der sich entwinde,
Der, ob auch leise,
Göttliches preise;
Der sich entbinde,
Würdige Weise
Heilig empfinde!
Niemand, der gerne
Klar sich besinne
Und auf die Zinne
Reinerer Sterne
Schweigend entrinne;
Der da Gedanken
Liebend ergründe,
Der sich entzünde,
Der sie den schwanken
Geistern verkünde!
Feurig entwallend
Kreuzen sich Blicke,

35 Die Strophen sind vom Herausgeber nummeriert. (1) Strophe 1 ist der Heiterkeit und Fröhlichkeit als 1. Sprosse auf der Leiter zum geistigen Aufstieg gewidmet. (2) Dann wird die hierfür nötige Einsamkeit als zweite Sprosse auf dieser geistigen Leiter betreten, wovon die 2. Strophe handelt.

Keiner, der fallend
Himmlisch erquicke! –
Sonnige Länder,
Rebengewinde,
Blumige Ränder,
Spielende Winde
Lispeln von lieben,
Zärtlichen Trieben,
Geben vom Grunde
Schwellender Kräfte,
Klimmender Säfte
Flüsternde Kunde.
Auf das Gefilde,
Auf das Gewimmel
Schauen mit Milde
Leuchtende Himmel!
Süßes Gebilde
Seligen Webens,
Lachende Hülle
Schaukelnden Lebens,
Hegest du keinen,
Welchen die Fülle
Schmerzlich beglücket?
Kennst du den einen,
Den sie erdrücket? –
Alle Gestalten
Sind mir vorüber,
Arge Gewalten
Nahen mir trüber. –

3 Ob er ein flutend
Wasser bestehe,
Ob er verblutend

Einsam flehe;
Ob er die Urnen
Klagend betaue,
Zu den azurnen
Wölbungen schaue;
Ob er in alten
Bängnissen harre,
Ob er auf kalten
Bergen erstarre;
Ob er auf Heiden
Durstend vergehe –
*Keiner mag leiden, Ahnen mein Wehe!*[36]

4 Leises Ermatten
Fasst mir die Glieder,
Wankende Schatten
Kämpfen mich nieder.

5 Aber vom Tische
Himmlischer Labe
Wandert die Gabe
Göttlicher Frische,
Gleitet der Segen,
Duftet der Regen
Lieblicher Kühle.
Und aus der Schwüle
Dunkler Geschicke,
Tötender Träume
Fliehn die Gefühle,

---

36 (3) Hier erlangt der verlorengegangene oder ertrunkene „Sohn“ sein Bewusstsein zurück, indem er sozusagen bewusst oder noch einmal stirbt. (4) Der einsam Wandelnde vollendet im Finden dieses „Toten“ die Erfahrung des Schmerzes, der er nun bis zum ermatten erliegt.

Streifen die Blicke
Über der Bäume
Fruchtende Wipfel,
Über die Räume,
Über die Säume
Kränzende Gipfel.[37]

6 Sieh und es wiegen
Sich in den Zweigen,
Sieh und es neigen
Sich aus den Düften,
Sieh und es biegen
Wundersam eigen
Sich aus den Lüften
Geister des Lichtes!
Sonnen entstiegen,
Wo sie sich zeigen,
Müssen sie siegen.
Freien Gesichtes
Gehn sie in Reigen
Jeglichem regen
Schaffen entgegen,
Wirken und schweigen –
Keuscheste Söhne
Göttlicher Wonnen,
Nennt mir durch Töne
Heute das Schöne,
Das ihr ersonnen,

---

37 (5) Auf der 5. Sprosse der geistigen Leiter ist er in der Mitte des Aufstiegs angekommen, der im ganzen neun Sprossen zählt, und im Verlaufe dessen er in der Mitte eine Wegzehrung dargereicht bekommt. Das ist die geistige Nahrung – wohl jenem Manna und dem Felsenquell aus dem Alten Testament (2. Moses 16./17. Kapitel) vergleichbar und auch in den Sakramenten von Brot und Wein.

Das ihr ersinnet,
Das ihr begonnen,
Das sich entspinnet! –
„Holdes und Wahres,
Gutes und Klares
Ist´s, was wir weben;
*Augen der Liebe, Flügel der Seele*
Weben wir eben." –[38]

7 Augen der Liebe,
Flügel der Seele!
Was mir auch fehle,
Helft im Getriebe,
Helft mir´s erreichen,
Gönnt dem Beginnen
Freundliche Zeichen!
Such´ ich nach innen,
Werd´ ich´s gewinnen?
Kann´s im verwegnen
Schwarm mir begegnen?
Unter Gefahren
Lässt sich´s gewahren?
Soll ich´s erkennen?
Wird es sich nennen?
Augen der Liebe,
Flügel der Seele,
Was mir auch fehle,
Helft im Getriebe,
Helft mir´s erreichen,
Gönnt mir ein Zeichen![39]

---

38 (6) Das geistig werdende Selbst der Einzelnen verbindet sich mit dem anderer Seelen zu einer neu erstehenden Gemeinsamkeit.
39 (7) Der Geist des Genius steigt immer höher. Auch wenn wir ihm nur ahnend folgen können, ist doch wohl auch der Versuch nötig.

8 Tritt nicht ein holdes
Weib aus der Menge?
Darf ich´s belauschen?
Blicke voll Goldes,
Mienen voll Strenge!
Wie sie berauschen!
Fürstliche Haltung,
Magdliche Regung,
Stolzer Entfaltung
Weiche Bewegung!
Mutig die Blüte
Strahlender Wangen –
Ha, im Gemüte
Seufzer und Bangen!
Welch ein Gefängnis
Wehrt hier den Trieben,
Quält das Verlangen!
Und die Bedrängnis
Goldener Spangen
Hält ihr den lieben
Busen befangen!
Tödliches Prangen!
Schmerzlich gesellte,
Ängstlich entstellte
Mächte beisammen,
Die sich bekriegen,
Die sich erliegen,
Die sich verdammen,
Was es auch gälte:
*Ringende Flammen, Bindende Kälte*![40]

40 (8) Eine Frauengestalt taucht auf, in der sich wohl das „arme greise Mütterlein" des verlorenen, jetzt aber wiedererstandenen Sohnes ankündigt, das auch zu neuem Leben erwacht. Diese Mutter ist wohl auch eine der von Faust geschauten Mütter, zu der Helena

9 Soll ich mich tauchen
Tief in ihr Wesen?
Will ich verhauchen?
Soll sie genesen?[41]

## Weckruf. 12

Nicht mit Wimmern sich ergeben –
Leben, Freund, heißt Tun und Streben,
Geistiger Erhebung voll
Reichen der Natur den Zoll.

Wohl umstricken stets die Netze
Dich der stofflichen Gesetze –
Mann? Du bist es, wenn kein Muss
Dir entwindet den Entschluss.

Doch dein Name heißt Vollendung,
Freund, wenn keine Schicksalswendung,
Die sich grausam an dir übt,
Deine klare Seele trübt.

„Lässt das höchste Ziel sich finden
In des Lebens Irrgewinden?“
Mit dem heißen Wunsch – beinah´,
Mit dem starken Willen – ja!

Muntre Laune, keuschem Triebe,
Großem Mute, treuer Liebe,

---

führt, hier Amalie genannt. Sie macht in Wärme und Kälte einen Urgrund alles Seins aus.

41 (9) Das zögernde Fragen, ob man sich in diese Tiefen des Urgrunds alles Seins wagen kann, deutet auf den Mut, der dafür noch errungen werden will.

Steht kein irdisch Ziel zu fern,
Am Azur zu hoch kein Stern.

Ob du gleich zur Stunde ringest
Mit dem Ohngefähr, du zwingest
Es bei seiner Wiederkunft
Ins Geleise der Vernunft.

Einst besiegst du das Verhängnis
Selbst, entwaffnest die Bedrängnis;
Irrsal hört und Blindheit auf,
Wo der Geist beginnt den Lauf.

Doch je mehr du feige klügelst
Und den Gott im Busen zügelst,
Desto sichrer fast die Nacht
Dich der unerforschten Macht.

Ich, ob mich der Blitz durchrenne,
Jubeln mag ich, wenn ich brenne:
Was ich mir im Geist gewann,
Liegt in keines Schicksals Bann!

## Die erste Wallfahrt.[13]

1 Die mir zum innern Schutze war geboren,
Die ihre Lust in meinem Wachstum sah –
Verloren meine Geistesbraut, verloren!
Dort blüht ein Tal, den reinern Lüften nah,
Dort stand ihr Haus, ihr Herz mir liebend offen
Und *mein* Gewinn war alles, was geschah –
Dort hat sie das Geschick, mich der Verlust betroffen.

2 Wie hat mein Haupt im Fieber da geglutet!
Wie hat mein Geist verzweifelnd sich gebäumt!
Wie hat mein Herz, mein junges Herz geblutet!
Wie wer im Tod das Haus der Sinne räumt,
So fühlt´ ich unversehns mein innres Leben
Geheimnisvoll von fremdem Licht besäumt
Und meine Kraft gespannt, der Hohen nachzuschweben.

3 Allein da kam *der* Trieb in mich geronnen,
Tief, unstet wie die Wolken, einsam, weit,
Ein Sehn, ein Suchen über allen Sonnen.
Beständig sah ich zur Unendlichkeit
Ihr Bild hinunterfliehn auf hellen Schwingen
Und winkend scheiden vom Gestad der Zeit
Und um die Sterne ziehn des Haares goldne Schlingen.

4 Mit Blicken derer, welche klaglos leiden,
Verlor ich mich und floh von Tal zu Tal,
Um mich am Trostbild der Natur zu weiden.
Doch ach, der Freude tausendfacher Strahl,
Der einst mir quoll aus Berg, Gebüsch und Bächen,
Verschmolz in eine Sonne, leblos, fahl,
Und ließ ein starres Licht auf den verarmten Flächen.

5 Unheimlich fühlte sich mein Herz gefangen
Von jedes Wanderns unbegrenzter Sucht –
Doch seltsam war ihr Trachten und Verlangen!
Wie Menschen, die vor der Erinnys Wucht
Sich flüchten zu des Heiligtumes Kreisen,
So trieb´s mich rastlos über Berg und Schlucht,
Den Spruch mir zu erflehn der Dichter und der Weisen.

6 „Ihr Denker“, fragt´ ich an der Denker Schwelle,
„Durch welche Taten ruf´ ich, welch Gekos´
Die Gottheit meines Herzens mir zur Stelle? –

J. G. Fichte

F. W. J. Schelling

G. W. F. Hegel

Ihr aber, schaltend in des Tags Getos´,
Ihr, denen die Beschränkung Bahnen quadert,
Wie ringt sich *der* vom Fluch des Irrens los,
In dem der Feuerpuls der tiefsten Mächte hadert?“ –

7 Doch niemand konnte Tröstliches mir sagen;
Den Geistern machte jeder Geist Verdruß,
Den Wissenden das Wissen kein Behagen.
Da dacht´ ich zweier Toten zum Beschluss –
Ha, *Weimar* – ! Auf, dort lässt sich noch ergründen,
In welchem Geist man Göttern nahen muss,
Hoch wandelnd über sich und dieses Lebens Schlünden!

Johann W. v. Goethe   Friedrich Schiller

8 Beim Mondenlicht, das reich herunterglänzte,
Betrat ich still vertrauend das Gefild,
Das einst den Sitz Unsterblicher umkränzte.
Der heil'ge Hag der Stadt empfing mich mild.
Wie fühlt' ich mich von frommer Angst durchzittert
Vor unsrer Sänger hohem Doppelbild
Und vom Gedankensturm, wie stürmisch angewittert!

9 Obgleich die Lippen jede Frage scheuten,
So ließen ihrer Weisung hehre Spur
Die zwei mich schon aus ihren Mienen deuten.
Der eine mit der Güte der Natur:
„Durch einen *Menschen* wirst du sie erreichen!" –

Der andre mit dem Blick zur Sternenflur:
„Zu ihr gelangst du nur durch Geister unsersgleichen!"

10 Ich stürzte freudig weg vom Götterhage
Und blickte jedem, der die Straße kam,
Ins Aug` mit einer tränenschweren Frage.
Erschreckend war es, was mein Herz vernahm!
Statt Menschen – Masken mit dem Tritt der Blinden!
Entweihend schritt man vor, der Hoheit gram,
Die Bahn zum Himmelsborn verschwand in Irrgewinden.

11 Welch Werk es sei, *im Geist zurückgewinnen,*
Was uns des Lebens wilder Strom verschlang,
Das fühlt´ ich da, mit Herzen und mit Sinnen.
*Im Schwall des Niedergangs ein Höhengang*!
O das ist mehr als Schlag und Schlachtenwunde!
Es sagt´s kein Wort und keines Seufzers Klang! –
Ich schied mit keinem Trost, mit jedem Gram im Bunde.

12 Ich ging und stieß auf eine Waldkapelle,
Wo, redend durch die Randschrift: *Geh in dich*!
Ein Herold Christi stand in grauer Helle.
Ein andres Wort: *Empor durch Gott und sich*!
Entwallte fassbar seinem Stein-Antlitze,
Das einem Machtgesicht aus Florenz glich –
Und warf ein tönend Licht nach meinem Seelensitze.

13 Und in der Runde dehnte sich ein Rasen,
Der, weich vom Feldgras, meinem Tritte wich,
Und klargeäugte Hirsche sah ich grasen.
Ich kniete hin und weinte bitterlich! –
Der Echse glatte Brut, die silbergraue,

Die leis' vom Felsen zur Kapelle strich,
Benetzte gleitend sich mit meinem Tränentaue.[42]

## II. Stufe[43]: Verhängnis-Zweifel

### (1) Bürger der Schöpfung 14

Hier schmückt ein froher Lenz den grünen Plan,
Die Blume schmilzt, die Wonne quillt heran,
Am Äther glänzt der Sonne goldnes Bild,
Die weißen Lämmer weiden im Gefild
Und rauschend webt der Strom sein feuchtes Band –
Hier lasst uns sein, hier spielen ohne Harm,
Hier rege Fuß und Hand,
Hier, muntrer Knabe, blüht dein Vaterland!

Hier wallt ein ungeheurer Ozean
Und seine Flüsse münden himmelan,

---

42 Fercher von Steinwand war durch die Philosophien von Fichte, Hegel und Schelling zu seiner „Vita nuova" gelangt. Auf denkerischem Weg erwartet er für die Menschen des Volkes solch eine Erweckung zunächst kaum, aber von der dichterischen Vermittlung im Feld der Ästhetik glaubte er an solch ein Erwachen. Daher der Umschwung von den Denkern zu den Dichtern. Aber die unerträglich große Enttäuschung musste er dann hinnehmen, dass die Menschen des 19. Jahrhunderts an ihren Dichtern vorbeigegangen waren, als ob es sie nicht gegeben hätte. Das bedeutete nun, dass die Dumpfheit der Seele, die Steinwand in den besprochenen dreizehn Versen durchleuchtet hat, in den Deutschen unaufgehellt blieb, und die Seelen das Licht des Geistes entbehrten. Die Menschen waren geistig blind. Nur in dieser lichtlosen Düsternis konnten sich die fremden Widersacher von innen und außen in Deutschland unbemerkt einschleichen und die Katastrophen des 20. Jahrhunderts auslösen. Steinwand lässt sich nicht entmutigen. Zunächst war ihm von einem „Herold Christi" gesagt worden: *„Geh in dich"*; er müsse, noch tiefer schürfend, andere Aspekte des geistigen Wirkens zutage fördern und auch noch höher durch Gott zu Gott aufsteigen. Die „klargeäugten Hirsche" sind dafür ein ermutigendes und „der Echse glatte Brut" ein bedenkliches Bild.

43 Auf der zweiten Stufe betreten wir ein „Festland", auf dem Freiheit erobert wird, womit zugleich – mehr als sonst – Fehlurteil und Irrtum gleichsam einkalkuliert sind.

Es wankt der Kiel, es knarrt der hohe Mast,
Die Wellen fliehn, die Wolken ohne Rast
Und durch die Schleier blitzt ein heller Strand –
Hier hofft das Herz, hier wird mir wohl und warm,
O reiche mir die Hand,
Hier, schönes Leben, blüht dein Vaterland!

Hier atm´ ich Freiheit – auf! Die Höhe winkt,
Die Brücke wölbt sich und die Zinne blinkt,
Es horcht der Wald, der junge Tag ertönt,
Die Felswand glüht, der alte Gletscher dröhnt
Und Adler schweben um den Klippenrand –
Hier bin ich stark, hier lenk' ich mein Geschick,
Denn eins sind Herz und Hand,
Hier, kühner Geist, hier blüht dein Vaterland!

In stiller Tiefe bau´ ich Herd und Hort,
Hier schirmt ein Felsengürtel Pfort´ und Wort,
Des Berges Stürze brausen drüber hin,
Doch selig, sicher wohnt es sich darin;
Das Glück ist Wirklichkeit, der Irrtum schwand,
Mir sagt´s dein Mund und schöner sagt´s dein Blick –
O fasse meine Hand,
Hier, treues Herz, hier blüht dein Vaterland!

Das Tor ist auf – hier tret' ich friedlich ein,
Der Hof, wie stumm! Was will hier Stein bei Stein?
Lau dampft die Nacht, das schmale Kirchlein ragt,
Die Ampel träumt und die Zypresse zagt,
Entsunken liegen Urnen rings im Sand –
Hier halt' ich still, bis mich das Frühlicht streift,
Hier ruhn wir Hand in Hand,
Hier, letzte Sehnsucht, blüht dein Vaterland!

In himmelhohen Tempeln thron´ ich hier,
Des Urlichts Riesen wachen über mir,
Der Glanz der blassen Erde blickt empor
Aus kaltem Duft wie Leichen aus dem Flor,
Dem Flor, dem ich so glücklich mich entwand –
Hier hab´ ich Macht, so weit der Wille greift,
Hier schüttl´ ich dir die Hand,
Hier, große Seele, blüht dein Vaterland.[44]

## (2) Zechlied. 15

Was blickt ihr zur Ferne
So schmiegsam und bang?
Am Himmel die Sterne,
Beim Wein der Gesang!
Ha, wären wir alle so brav wie der Wein,
Wir wohnten im Land uns erquicklicher ein,
Wir wurzelten, grünten auf unserem Boden
Und schielten nicht stets nach Pagoden und Moden,
Wir suchten die heiligen Bahnen
Mit *eigenen* Fahnen!
Trinkt – besser ist saftiges Plänkeln,
Als dürres Gedänkeln![45]

Die Winde durchrauschen
In Chören die Flur,
Wir aber, wir tauschen

---

44 Das Vaterland ist der Erdboden, auf dem man geboren wird und zumeist seine Kindheit und Jugend verbringt. Die Kräfte, die hier aus der Erde ausstrahlen, sind für jeden Menschen elementar wichtig. Sie dürfen nicht missbraucht und entstellt werden. So wie jeder Baum den Boden braucht um Wurzeln zu bilden, braucht der Mensch Heimat.

45 „Dürres Gedänkeln" ist kraftloses Klügeln des Verstandes. „Saftiges Plänkeln" hingegen ist zwar auch von der Wahrheit entfernt, ergreift aber Kraft und Mut und schafft damit Vorraussetzungen für weitere Entwicklungen.

Melodisch den Schwur:
Wir meistern mit Worten die Zeit nicht hinfort,
Und kümmern uns nicht um der Fremdlinge Wort;
Das Herz, wir gedenken´s zusammenzuhalten,
Sein Wesen, wir wollen´s zum Strome gestalten,
Dass alles, weswegen wir bluten,
Erstick' in den Fluten!
Trinkt – besser ist saftiges Plänkeln,
Als dürres Gedänkeln!

Die Wolke dort schwellt sich,
Der Horizont glüht,
Beim Becher erhellt sich
Die Glut im Gemüt!
Und zwingt der gemeinsame Feind uns zur Schlacht,
Wir wollen ihn fassen, wie Löwen entfacht,
Uns nicht im Versäumen und Träumen verschwelgen,
Nicht fragen den Briten, den Russen, den Belgen,
Wir wollen uns stählen und gießen
Kanonen und schießen!
Trinkt – besser ist saftiges Plänkeln,
Als dürres Gedänkeln!

Dort tobt schon das Wetter,
Von Blitzen umdräut,
Hier Liedergeschmetter
Und Bechergeläut´!
Und geht´s um des Geistes mißachtetes Recht,
Ums göttliche Feuer im Menschengeschlecht,
Die Prahler erkennen wir nimmer als Führer,
Nicht Schleicher, nicht Spürer, nicht listige Schürer,
Wir pflanzen uns selbst an die Spitze
Und lenken die Blitze!
Trinkt – besser ist saftiges Plänkeln,
Als dürres Gedänkeln!

Die Luft ist vom schwülen
Gewölke befreit,
Lasst klarer uns fühlen
In männlicher Zeit!
Wir fliehn ein Bestreben, das Zonen durchschwärmt,
Dem nimmer die Heimat den Busen erwärmt;
Es segelt unselig durch Nebel und Furten
Und landet im Chaos mit seinen Geburten;
Die *heimischen* Götter beraten
Am Schönsten die Taten!
Trinkt – besser als dehnbare Christen,
Sind wir Egoisten![46]

## (3) Froschlied. 16

Wir Frösche, wir haben
Die glücklichsten Gaben
Für Leben und Welt;
Wir sind nicht zu kühne,
Wir meiden die Bühne
Und brauchen kein Geld.
Beliebt´s uns zu schimpfen,
So tun wir´s in Sümpfen
Und blähen uns doch,
Wir Frösch´ – hurrah hoch!

Und sind wir auch eckig,
Flachstirnig und fleckig,
Drob quält uns kein Gram;
Wir wechseln wie Leute,

46 Im Zeitalter der Freiheit wird der Mensch von Kulturlosigkeit bedroht, weil der Geist fehlt, der allein das ästhetische Gewissen ausmacht. Der Verstand kann – ohne den Geist – nur dürre Assoziationen verflechten und der Alkohol protzigen Egoismus züchten. Das kulturelle Leben landet auf der Flachheit wie die Frösche auf dem Bauch.

Wie kluge, die Häute,
Mit keinerlei Scham;
Wir können uns strecken
Und schlüpfen durch Hecken,
Wir bleiben jedoch
Stets Frösch´ – hurrah hoch!

Und unsere Lieder
So einfach und bieder,
Erregen nicht Neid;
Wem glühend die Seele
Sich drängt durch die Kehle,
Der ist nicht gescheit.
Wir sagen´s ausdrücklich,
Wir reimen nicht glücklich,
Wir reimen drum doch,
Wir Frösch´ – hurrah hoch!

Wir hocken am Ufer
Zuweilen; wir Rufer
Beherrschen das Feld;
Kommt jemand vom Raine –
Hei, lang sind die Beine,
Schnell birgt uns ein Zelt!
Und kehrt er den Rücken,
So quatschen und quieken
Und quaken wir doch
Wir Frösch´ – hurrah hoch.

Wir werden nie hitzig,
Sind glatt, doch nicht witzig,
Das schützt vor Verdruss;
Doch wer uns mit Not dräut,

Sogar uns halbtot bläut:
Wohl ihm, wenn zum Schluss
In Lachen und Stoppeln
Wir uns nicht verdoppeln,
Verzehnfachen noch,
Wir Frösch´ – hurrah hoch!

Wir quarren beharrlich,
Wir Quappler sind wahrlich
Ein wackres Geschlecht!
Wir speisen die Laiche,
Die Würmer im Teiche,
Uns speiset der Hecht:
Zu essen auf Erden,
Gegessen zu werden
Ist Ordnung ja doch,
Wir Frösch´ – hurrah hoch

## (4) Klage. 17

Die teilnahmsvoll den engen Kreis beschreiten,
In dem mich das Verhängnis festgebannt,
Sie lassen laut das düstre Wort entgleiten:
Dein Vater, er, den wir als Greis gekannt,
Er sank, vom Arg des Schicksals übermannt. –
Sie schildern, hehres Haupt, mir deine Peinen,
Dein ruhmlos Grab hat keiner mir genannt,
Dein Herz nur seh´ ich ringen nach dem meinen,
Und ich? – Wann wird das Schwert, das *mich* befreit, erscheinen![47]

47 Die Instanzen, die hier sprechen, sind das ICH selber, das in sein Verhängnis gebannt ist und meine Gefährten, die klagend sagen dass mein Vater, den sie als Greis gekannt, vom tragischen Schicksal übermannt dahingesunken ist. Sie schildern meinem „hehren

Du bist des Daseins allzuspät genesen,
Du trugst das Unglück der Titanenart,
Erschienst hier fremd als Freund *geahnter* Wesen.
In dir war Kraft mit Geist und Mut gepaart,
Drum eben hat man dir kein Leid erspart:
Denn jeder Heuchlertrupp in jedem Kleide
War unverdrängbar gegen dich geschaart,
Und jeder schale Zwerg, vergilbt im Neide,
Verpflegte seinen Wurm in deinem Eingeweide.[48]

Zum Sturze half dir jeder willenskräftig,
Dich aufzurichten hob sich keine Hand,
Dir weh zu tun war jedes Herz geschäftig;
Allein wo war das Herz, das dich empfand,
Das deinen Wert mit Zartgefühl umwand?
Sie nutzten deine Tatkraft und Erfahrung,
Den reicherprobten, männlichen Verstand;
Doch wessen sichre Wissensoffenbarung
Erfrischte lohnend *dich* mit ungemeiner Nahrung?

Und rings das derbe Vorrecht aller Dinge,
Aus deren Schoß der Wahn verpestend steigt,
Der Mut des Schlechten, das die Schlangenringe
Durch alle Breiten unbegrenzt verzweigt,
Dass auch der Wackerste mit Schauder schweigt –
Die freche Wiederkehr der schnöden Stunden,
Wo dem Gemeinen sich der Edle neigt,
Wer hat das Unheilbare *dieser* Wunden,
Mit schärferm Blick, als du, mit tieferm Schmerz gefunden!

---

Haupt" die ausgestandene Pein. Dabei unterscheiden sich mein Haupt und mein Herz. Im Herzen ringt sich das zweite Ich ans Licht, während mein erstes Ich im Haupt sein Grab gefunden hat. (Siehe „Goethes Leben im Rhythmus von sieben Jahren", Kapitel 1, Abschnitt „Wilhelm Meisters Lehrjahre als Produkt der Involution", S. 11ff.).

48 Der „schale Zwerg" gehört zu Elementarwesen, die in Verwesung begriffen sind. (Siehe Goethes Leben im Rhythmus von sieben Jahren, S. 262).

Du schweiftest durch das Leben wie die Wogen,
Die durch des Nordens ungeheures Meer,
Vom hohen, starren Eisgewölb umzogen,
Die tiefen Bahnen wandeln dumpf und schwer.
Und über dir ein Himmel, sternenleer!
Du starbst wie Seewild in des Poles Spalten,
Das, aus der Seele blutend, weicht dem Speer
Und, dicht bedrängt von tödlichen Gewalten,
Mit leiserm Angstgelechz´ sich sehnt nach dem Erkalten.[49]

O dürft´ ich stürmend deinen Sarg zerschlagen,
Nicht um zu wecken dich zum alten Weh,
O dürft' ich´s, um mit Tränen dir zu sagen,
Wie sehr im finstern Leid, das ich besteh´,
Ich deine Qual, dein stummes Trachten seh´!
Die stolzen Locken, die mir düster leuchten,
Wenn ich durch diesen Schlund des Elends geh´,
Die jeden Feigling in die Ferne scheuchten,
O könnte sie mein Mund mit warmem Kuss befeuchten!

Ich folge dir im Geist in die Gefilde,
Durch die dein Schatten wallt zum Weltgericht;
Ich nahe bebend deinem Riesenbilde,
Denn schon begrenzt dich meines Auges Licht;
Du wendest ernst nach mir dein Angesicht:
Du segnest nicht – dich schüttern keine Klagen –
Wohlan, dem Stolz des Edlen groll' ich nicht,
Du hast als Mann des Lebens Fluch getragen,
Es wogt in mir dein Blut, ich darf das gleiche wagen!

49 Das erste Ich kommt immer aus einem früheren Erdenleben. Es ist hier ein solches, das im Norden ein früheres Erdenleben durchgemacht hat und sein altes Schicksal mutet wie ein erjagtes Seewild an.

## (5) Begegnung. 18

Fremdling, steh, wer bist du? Rede! –
Ha, dein Auge stählern, kalt,
Kündet meinen Blicken Fehde
Und dein Antlitz übt Gewalt.

Ob auch rings an unsern Stegen
Felsen starren, frostig, alt,
Sei´s, ich nahe, jung verwegen,
Deiner männlichen Gestalt.

Zwar dein Auge scheint zu rügen,
Während deine Stirne wägt,
Schmerz ist, dünkt mich, deinen Zügen
Oder Zweifel aufgeprägt.

Was dich quäle, was dir fehle,
Weiß ich´s? – Aber sieh, hier blüht
In der offnen freien Seele
Dir ein liebendes Gemüt![50]

---

50 Das zweite Ich wird im vierten Jahrsiebt geboren, ist bis zum 26. Lebensjahr aber noch nicht ganz bei sich, sondern halbbewusst einsam. Das gilt nicht für das Ich-Bewusstsein, in dem wache Bewusstheit herrscht, sondern für das zweite oder höhere Ich. Aber soziale Beziehungen zwischen Menschen im vierten Jahrsiebt können ein gegenseitiges Gewahrwerden im Sinne eines Gleichheits-Erlebens ermöglichen, wodurch das ganze Mysterium der Ich-Natur in diesem Alter wirksam wird. (Siehe „Goethes Leben im Rhythmus von sieben Jahren“, Kapitel: „Gleichheit zwischen jungen Erwachsenen im vierten Jahrsiebt“, S. 113.) Der Genius begibt sich auf diese Ebene und vermittelt solch eine Begegnung.

## (6) Bitte. 19

Wenn ich zittre, wenn ich fehle,
Wenn ich schwanke, wenn ich kranke,
Flecht´ in mich sich deine Seele,
Rank´ an mich sich dein Gedanke.

Wenn die Teuersten mich meiden,
Meiner Geistesart mißtrauen,
Wolle du nach meinen Leiden
Sternenmunter niederschauen.

Wenn mich Unberühmte schmähen,
Wenn mich die Berühmten tadeln,
Bleib als Hort in meinen Nähen,
Denn ein Wort von dir kann adeln.

Drehn sich wirr um mich die Sorgen
Der entgeisternden Entbehrung,
Leuchte mir als klarer Morgen,
Schirme mich vor der Entehrung.

Triffst du mich im Feld als Leiche,
Mich, vom eignen Blitz erschlagen,
Wolle mir, o Sternengleiche,
Deine Träne nicht versagen.[51]

51 Dem Untergang im Grab des Hauptes kann das erste Ich nicht entgehen, jedoch wird es durch die Sorgen und Entbehrungen, die es ertragen hat, vor Entehrung bewahrt, wenn gute soziale Beziehungen regsam sind, die nötig sind.

## (7) Die Nixen. 20

Im schäumenden Pontus zwischen Klippen,
Da liegt ein Jüngling am Strand,
Hier haben ihn Nixen getragen ans Land.
Nachdem sie die Glut ihm geküsst von den Lippen.

Grau von Gewand –
Sieh dort, wie sie wachsend den Wassern entschweben,
Die dehnbaren Häupter erheben! –
Der unter ihrer Umarmung erblasste,
Er sehe sich vor,
Er tastet zum Himmel vergebens empor.
Er ist der Gerichtete, ist der Gehasste.
Sieh dort, wie sie kommen mit Tosen,
Ohne Gleis, ohne Glanz
Sich schließen zum Kranz,
Sich lösen zum Tanz!
Ha, wie sie kühn, wie sie kalt sich erbosen, –
Sie kennen ihr Ziel,
Sie suchen ihn tückisch, *ihn*, der erlag,
Mit Augen und Antlitz ohne Tag
Und fällen ihn ewig, der einmal gefiel!
Sieh da, wie sie nach entsetzlichem Spiel
In wankenden Zeilen
Der Schaukel des zischenden Meeres enteilen,
Verworren blasen
Und schmettern,
Mit Rasen
Den Strand erklettern,
Den steilen,
Die sprühenden Kronen und Krausen
Entschütteln, entschleudern mit Brausen!

Du aber, kannst du menschlich erwarmen,
So sieh mit Erbangen, sieh mit Erbarmen,
Wie sie den Toten verhöhnen, verspotten,
Die starrenden Glieder ihm wütend necken,
Wie sie sich recken,
Wie sie sich stürmisch und stürmischer rotten,
Das hangende Haar des Verblichenen schrecken,
Das Auge, das ruhende, wecken,
Mit Riesengebärden, mit drohenden, schauen,
Sich winden, sich stauen!
Sie scheinen in frostigen Hüllen zu lodern,
Die göttlichen Frauen,
Verschwendete Küsse wiederzufordern,
Indes sie teuflisch das Ufer betauen,
Mit scheuchendem Grimm und entseelendem Grauen.

Wohl dem, der nie die linde Fessel brach,
Die tief ihn bindet, bindet tausendfach
An warmer Menschen duldende Natur!
Wohl dem, der gern auf heimatlicher Flur
Vergnüglich wandelt die begang´ne Spur;
Ihm wird ein Glück in jeder Scholle wach
Und Trost erblüht ihm unter trautem Dach –
Nichts ist so treulos wie die Götter, ach!

Als er in den Alpen, am grünen See
Mit ahnendem Weh,
Mit schönem Erblassen
Hinab in die träumende Welle sah:
Da konnten sie´s nicht lassen,
Da kamen sie weichem Fußes ihm nah;
Sie kamen mit Mienen, mit ruhigen, glatten,
Aus lockenden Lichtern und spielenden Schatten,
Sie kamen in reizend vertrauten Gestalten,
Die Seele zu rühren mit Seelengewalten.

Sie ließen den glänzenden Busen wallen,
Sie wussten durch schmachtenden Wink zu gefallen,
Durch liebliche Regung,
Durch liebe Bewegung –
Ach, lieblich und leicht wie der gleitende Schnee!
Und Innigkeit taute aus ihren Zügen,
Sie kannten sein Herz, sie litten sein Weh,
Sie mochten nicht scherzen, sie konnten nicht rügen,
Sie ließen ihn glauben an holdes Genügen!
Sie nahten bekümmert dem Kummerblassen
Mit liebem und liebstem Umfassen –
Hei, gab es einen Beglückteren je
Tief in den Alpen am grünen See?[52]

## (8) Beim Anblick eines Katers. 21

Dass ich dürft' ein Kater sein,
Frei von höhern Plagen,
Dessen Seelenstand ist ein
Tiefes Wohlbehagen.

Dieses treue Rundgesicht,
Ruhig mit Empfindung,
Ist ein lyrisches Gedicht
Neuester Erfindung.

Seine kleinen Öhrlein stehn
Wie gereimte Jamben
Und durch seine Kehle gehn
Sachte Dithyramben.

---

52 Das erste Ich hatte nicht nur im Norden, sondern auch im Süden „im schäumenden Pontus" in Kleinasien frühere Erdenleben vollbracht. Hier wurde es von Nixen bedrängt. Dies sind Elementarwesen aus der Kategorie der Undinen, die hier jedoch auch in absteigendem, dekadenten Vergehen oder Verwesen begriffen sind.

Dieser leicht schattierte Schwanz,
Voll von leiser Magik,
Stünd´ auch schön als Jungfernkranz
Der modernsten Tragik.

Dass in Kunst Natur sein soll,
Fass´ ich unwillkürlich,
Säß´ er da gedankenvoll,
Wär´ er noch natürlich?

Den Gesellen ohne Schmelz
Peitscht man vor die Wände;
Aber *diesen* glatten Pelz
Streicheln alle Hände.

Und auch sein Gemüt hat Schliff,
Schreckt nicht ab durch Größe,
Nicht durch allzu kühnen Griff,
Ritzet nur die Blöße.

Dass er oft sein Wesen trübt,
Sittlich liegt in Trümmern,
Die Ästhetik türkisch übt,
Sollte das uns kümmrn?

## (9) Junge Tanne. 22

Jungfräuliche Tanne,
Was ist dein Sinnen
Am Höhensaum?
Was ist´s, was in dir die Geister spinnen?
Ein Traum –

Dass er mit seinen Schleiern umspanne,
Was über dir drohend schwebt durch den Raum?
Dass er melodisch in Schlummer banne
Den gähnenden Schrecken der Gründe,
Der Felsenschlünde?

Kaum geboren,
Scheinst du zu klagen
Und stehst wie verloren
In heimliches Zagen.
Wenn´s vom Norden weht,
Du möchtest flehen;
Wenn still um dein Haupt sich die Sonne dreht,
Du möchtest vergehen.
Wird´s auf den Höhen fahl,
Musst weilen;
Grünt´s noch im Tal,
Du kannst nicht enteilen!

Wie du fühlst, wer ergründet´s?
Was du wünschest, wer ahnt´s, wer verkündet´s?
Durchzieht dich der Schmerz des Entstehens?
Und kennst du die Qual des Empfindens und Sehens?
Ist´s, was uns treuer schirmt, als Mutterschoß und Wiege,
Und sanfter hütet als der Macht- und Zauberstab,
Der uns das unerbet'ne Leben gab,
Ist es der Sieg über alle Siege:
Der rettende Tod, das verzehrende Grab,
Nach dessen Tiefen sich wendet dein Schmachten,
Deine duftenden Arme trachten?

Dein Grün will schmerzlich und schmerzlicher nachten –
Denkst du?
Durchleidest du oftdurchlittenen Kummer?
Verbirgt sich unter deinem Trauerkleid
Unmittelbares Leid?
Im Wachen, im Schlummer
Senkst du
Die schlanken Triebe,
Ist es sehnende Liebe?

Willst du langen
Mit Kindesgebärde
Nach der feuchtenden Brust
Der heiligen Erde?
Mit Liebesumfangen
Am ersten Gedanken des Werdens hangen,
Nicht des Weh´s, nicht der Lust,
Aber der innigst waltenden Milde
Traulich und sicher bewusst?
Willst du erstreben
Ein sinniges Leben
Im Bilde?
Willst du zu Tönen weben
Deine Triebe? Dich blühend erheben
Zu den Geistern des Liedes?
Der Stille des Riedes
Mit klingendem Odem entschweben?
O Tochter der Erde,
Freundlich Gebilde
Am Höhengefilde!
Was ist dein Verlangen,
Deine zage Beschwerde,
Dein schweigendes Bangen?[53]

53 Die gerade aufwachsende Tanne erinnert an die Reinheit des zum Himmel deuten-

## (10) Schön Elschen. 23

Schön Els' ist des Puechingers Töchterlein,
Ein Mägdlein, das wächst wie der schimmernde Wein,
Das Wunder des Berges, der Schmuck der Gemein.
Das dämmert im Auge, das tagt auf der Wange!
Doch unter der Flechten nachtendem Hange,
Da thront nur der Sinn, der auf Irdischem fußt,
Da strebet der Nacken bewusst –
O Lust,
Da funkelt die Brust!

Und eilt das Gesinde zur Arbeit frank,
Da hütet schön Else die Kammer – tut krank;
Doch schreitet sie heimlich zu Spiegel und Schrank
Und webet Bewegung sich weich ins Gelenke
Und wieget die Hüften – o Elschen, bedenke!
Zwar webt um dein Mütterlein Kirchhofduft,
Doch wacht noch sein Geist in der Luft –
„Wer ruft? –
Beschwert ist die Gruft!"

Und gestern der Vater gestorben war,
– Man füllet am Acker das üppige Jahr –
Nur Else bewacht in der Stube die Bahr´;
Sie glättet mit feuchtem Finger den Scheitel
Und gleist um den Spiegel – ach Else, wie eitel!
Wie trocknet so plötzlich die Träne dir ein,
Am Platz noch des Vaters Gebein! –
„Mag sein!
Man zimmert den Schrein."

---

den, aufgerichteten Kindes, das den der Kindheit verwandten „Stamm" ins weitere Leben trägt. Dieses Mysterium bleibt aber bis zum Tod verborgen, kann sich nicht von selber melden und ist seinem Schicksal ausgesetzt.

Schwer senkt sich die Schwüle vors einsame Dach,
Schön Else treibt bei der Leich´ im Gemach
Den zwingenden Träumen der Eitelkeit nach.
Die brütende Sonne schielt durch die Klinsen,
Am Schragen die schweigenden Schatten grinsen. –
O Else, du hast dir den Busen entrollt!
Sag an, was der Heiland gewollt!
„Er grollt?
Bald schmachtet, wer schmollt."

Und starrt auch das Antlitz des Toten drein,
Sie streift das Gewand von sich lüstlich und fein,
Das fügsame Mieder, den faltigen Lein,
Läßt´s über die wölbige Lende wallen,
Am zierlichen Knie hinunterfallen –
Horch, Elschen, am Torweg knarrt es im Sand –
Schon klappert´s an die Tür mit der Hand –
„Ei Tand,
Noch kracht nicht die Wand!"

Und es pranget die Maid sich zur Augenweid´,
Mit enthülletem Leib fortschmeichelnd das Leid,
Lässt glänzen die Glieder wie blankes Geschmeid,
Die schmiegliche Weiche, die ebbet und flutet,
Die duftige Haut, die geheimnisvoll glutet –
Die Leiche – ha Else. Dich holt noch bei Tag
Der Teufel zum Hochzeitsgelag –
„Blitz schlag!
Er komm', wenn er mag."

Da hebt sich ans Fenster ein Hahnengesicht –
Ein Jäger, im Aug´ mit rubinenem Licht,
Das seltsam schräg durch die Scheiben sticht.

Keck sitzt ihm die Jacke, die Tasche von Leder;
Am keglichten Hute die scharlachne Feder;
Er schlägt mit der Gerte vors Gitterscheit:
„„*Ist Else zur Hochzeit bereit*?““
„Wer freit?“
„„*Ich. – Komm, es ist Zeit*!““

Schon dunkelt die Stunde, schon dämmert der Stern,
Hell tönt das Metall der Türme von fern,
Heim kehren die Schnitter und beten zum Herrn.
Sie treten ins Haus – da knistert ein Regen
Von irrenden Faltern ihnen entgegen;
Sie sprengen die Stube – „Schön Elschen! – Ei halt,
Sie schläft.“ – „„Auf, auf mit Gewalt!““
Einfalt!
Schön Elschen ist kalt.

## (11) Die Geißhirten. 24

1 „„Da sitzt schon die Sonn` auf dem Felsengehäng!
Das Vieh will nicht fort von Gehöft und Gespräng,
Verfluchtes Gezwäng!
Ihr Bälge, dass euch die Hölle verschläng´! –
*Hans*, schrecke die Ziegen dort über die Blöcke,
Ich knittle die Beine der stämmigen Böcke!““

2 So poltert der bucklige Geisshirt *Klaus*,
Da tummelt sein Sohn sich zur Hütte heraus
Mit Hui und mit Saus
Und drängt auf die Halde die Herde hinaus;
Die lagert sich droben, am Raine sich streckend,
Die Gräser benagend, die Steine beleckend.

3 „Du gönnst," meint Hans, „ihr zu wenig Salz,
Es macht sich bei Hieben und Peitschengeschnalz
Nicht Milch und nicht Schmalz" –
„„Hot! Gleicht doch mein Vieh fast dem Mühlengewalz!""
Ruft Klaus, „„sind die Züchtlinge rund nicht und wänstig?
Gott´s Wetter, die Racker sind widerspenstig!"" –

4 „Da schabt an der Schwelle," bemerkt jetzt Hans,
„Noch eine Geiß mit der Schneide des Zahns" –
„„Ho, bärtige Gans!""
Brüllt Klaus, „„verschmähst du die Kräuter des Plans? –
Das ist die *Braune*, die schwarz ist gestrichelt,
Hätt' längst ihr den Kopf gern abgesichelt!"" –

5 Umschleicht dann die Hütte, vor Wut kalkweiß,
Und schlägt auf die Stirn die gestrichelte Geiß –
„„Zum andern Geschmeiß,
Du Bestie, troll dich hinauf und beiß!""
Da deucht es dem buckligen Hirten, als schwölle
Vor Ingrimm das Tier – doch es steigt ins Gerölle. –

6 „Spießfeind bin auch ich dem gestrichelten Vieh –
Jüngst stahl ich dem Senner ein Kalb – doch sieh,
Als dem Stall ich´s entzieh´,
Da meckert mir plötzlich die Geiß um das Knie,
Die tut mit so teuflischen Augen mich fassen –
Stracks musst' ich die Kalbsschnauz' fahren lassen." –

7 Dem Vater erzählt dies der knollige Sohn;
Doch jener versetzt ihm: „„mit ähnlichem Drohn,
Mit nämlichem Hohn
Verfolgt mich das Tier – o bitterster Lohn!
Dir beicht' ich was, Bub´ – her Ohren und Blicke!
Doch kneble die Zunge, sonst geht's ans Genicke. –

8 Ich liebte, wohl sind es schon viele Jahr´,
Des Fichtingers Gustel, ein Mädel, fürwahr
Willfährig und klar;
Doch macht mirs der Görg abtrünnig gar;
Das sprengte mir fast das Gemüt in Stücke;
Doch ich, ich stauchte die Galle zurücke.

9 Verstrichnen Sonntag schleppt ganz keck
Der Görg nach der Alpe Mehl und Speck;
Ich paff' im Geheck
Und zieh´ mir das Messer wohl aus dem Besteck
Und ritz' ihn, als er vorüberpfauchet;
Er aber verblutet, verhauchet, verjauchet.

10 Dabei bedeucht´ ich mich ungesehn –
Verdammt, da entdeck' ich die Geiß! – Was geschehn,
Sie sah mich´s begehn,
Und als ich mit fürder beweg´ auf den Zeh´n,
So stiert sie mir zu mit dem braunen Gesichte,
Ich zuckt´, als stünd' ich schon vor dem Gerichte."" –

11 Klaus setzt sich, indes er so dumpf sich erging,
Am Zacken, der über dem Abgrund hing,
Und trennt mit der Kling´
Vom Brotlaib einen gehälfteten Ring,
Und blinzelt bergan, wo die Tristen lehnen,
Und blinzelt hangab, wo die Schlünde sich dehnen.

12 Drauf Hans, sich drehend: „He, Vater, just schlich
Die Braune da droben sich hinter dich,
Du bist ihr im Strich,
Enteil, denn Geröll hat ihr Fuß vor sich –
Blitz, Alter, ist´s neu dir? Die Geißerchen streben
Dem Hirten neunmal am Tag nach dem Leben!" –

13 Kaum spricht er´s und unter den knotigen Klaun
Des Tiers schon entwälzt sich ein Stein – o Graun! –
Und strichrecht, traun,
In wachsenden Sätzen, erschütternd zu schaun,
Und wirft, aufprallend, den Greis ins Gesenke –
Den Schädel, den Rumpf, die zerriss'nen Gelenke!

14 Der Bursch erbleicht vor Entsetzen und Zorn,
Er nimmt die gestrichelte Geiß aufs Korn
Und packt sie beim Horn
Und zerrt sie knirschend und Strauch und Dorn,
Er stößt sie zum Stall, da walkt er sie mürbe –
„I dass doch der Schalk, der gespenstige, stürbe!"

15 Da funket die Geiß nach satanischer Art
Und schnellet den Stutzschweif – er fasst sie beim Bart:
„Auf, Hexe, zur Fahrt!
Sei *ohne* den Kopf zu den Teufeln geschart!" –
Durchhackt ihr den Hals in der Hast, der erbosten,
Und heftet den hörnigen Kopf an den Pfosten. –

16 Noch triefend vom Schlachten entschleicht er dem Ort,
Es ängstet das Herz ihn von Herd´ und Hort,
Es peinigt ihn fort,
Die Brust hat nicht Klang, die Lippe nicht Wort –
Wohin er auch trägt die strebenden Glieder,
Da trifft er die Geiß, die gestrichelte, wieder.

17 Er rastet am Riede, verkümmernd schier,
Zwei Hörner enttauchen dem Halmenrevier –
„Das Tier hat noch Gier?" –
Und schaudernd entrinnt er dem rächenden Tier.
Doch als er sich drauf ins Gehölz will wagen,
Da hört er´s zwischen den Föhren klagen.

18 Und lechzend neigt er hinab sich zum Quell,
Da rauscht´s ihm entgegen gerötet hell –
„Beim Himmel, wie grell!“
Der Stein, der ihn stützt, wird Gebein – „„*Ha Gesell*““ –
Er setzt sich zum Imbiss – *sie* sinkt ihm zu Füßen,
Die greuliche Feme, mit stöhnenden Grüßen!

19 So wankt er vom Tag hinüber zur Nacht –
O dumpfige Träume! – Das Lager erkracht –
Rings feurige Pracht –
Es dräut die Natur ihm mit eigenster Macht! –
Er schließet die Augen wohl fester und tiefer,
Da schmiegt an sein Kinn sich ein zottiger Kiefer.

20 Er stürzt in den Hof mit der Angst im Geweid –
Schon spinnt sich der Äther ein silbernes Kleid
Und kalt für das Leid
Erdämmern die Gipfel im Morgengeschmeid –
Da beglotzt ihn vom Pfosten der Kopf mit Gähnen
Und der Frühwind pfeifet vorbei an den Zähnen.

21 Da fröstelt´s den Hirten, er sinkt an den Pfahl,
Er seufzt nach den Höhen, er weint in das Tal,
Wird scheel, wird fahl –
Ein alternder Geier, verwittert und kahl,
Umspäht das Gehöft und besetzet die Pfränge
Und putzt sich die Schwingen und wetzt sich die Fänge. –[54]

---

54 Die „Geißerchen“ trachten „dem Hirten neunmal am Tag nach dem Leben“ (12). Hans hatte erkannt, dass ihnen zu wenig Salz gegeben wurde. Darum wurden sie widerspenstig. Salz deutet im Menschen auf das Denken. Durch Denken vermag der heutige Mensch seine Seele zu erheben und jene neun Stufen durchzudenken, die in den alten Zeiten mit Hellsichtigkeit durchlebt wurden. Damals war die mythische Himmelsziege Heidrun ein Bild für das Erlangen der geistigen Nahrung, die man Met nannte. Der Met erhebt geistig. Anthroposophie erkennt neun Engelreiche die zwischen dem Menschen

## (12) Die Biene. 25

(Ein kleines Tier-Epos.)

I

Einsam an des Gletschers Ranft
Musst' ich Schäflein weiden,
Meine Seele fühlte sanft
Jugendlust und Leiden.

Oben glomm das Abendlicht
Bei den Alpenmoosen,
Unten schied ein Wald mich dicht
Von des Tales Tosen.

Und ich stand am klaren Quell
Unterm Felsaltane;
Mir zu Füßen blaute hell
Eine Genziane.

Ich bedachte, selig drob,
Ihres Kelches Tiefe,
Sieh, da klang´s im Kelch, als ob
Jemand freundlich riefe.

Und ich lenkte meine Hand
In des Kelches Nähe,
Tickte leis´ an seinen Rand
Und ich horch' und spähe.

---

und dem einen, höchsten Weltengott wie neun Stufen liegen, durch die in den Bereich des höchsten Gottes gleichsam aufgestiegen wird. Die unteren Stufen sind für den Menschen der Beginn des Aufstiegs. Da waltet der individuelle Engel, den jeder Mensch als ewige Individualität hat, der zugleich die Verbindung zu dem darüberstehenden Volksgeist auf der Höhe schneebedeckter Alpenspitzen vermittelt.

Sieh, und eine Biene klomm
Aus der Blumenleuchte,
Schlüpfte in die Hand mir fromm,
Schmal von Taues Feuchte.

Und sie trug die goldne Fracht
Niedlich an den Füßen,
Hob die dünnen Flüglein sacht,
Um mich zu begrüßen.

‚Immchen', sagt ich, ‚bist du klug,
Dich so hoch zu wagen,
Denkst, es könne dich dein Flug
Auch nach Hause tragen?

Um durch Wies´ und Wald, zumal
Mit der Fracht am Beine,
Zu gewinnen noch das Tal,
Bist du viel zu kleine!'

Biene hob das Köpfchen fein,
Hob die Flügel summend,
Zog die müden Flügel ein,
Nickte tief verstummend.

Ich verstand sie wohl und sprach:
‚Komm, ein Blumenkissen
Unter wirtlich warmem Dach
Sollst du nimmer missen.'

In mein Häuschen trug sonach
Ich die Obdachlose,
Denn mir blühte im Gemach
Eine Lieblingsrose.

Und ich hob das Honigkind
In die Rosenzelle,
Und der Schlaf umfing es lind
An der Rosenschwelle. –

Als das nächste Frühlicht klang
Und mit Engelsmiene
Sonne sich dem Ost entschwang,
Weckt´ ich meine Biene.

Schloß mein Pförtchen auf geschwind,
Sprach: ‚der Tag ist heiter,
Reise heim mit mildem Wind,
Duft sei dein Begleiter.

Raste, wo der Mühlbach braust
Durch des Grabens Kühle,
Wo das rasche Mädchen haust
Und besorgt die Mühle.

Summe deinen kleinen Gruß
Ihr ans Fenstergitter;
Fürchte nichts – des Mühlbachs Gruß
Ist kein Ungewitter!‘

Biene hob nach diesem Wort
Ihre zarten Flügel
Und sie reiste tönend fort
Über Busch und Hügel.

II Und es kam der dritte Tag
Und die Sonne sprühte
Und die Mittagsstunde lag
Auf der Alm und glühte.

Wallend über Hain und Hald´
Schwärmten Mückenreigen
Und zu träumen schien der Wald
Und der Quell zu schweigen.

Blinkend um die Felsenwand
Quoll die Glutenfülle,
Enziane drunter stand
In Azurner Hülle.

Blickte heut so holdvertraut,
Ach, und schien zu ringen,
Ihren Schmelz in Liedeslaut
Lieblich auszuklingen.

Mein erquicktes Angesicht
Senkt´ ich, sie zu pflücken,
Wollt´ mit ihrem Himmelslicht
Meinen Busen schmücken.

Als ich sie vom Rasen hob,
O, wie musst´ ich staunen!
Eine muntre Biene stob
Aus dem Kelch mit Raunen.

Friedlich sang sie mir ins Ohr
Ihre kleinen Lieder,
Kroch mir leis' am Ärmel vor
Auf die Hand hernieder.

Da gewahrt´ ich Staub an ihr,
Silberweißen, feinen,
Und ich war verlegen schier,
Was ich sollte meinen.

Und ich seh´ mit Aug´ und Seel´,
Prüf’ und unterscheide,
Dass ein zarter Flor von Mehl
Ihren Rücken kleide.

Sieh, und aus des Tales Grund
Kam ein Quell von Lüften
Und von jedem Blumenmund
Sprach´s mit einem Düften:

‚Die verträglich dir genaht,
Ist die brave Imme,
Die dich um ein Obdach bat
Jüngst mit dumpfer Stimme.‘

Und ich jauchzte hell und rief:
‚Anmutvolles Wesen,
Das in meiner Rose schlief,
Müd vom Honiglesen!

Ja, du trugst zum Mühlenfluss,
Meine Grüße nieder,
Ja, du bringst mir einen Gruß
Aus der Mühle wieder!

Komm und rast´ im kühlen Gras
Beim beglückten Schäfer,
Süßen Most hab´ ich im Glas,
Trinke, Rosenschläfer!‘ –

Und ich brach ein Eppichblatt,
Goss darauf ein Tröpfchen
Und die Biene trank sich satt
Mit geneigtem Köpfchen.

Flog mir zu der Brust heran,
Stimmte da zur Feier
Mir ein kurzes Liedchen an
Auf der Flügelleier.

Lud auf meinem Busen ab
Allen Staub der Mühle,
Mir war bis ins Herz hinab
Wohl und wonnekühle.

Steigend dann um *einen* Ton
Auf der Töne Leiter,
Schwang die Biene sich davon,
Weiter, klingend weiter!

Und ich rief ihr weinend nach
Einen lauten Segen:
‚Geh, und Blum´ um Blume wach
Auf an deinen Wegen!

Dass kein Vöglein bös´ dich fass`!
Dich kein Wind verschlage!
Keines Regens fallend Naß
Dich betropf´ im Hage!'

## (13) Der Mönch. 26

1 Du siehst nach meinem Auge tief bekümmert,
Das rollend mit dem wilden Schrecken ringt,
Du siehst der Seele holdes Spiel zertrümmert,
Das sonst in meinem Antlitz widerklingt,
Und forschest nach der Qual die mich bezwingt.

Nicht sagen will ich, was ich träumend webe,
Wenn sich mein Geist durch hohe Räume schwingt,
Nicht nennen die Gestalt, nach der ich strebe,
Du sollst erfahren, Freund, was ich erlebe.

2 Ich geh´ hinaus, wenn die vertrauten Sterne
Im weiten Schwung sich um die Pole drehn,
Dass ich mit Klängen aus der hohen Ferne
Die Lieder weihe, die mit jungen Wehn
In meiner Brust geheimnisvoll erstehn.
Ich halte still vor jenem Baum am Strande,
Den wir vereinsamt und erschüttert sehn;
Ich finde dort ein Grab im bleichen Sande –
Was deckt sein Schleier? Unglück oder Schande?[55]

Kreuzabnahme-Relief untere Gruppe, wiederhergestellt und ergänzt, s. S. 108

55 Der Dichter kommt zu der Weltenesche, „jenem Baum am Strande", der zum Polarstern reicht, um den sich „die vertrauten Sterne" als Himmelspol drehen. Die Externsteine zeigen in dem dort befindlichen Kreuzabnahmerelief ein Bild dieses Baumes, der aber zum Zeichen, dass er seine geistige Wirklichkeit eingebüßt hat, umgebogen ist. Beim Untergang der alten Götterwelt hat er die geistige Verbindung mit dem Himmel nicht mehr aufrecht halten können. Oben trug er das kosmische Urbild des väterlich-mütterlichen Wesens, wie es das irische Paargesicht zeigt, dem nun das „Unglück" widerfährt, auch der „Schande" ausgesetzt zu sein.

irisches Kreuz mit zwei Gesichtern

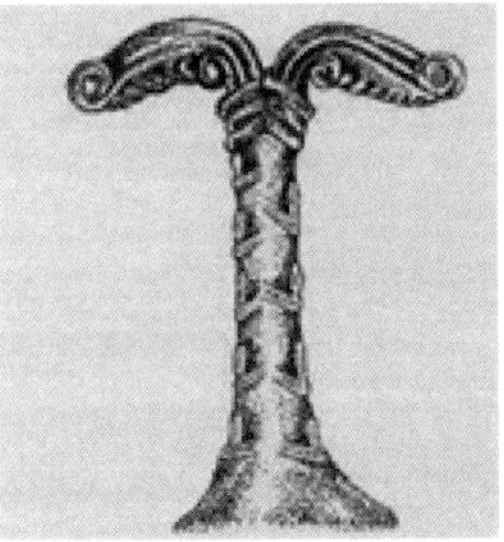

Gabelsäule mit neun Stufen

Gabelsäule umgebogen

Am Polarstern mündet der Stamm der neunstufigen Weltenesche mit dem Drehpunkt, um den sich der Mensch mit zwei Gesichtern der Geschlechter dreht. Bei den Griechen heißen die zwei Sternbilder Kassiopeia und Kepheus.

3 Da tönt es in der Scholle wie Gewimmer
Und tief im Dunkel, das den Raum umfängt,
Gebiert sich, kreisend um den Baum, ein Schimmer,
In dessen Streifen Flamm´ an Flamme hängt,
Wie an der Schnur sich Perl' an Perle drängt.
Ich messe stumm der Nächte grause Spenden,
Im Geist erläuternd, was das Aug´ empfängt;
Ich seh´ die Flammen ihre Spitzen wenden
Und nach dem Baum verworrne Funken senden.

4 Und in der Höh´, wo Stamm und Ast sich spalten
Und schon die Glut mit grimmer Wallung leckt,
Entdeck' ich bald zwei atmende Gestalten,
Wie die berühmten Schächer ausgestreckt –
Wie heißt die Schmach, die dieses Paar befleckt?
Und hier und dort erkenn´ ich greise Züge,
Denn Haupt und Schultern ragen unbedeckt;
Was auch das Schicksal über uns verfüge,
Wo gäb´s ein Bild, das grausern Jammer trüge!

5 Bestürzt und ratlos blick’ ich in die Runde,
Ich blick´ empor, erwartungsvoll gestimmt –
Sieh da den Stern, der zur verrufnen Stunde
Hochwandernd heut den Scheitel überklimmt
Und schon dem Niedergang entgegenglimmt!
Und horch, die Erde schüttelt ihre Bande
Und zittert wie im Innersten ergrimmt;
Es klafft das Grab und sieh, an seinem Rande
Erscheint ein *Mönch* im würdigsten Gewande.

6 Welch schöner Ernst, mit dem er näher schreitet!
Und seine Jugend, o wie reizend klar!
Nur wo vom Kinn des Halses Welle gleitet,
Dort wird ein langes Wundmal offenbar –
Welch Missgeschick verscheucht ihn vom Altar?
Doch er, bewehrt mit einer Flammenrute,
Bestürmt das ausgespannte Greisenpaar
Und tut wie Schergen im entmenschten Mute,
Den Kreis besprengend mit entlocktem Blute.

7 Ich aber stürz´ im Herzen jede Schranke,
Die mir den Strom des Mitleids unterbricht,
Und während ich des Priesters Arm umranke,
Der sich an die geschwenkte Rute flicht,
Begegn´ ich donnernd ihm ins Angesicht:
„O Mensch, aus dessen engelschönem Bilde
So furchtbar streng die rauhe Seele spricht,
Weshalb entweihst du den Beruf der Milde?
Weshalb entweihen *diese* die Gefilde?“ –

8 Er zögert nicht, die Rätsel zu entfalten,
Indem er dringend mir ins Auge sieht:
„„Du, was beseufzest du die beiden Alten,
Wenn durch ihr Herz ein leises Röcheln zieht?

Vernimm vielmehr, wie wehe *mir* geschieht!
Die eine von den zwein, die ich geschlagen,
An der dein Blick vielleicht das Weib erriet,
Das ist die Mutter, welche mich getragen,
Ob *der* mich zeugte, möge *sie* dir sagen! –

9 Ich trat aus ihrer Hand, ein reger Knabe,
Gesund ins Haus der spendenden Natur,
Ich zog erstarkend mit bekränztem Stabe
Durch Berg und Wald und durch die helle Flur
Und Hoffnung strömte wallend vom Azur.
Ich ging ins Tal, wo sich die Rosen sonnen,
Und *einer* weiht ich meinen schönsten Schwur;
Die Zukunft schien mit jedem Strahl umsponnen,
Der Tod besiegt, der Himmel mir gewonnen! –

10 Bald schritt ein finstrer Geist durch diese Helle,
Von Seel' zu Seele drang ein tiefer Riss –
Denn *die* hier sprach: „*Sohn, wähl Altar und Zelle*!
*Bedenk, das Leben ist voll Trug – ermiss,*
*Dem Priester ist das Himmelreich gewiss*!"
– Ihr, zeugt ihr Körper, um den Geist zu morden? –
Doch *der* dort rief: „*Gehorche* und *vergiss*!"
So kam ich aus der Horde in den Orden,
Ich weint´ und sah nicht, wie ich Mönch geworden. –

11 So lebt' ich friedlos in des Friedens Hallen,
Mir anders malend Erdenlust und Schmerz,
Dem Gott nicht hold, vor dem die Kniee fallen;
Denn nicht wie sie´s gehaun in Stein und Erz,
Ein *andres* Bild der Gottheit trug mein Herz!
Ich sah es draußen nach des Tages Mühen
Mit den Geschöpfen teilen Lieb' und Scherz,
Ich sah es in der Blume sanft erglühen,
Im Diamant den Zauberfunken sprühen.

12 Ich sah es nachts in schlanker Bäume Säumen,
Wenn Fern’ und Fernstes gern der Geist bedenkt,
Des Himmels altem Strom entgegenträumen,
Der über uns die Glanzgeschwader lenkt
Und uns ins Herz die goldnen Anker senkt;
Ich sah es zürnend im Vulkan sich bäumen,
Der seine Felsen aus den Fugen renkt,
Und ordnend, bildend in den Fluten schäumen,
Die ihren Trank verspenden in den Räumen.

13 Ich sah es tief im Mittelpunkt sich rütteln
Und alles, was entkräftet schien im All,
Von seinem weiten Strahlenmantel schütteln,
Hier Berge pflanzend in des Meeres Schwall,
Dort Wogen werfend auf des Berges Wall;
Ich sah es fliegen mit des Blitzes Pfeilen,
Der auch das Göttergleiche zwingt zum Fall;
Von Schönheit sah ich´s rasch zu Schönheit eilen
Und nur im Geist bei der Vollendung weilen.

14 Ich sah es groß durch das Verhängnis schreiten,
Dem roten Feuer gleich in stiller Nacht;
Ich sah es freudig mit dem Kühnen streiten,
Ihn gürten mit den Schwingen seiner Macht,
Doch auf den Feigen schleudern Schmach und Acht;
Ich sah es *dem* ein frohes Fest bereiten,
Der mit den Händen wirkend emsig wacht,
Hier seinen Purpur um den Helden breiten,
Dort warnend über Thron und Völker gleiten.

15 In einsam stiller Kammer konnt´ ich´s finden
Bei hehrer Träume sphärischem Getön´;
Da sah ich´s dieser Erde sich entwinden
Und vielgestaltig, leichtbeflügelt, schön
Zur geistigen Veredlung sich erhöhn.

So sah ich´s königlich sich vorwärts wiegen
Und fand im Lied und im Orkangestöhn´
Ein allumfassendes Sichselbstbesiegen,
In keiner echten Kraft ein Unterliegen.

16 Ich sah es mit der Schöpfung sich erheben,
Mit den versöhnten Kräften im Verein
Dem großen Endziel in die Arme schweben –
Vom wandelbaren, nebelhaften Schein
Zu einem dauernden, gewissen Sein.
So durft´ ich ein Jahrtausend vorempfinden,
In welchem ohne Widerspiel und Pein,
Geschick und Glück dem Wackern sich verbinden,
Die Menschen edler sich zu Menschen finden.

17 Das war mein Gott. So malt´ ich ihn hienieden,
So lebte mir das Leben in der Brust!
Von ihm durch Pfeiler und Gewölb´ geschieden,
Was durft´ ich sagen? – *Lebe, wie du musst*! –
Ach, ewig regte sich die alte Lust! –
O ihr Gefährten, die mit mir gesungen,
Euch allen ist ein edler Zweck bewusst!
O schöne Braut, die lang nach mir gerungen,
Du schläfst – vielleicht von meinem Feind umschlungen!““

18 Hier stockt er, lallt: „„„Wie sehr mein Geist sich härme““ –
Doch im Geschluchz´ entwandert sein Gefühl. –
Und ich? Vermiss‘ ich nicht des Odems Wärme
In seines Schmerzes steigendem Gewühl? –
Das Weh entweicht den Lippen grabeskühl! –
Und ha, wie leuchtet ihm vom Hals die Wunde! –
Mir pocht die Seele dumpf und donnerschwül. –
Der Mönch erneut das Wort der düstern Kunde,
Das also klingt mit dem Geächz´ im Bunde:

19 „„Wer schon im ersten lieben Mutterkusse
Ein Pfand der schönen Denkungsart gewann,
Wer in des Vaters tüchtigem Entschlusse
Sofort das eigne Herz ermessen kann:
O neunfach glücklich der, er wird ein Mann!
Doch wer im Schoss der Unnatur geboren,
Den traf das Schicksal mit dem schwersten Bann,
Die Götter haben *wider* ihn geschworen,
Er ist sich selbst, er ist der Welt verloren!

20 Die Jahre tönten fort in ihren Gleisen,
Das Neue drängte sich im Weltensaal,
Mein Ich nur ging in ewig gleichen Weisen
Vom Psalm zur Träne, vom Altar zur Qual
Und so verblich in mir der letzte Strahl.
Nicht sterben konnt' ich, nicht zur Tat erwarmen,
So traf mich dieser Baum in diesem Tal,
Der bog sich mir entgegen mit Erbarmen –
Und ich vergaß die Welt in seinen Armen.““ –

21 Er schloss. – Ich, staunend und im Geist verlegen,
Versuch´ mein Wort, das im Entsetzen fror:
„Wie, Freund, du gingst und kamst auf *solchen* Wegen?
Doch schien dein Puls mir warm bestellt zuvor!“ –
Der Mönch erwidert schnell: „„Was, junger Tor,
Was frommt es uns, das Fleisch von uns zu streifen,
Wir wachsen wuchernd durch die Schuld empor;
Wie furchtbar warm wir *dann* ins Leben reifen –
Dies Paar, das *hier* noch atmet, wird´s begreifen!““

22 Hier weist er sein Gesicht den beiden Greisen
Und lässt, in Wut und Rache gellend wach,
Die Rute rasch um ihre Hüften kreisen
Und in der Luft vermählt sich Ach mit Ach! –

Da birst der Baum im Gipfel mit Gekrach
Und auf die Stirnen derer, die da hangen,
Ergießt der Spalt den grellsten Glutenbach,
Indes die Flammen, die den Raum umfangen,
Mit Schlangengier nach ihren Herzen langen.

23 Und Klagen schweifen klirrend auf und nieder,
Hier dröhnt ein Fluch, wenn dort ein Seufzer schallt;
Ich fühle bald, wie mir durch Seel´ und Glieder
Die finstre Scheu in schwarzen Wirbeln wallt –
Ich flieh´ und halt´ im Fliehn die Faust geballt. –
Wie kann mein Geist von einem Klang sich trennen,
Der schreckend an des Denkers Pforte prallt! –
Die Flammen, die zu Haupt und Herzen brennen,
Die aber wünsche keiner ganz zu kennen! –[56]

56 Die vernichtenden Flammen entströmen den Wesen des Untergangs, die den Weltenbaum gefällt und das Himmelspaar aus der kosmischen Höhe ins Grab der Erde versenkt haben. Nun muss mittels des Denkens die kosmische Höhe zurückerobert werden. In der Frühgeschichte war dem Menschen durch die Natur von Vater und Mutter das neunfache Glück der Himmelshöhe gewährt worden. (19) Damals war „schon im ersten Mutterkusse“ und in des „Vaters tüchtigem Entschlusse“ eine schöne Denkungsart entstanden, die dem Kind mitgegeben wurde. Nach dem Fall in die Absonderung wird der Mensch im Schoss jenes gestürzten Ur-Paares gezeugt und geboren, wenn er sich nicht denkend gegen „Unglück oder Schande“ wehrt. Der Dichter, der diese Passagen zu dichten vermag, muss in einem früheren Erdenleben das einzigartige Schicksal durchgemacht haben, den Moment des kosmischen Herunterfallens zu durchleben. Er beschreibt sich (9) als ein Knabe, der noch in der schönen, geist- und gotterfüllten Natur geboren wurde, dann aber die Verfinsterung des gefallenen Urbildes ertragen muss. Nun weisen ihn die beiden Alten, die den Geist nicht mehr kennen, auf die Kirche, wo am Altar und in der Mönchszelle das Heil gesucht werden soll. Hier „lebt ich (der Mönch) friedlos in des Friedens Hallen“. (11) Seine Sehnsucht nach dem Geist wird in der Form des Christentums der katholischen Kirche noch nicht erfüllt. Nur nach und nach kann die Menschheit den Geist, der durch das Mysterium von Golgatha neu wieder auf die Erde getragen wurde, ergreifen. Mit der Kreuzabnahme des Leichnams hat Christus die Übergabe des Geistes an die Erde vollbracht, wodurch die Überwindung des Todes in Gang gekommen ist.

Das Kreuzabnahmerelief an den Externsteinen.

In der Mitte des Bildes steht das Kreuz. Joseph von Arimathia nimmt den Leib des Gekreuzigten auf seine Schulter. Nikodemus steht auf der umgebogenen Weltenesche und hilft beim Abnehmen des Gekreuzigten. Nikodemus steht auf dem umgebogenen Weltembaum, der in der Vorzeit die Verbindung mit dem Kosmos symbolisiert, aber diese Funktion nicht mehr aufrechterhalten kann. Die beiden Alten Greise, auch als ehemalige Eltern angesehen, sind von den drachenartigen Gestalten erfasst und von der Himmelshöhe in das Grab der Unterwelt gefallen. Das Kreuzabnahmerelief deutet auf den geheimnisvollen Übergang vom germanisch-religiösen Erleben in die Ära des Christentums. Es befindet sich an der germanischen Mysterien-Stätte, die bis in die Zeit Karls des Großen bestanden hat. An diesem Ort war nach Rolf Speckner, der das Buch „Das Geheimnis der Externsteine" geschrieben hat, die sagenhafte Gestalt des Drachentöters Siegfried wirksam gewesen. Der Name Siegfried deutet einerseits auf den Eingeweihten, der einstmals diese Mysterien-Stätte begründet hat, andererseits dürfte er von den dann hier wirksam gewesenen Eingeweihten als Titel benutzt worden sein. Der Ur-Siegfried aber ist der eigentliche Drachenüberwinder, von dem uns in der „Edda“ und der deutschen Mythologie berichtet wird. Seine Macht der Überwindung erlebt unser Dichter. Im Gedicht „Der Mönch“ ist sie in dem Vermögen zu erkennen, jene „Flammen die zu Haupt und Herzen brennen“ ertragen zu können. Danach endet das Gedicht mit den Worten, „Die aber wünsche keiner ganz zu kennen!“ (22)

Die berühmten fünf Felsen der Externsteine.

Im rechten Fels befindet sich unten links das Kreuzabnahmerelief

Das Gedicht „Der Mönch“ steht etwa in der Mitte der Gedichtsammlung, die in der III. und IV. Stufe zur Wiederentdeckung des Geistes aufwärts führt.

# III. Stufe: Seligkeit

## (1) Waldröslein. 27

Ein Königssohn im Wald sich erging,
Groß Leid sein junges Gemüt umfing;
Er bahnt mit dem frommen Schwert sich den Weg
Durch grünende Äste, durch blondes Geheg;
Da sonnt sich ein Röslein auf einsamem Steg
Und blühte
Und glühte.

„O Röslein, wie bist du gestaltet so schön!
Verlasse den Forst und entsage den Höhn;
O komme zu Tal; dort hält ein Bach,
Ein krauser, mit munteren Märchen dich wach,
Dort schirmt dich mein Schlösslein mit wirtlichem Dach,
Dich hegend
Und pflegend."

Nicht mag ich dein Schlösslein, nicht geh ich ins Tal,
Hier bad´ ich mein Antlitz im himmlischen Strahl,
Ich kränze die Gräserchen, nicke dem Wind,
Den Schmetterling herz' ich, das pilgernde Kind,
Ich sehne mich sanft nach dem dunklen Gewind
Der Bäume
Und träume.

„Du wunderlich Liebchen, nicht lass ich von dir:
O gönn´ Dein Gesichtchen, halb Knospe noch, mir;
Auch meine Gezelte sind lieblich erhellt,
Ich schaffe dir Kissen, wie Wölklein geschwellt;
Ach, dort, zu dem lockigen Knaben gesellt,
Entschürze
Die Würze!"

Nicht lenkst du mich ab vom Licht der Natur;
Mein Antlitz, es bleibe zu eigen der Flur;
Sie schlingt mir ein duftig Geweb' um den Fuß,
Es weckt mich der Morgen mit tauendem Kuß,
Da heb´ ich die kindliche Stirne zum Gruß,
Enthülle
Die Fülle

„Wie sehr auch dein Zauber mein Flehen betäubt,
Dein Köpfchen sich weigert, dein Ärmchen sich sträubt,
Ich kehre nicht ohne dich heim von der Jagd,
Zur Königin adl´ ich dich, niedliche Magd,
Besorge die Kleider, so grün wie Smaragd,
Und kröne
Dich, Schöne."

Mir ründet die Patin, die sonnige Fee,
Ein Diadem aus Nelken und Schnee;
Erst wann dies Geschmeid´ ist vollendet und mein,
Eschein´, mich zur Fürstin der Liebe zu weihn;
Doch will ich inzwischen jungfräulich gedeihn;
Drum warte
Der Zarte.

„Du flüsterst – nicht kann ich verstehn dein Gebot,
Ich liebe dein Blass, ich küsse dein Rot,
Ich blick´ in dein mailiches Herzchen hinein,
Drin möcht' ich wohnen und walten allein;
Ich pflücke dich – folg mir – mein Sinnen und Sein
Beglücke
Und schmücke![57]

57 Zögern zu können, sich entschließen zu müssen, jetzt oder ein wenig später das „Röslein" zu pflücken, deutet an, dass dieser Akt der Zueignung des Geistes auf Freiheit gebaut ist. In den ganz alten Zeiten hatte sich das von selber mit der gleichen Notwendig-

## (2) Die Waise.[28]

1 Klein Ännchen, was hast du für bittre Not?
Du weinst dir die Äugelein seidenrot! –
„Die Sonne steht hoch, es geht auf Mittag,
Mein Mütterlein nimmer erwachen mag.“

2 Klein Ännchen, was sind das für schwarze Leut´?
Was trägst du dein Röckchen, dein dunkles, heut? –
„Sie führen die Mutter zur seligen Ruh´
Und Pfarrer und Messner singen dazu.“

3 Klein Ännchen, ei setz dich zunächst dem Altar,
Dort saß auch die Mutter, wenn Hochamt war. –
„Den Sitz erkor sich des Amtmanns Frau,
Ihr silbern Gebetbuch kenn′ ich genau.“

4 Klein Ännchen, die Frau dir's gewiss nicht wehrt,
Dein Mütterlein hat dir dies Plätzchen verehrt! –
„Die Stolze, sie schämt sich, nach mir zu sehn,
Die Mutter sei tot und ich könne stehn!“

5 Klein Ännchen, man nimmt dich vielleicht auf den Arm,

---

keit ergeben, mit der ein Kind in die Pubertät des Jugendalters aufrückt und geschlechtsreif wird. Im Verlauf des Lebens steht eine geistige Metamorphose der Pubertät an. (Siehe „Goethes Leben im Rhythmus von sieben Jahren“, „Die Doppelgestalt des Leibes, S. 163f.) Dieser Moment wird heute nur mehr in Freiheit durchlebt. Für Goethe war das ein festliches Ereignis während der „Harzreise im Winter“, das er in dem gleichnamigen Gedicht andeutet. Steinwand rückt das entsprechende Gedicht an die 1. Stelle der dritten Stufe. Auf der ersten Stufe hatte er dem 1. Gedicht den Namen „Weihe“ gegeben. Was da in Dumpfheit geahnt wurde, geht dann durch die Zone des Zweifels, die erst einmal fast verzweifeln lässt, Verarmung bringt, dadurch aber Freiheit erringt und nun beginnt, auf der dritten Stufe sich für eine höhere Erfüllung würdig zu machen.

Die Leute sind fromm und die Herzen sind warm. –
„Kein Mensch hier, der auf den Arm mich nähm´ –
O dass mir ein Engel, ein liebender, käm´!"

6 Klein Ännchen, was hebst du dein Köpfchen so schnell?
Dein Antlitz ist blass, doch dein Aug´, o wie hell! –
„Der Knabe, der himmlische, hoch am Altar,
Er regt sich, entschwingt sich, er winkt mir sogar!" –

7 Klein Ännchen, sie setzen dein Mütterchen bei,
Hörst außen am Friedhof des Glöckleins Schrei? –
„Der Himmlische neigt mein Gesicht auf sein Herz
Und lispelt kühlend: Was ist dein Schmerz?"

8 Horch, Schollen fallen und fallen aufs neu`!
Klein Ännchen, klein Ännchen, dein Atem wird scheu –
„Mich nimmt der himmlische Knab' auf den Schoß
Und spendet mir Küsse, wie Blumen so groß!" –

9 Ihr schaufelt, ihr grabt hier ein Grab so klein,
Was grabt ihr´s so nahe dem Witwenschrein? –
„Wir schaufeln, wir graben – vor kurzer Frist
Klein Ännchen, die Waise, gestorben ist." –[58]

58 Hier ist besonders deutlich zu sehen, wie sorgfältig der Dichter die Worte komponiert. In neun Strophen hören wir den Namen „Klein Ännchen", als ob er jene neun Stufen des Weltenbaumes aufsteigt. In den ersten sieben hören wir ihn zu Anfang jeder Strophe, in der achten Strophe in der Mitte, jedoch zwei Mal, und in der neunten am Ende der Strophe. Laut den apokryphen Schriften heißt Anna die Mutter der Gottesmutter Maria. Steinwand geht mit diesem Namen also eine Generation vor die Entstehung des Christentums. Die Vergangenheit war eine Vorbereitung und wird nun in der Erneuerung des Geisteslebens in die Nachbereitung übergeführt. Dieser Gedanke der Umkehr kann in den folgenden Gedichten immer wieder erwogen werden.

## (3) Nachtbild. 29

Es blickt der Mond
Traumwaltend herein;
Ein Jüngling blond
Ist allein,
Ruht auf dem Pfühl.
Es blickt der Mond
Traumwaltend darein.
Es ist Mitternacht
Es ist still, ist kühl;
Der Jüngling liegt,
Nicht von der Gedanken wachem Gewühl
Und nicht von des Traumes umstrickender Macht
Wohltätig besiegt.

Von warmen Gewalten leis´ entfacht,
Erzittert seiner Glieder Pracht –
Ach, keine zartere Lippe wiegt
Sich an der Blume seines Mundes
Und freut sich des blühenden Fundes!
Kein rastender Busen schmiegt
Entbunden
Sich mit den runden
Hinlastenden Rosen an seine Brust.
Von keiner innig begehrenden Lust
Ist sein Nacken, sein blühender Leib umwunden!

Und siehe, sein Auge, lichtlos weit
Steht´s offen,
Es blickt starr in die Einsamkeit
Wie wer, vom entseelenden Gram getroffen,
Hinausblickt ohne Hoffen! –[59]

## (4) Morgengebet. 30

Allbeglückende Natur,
Lenke, was mir Gott beschied,
Lenke mein geliebtes Lied
Holdgesinnt auf deine Spur.

Gönn' ihm deinen warmen Laut,
Gib ihm dein Geheimnis kund,
Dass es kling' an Herz und Mund
Seelenklar und süßvertraut.

Wandl´ ermutigend mit mir
Bis ans Ufer jener Welt
Und vor Gottes Throngezelt –
Was ich rede, sei von dir![60]

59 Wenn die geistige Liebe erfüllt wird, muss sich die sinnliche Liebe still bescheiden.

60 Jetzt erfüllt sich die Liebe zum Geist durch die geistigen Kräfte der Natur, vor allem der Luftgeistigkeit. Jener Knabenmönch hatte sie in der altgermanischen Zeit zum letzten Mal erlebt; der Dichter findet sie erneuert im „Morgengebet" wieder.

## (5) Lerche. 31

I Du rasche Sprecherin der Düfte,
Du reges Blut der Frühlingszeit,
Du strebst ermunternd in die Lüfte
Und Licht und Lied sind dein Geleit.

Der Traum, den sich im warmen Triebe
Die einbildsame Seele schuf,
Empfängt den Weihegruß der Liebe
Mit deinem goldnen Frühlingsruf.

Wie lange ließest du mich schmachten
Im rauhen, winterlichen Zwang,
Mit ruheloser Sehnsucht achten
Auf deinen Auferstehungsklang!

„Natur gebiert mit langen Schmerzen,
Was nicht für die Verwesung blüht,
Es fließt die Zeit aus Gottes Herzen,
In der die Liebe schaffend glüht."

II Wohlan, du holde Schwärmerin, wohlan,
Die Zeit der Liebe kommt mit dir heran!
Wie du, o Lerche, beglückt dich erhebest
Und strebest sangerglüht;
Wie du, o Lerche, die lieben Geleise
Der reineren Kreise
Mit fröhlichem Leben umwebest:
So regen auch wir im Gemüt
Die heiligen Schwingen,
Dir klangvoll nachzudringen.
Kein Hoffen ging uns verloren,

Kein himmlisches Gut, das uns eingeboren!
Noch schwellt uns der Mut
Mit freudiger Wallung das heitere Blut,
Noch wirkt er in uns, der gewaltige Geist,
Der mächtig befruchtend die Träume beschwebt,
Die klagende Seele den Banden entreißt,
Den müden Gedanken beschwingt und erhebt
Und kühn mit den Klängen der Schöpfung verwebt.

Wenn Schicksal und Glück uns kosend umwinden:
Kein Sinn in der Seele sei unbeschworen,
Durch den wir ein Höchstes erhaben empfinden!
Kein wirtliches Erdreich unerkoren,
In dem es gegönnt ist, mit jungem Behagen
Der Gottheit innerste Spende zu finden,
Im tiefsten Gedanken Wurzeln zu schlagen
Und kräftig erblühend ins Leben zu ragen!

Wenn Zeit und Verhängnis sich drohend entbinden,
Kein tröstendes Wort sei vergebens geboren
Und flög` es heran mit sengenden Winden!
Kein Tüchtiger harre verloren,
Kein Edler verlassen an unseren Toren,
Der tief im Gemüt hat ein warmes Gelüsten,
Mit uns sich zu rühren, mit uns sich zu rüsten
Und mutige Liebe, um glühend zu wagen,
Im Kampf mit der Lüge sich männlich zu schlagen!

Wir kennen kein Weichen,
Im edlen Verlangen
Kein fragendes Bangen,
Im Drang, der Vollendung die Hände zu reichen,
Kein Erbleichen,
Kein zweifelndes Hangen!
Es fordert das Licht, das unendliche Licht,
Ein sicheres Herz und ein festes Gesicht.

Das ewige Licht!
Es hat uns mit feuriger Angel gefangen,
Es küsst uns die Scheitel mit Geisterverlangen!
Es zieht uns die hohe,
Die göttliche Lohe
Mit heiligem Reiz nach erhebenden Bahnen!
Wir lassen die liederbeflügelten Fahnen
Und tragen sie grüßend von Schwelle zu Schwelle,
Wir tragen sie rufend von Höhen zu Höhn,
Von Helle zu Helle
Und lassen sie wallen bewältigend schön!

Und wenn uns die alten
Geleitenden Götter fliehen
Und über uns ihre Himmel erkalten:
Wir lassen sie ziehen,
Kein Binden, kein Halten![61]

Sein Lenz ist jeglichem Jahre verliehen –
Und über allen erdenklichen Landen
Und über allen Äonen entwanden,
Entwinden sich neue Gedankengewalten
Den wogenden Tiefen der ewigen Ferne,
Um in der Natur der erfreuenden Sterne
Als geistige Frühlingsbesteller zu schalten.
Sie lieben´s, ihr Licht durch den Traum zu entfalten,
Sie wandeln die Bahnen der Ahnungen gerne.
Doch sind sie im sinnenden Menschen erstanden
Zu klaren Gebilden, zu schönen Gestalten,
So trachten sie leuchtend, so streben sie leise
Herab in die Wärme der irdischen Kreise
Und suchen in liebenden Seelen zu landen.

---

61 Der heidnische Geist ist verklungen, lebt nur gänzlich umgewandelt weiter.

## (6) Fernschau. 32

Wie zog es mich nach diesen Säumen
Des Gletscherhauptes – und nun steh'
Ich auf des Riesen Riesenträumen,
Auf seinem Diadem von Schnee.

Und in den schweigsam kalten Breiten
Ergießt sich drängend mein Gefühl
Und Wünsche schwärmen, Bilder gleiten
Mit fort im weichen Stromgewühl.

In jener dunkelgrünen Ferne
Wohin die Seele sanfter strebt,
Wo klar an das Gewölb der Sterne
Ein Hochwald seinen Umriß hebt:

Dort blüht das Antlitz, das ich liebe,
Das Auge, das mir goldig taut,
Das mit dem Schmelz der jungen Triebe
In alle Himmelstiefen schaut!

## (7) Mittag. 33

Wie blinkt von jenes Waldes Schwelle
Das Wohnhaus lieblicher Gewalt!
Und freundlich wandelt in die Helle
Die schlanke, mailiche Gestalt.

Die lauen Mittagslüfte beben,
Die leisere Arachne spinnt
Und irre Düfte schweben, streben,
Und die besonnte Blume sinnt.

Und lose Wolken seh´ ich klimmen
Und leichte Schleier nehm´ ich wahr
Und durch die Schleier seh' ich glimmen
Des Mädchens liebes Augenpaar.[62]

## (8) Amalie. 34

Dort reiht in sanftgestuften Bogen
Sich Höh´ an Hügel holdvertraut,
Dort schwellt ein Saatfeld seine Wogen,
Dort wandelt meine Seelenbraut.

Mit ihren weichen Flechten schaltet
Der leichtgewürzte Morgenwind
Und ein ersehnter Zauber waltet
Um das geliebte, schöne Kind.

Mit süßer Bitte, holdem Danke
Umschwebt sie Laub und Zweiggewind
Und innig reicht ihr jede Ranke
Des Frühlings zartes Angebind.

„Was Mai und Licht auch schönes bilde"
Das ist´s, was Blum´ um Blume denkt –
„Nicht dich beschenkt das Maigefilde,
*Du* bist es, die den Mai beschenkt.

Du blühst, von jeder Erdenblüte
Den Himmelsblüten zugezählt,
Du leuchtest jeglichem Gemüte,
Mit jedem Seelenstern vermählt!" –

62 Jetzt winkt mit geistiger Häuslichkeit für die höchste Liebe Amalies Name.

# (9) Sonnenaufgang und Amalie. 35

Oft ruhte leis' auf mir dein holdes Sinnen,
Da war´s, als wollte mir ein Geisterkuss
Vom silbernen Gewölb des Himmels rinnen.
So kam´s, dass meines Auges lichter Gruß
Die Kreise suchte, die dein Blick beglänzte,
Dass ich die Stätte, wo gewallt dein Fuß,
Mit einem Goldgeflecht von heil´gen Träumen kränzte.

Du gingst hinaus, um dich in Gott zu schauen,
Hinaus zum Fels, der hoch vom Berge hing,
Du walltest durch den Morgenduft der Auen.
*Dort* kam der Sonnengott im Strahlenring,
*Hier* nahtest *du* im Flor von Jugendschimmer –
Welch Paar, das unterm Äther sich empfing,
Und wert, zum Wechselkuss vereint zu sein auf immer.[63]
Und sieh, du standst am Fuß des Felsenhanges,
Indem dein Geist Gedanken walten ließ,
Gedanken voll des tiefsten Seelenklanges.
Vor dir ein Kreis, wo Tann' an Tanne stieß,
Die Sonne brach hindurch mit Goldergüssen
Und wob um dich ein rosig zartes Vlies
Und suchte sanft dein Haupt mit schönem Licht zu küssen.

Da gab mein Tritt aus zartbemessner Weite,
Von Sittsamkeit und Götterscheu bewacht,
Dem Abbild deines Fußes das Geleite.
Was nun geschah, geschah durch Blumenmacht –
Ich nahte mit des Lenzes hellstem Kinde,
Auf das die liebewarme, keusche Nacht
Den hellsten Tau geweint zum Abschiedsangebinde!

---

63 Die Sonne steht im Weltensein für die männliche Instanz, mit der sich die weibliche Seite der Seele vereint.

## (10) Sommermorgen und Amalie. 36

I

Haben sich graue
Wolken erschlossen,
Kommen nun blaue
Lüfte geflossen.
Leuchtende Mächte
Sehn von den Zinnen,
Winken die Nächte
Freundlich von hinnen.
Drüben und oben
Tönende Räume!
Wonnig eratmend, festlich erhoben
Schimmern die Blumen, horchen die Bäume.
Alle die Weiten
Schaffen und streben,
Alle die Breiten
Laben und geben.
Zwischen den Reben
Unten im lauen
Schoße der Auen
Leben bei Leben!
Liebendes Schweigen,
Zärtliches Neigen,
Bergen und Zeigen,
Tauschen und Schenken,
Leises Versinken in holdes Gedenken –
Über den Zweigen
Wandernde Reigen,
Sehnendes Steigen,
Seliges Lenken!

II Mitten im Funkel
Feiernder Strahlen
Fasst mich das Dunkel
Wachsender Qualen.[64]

III Zeugende Sonnen!
Alle Gewalten,
Die ihr gesponnen,
Alle Gestalten,
Die euch entronnen,
Tanzend um euch ihr Leben begonnen,
Wisst ihr zu halten;
Irrende Sterne
Sucht ihr zu binden,
Tief in die unerschauliche Ferne
Angeln zu schwingen, Netze zu winden!
Hättet ihr warme
Mutterbefehle,
Mutterumarmungen auch für die arme,
Streitende Seele!
Regtet ihr Steuer,
Schwenktet ihr Fahnen,
Senktet ihr, schicktet ihr zielender Feuer
Zündendes Mahnen,
Dass sich im Busen die dringliche Fülle
Ringender Triebe
Sieghaft enthülle,
Wage mit Freiheit, trachte mit Liebe;
Dass sie die Zeichen der menschlichsten Bahnen
Treffend gewahre,
Fruchtendes Wirken, förderndes Ahnen

64 Hohe Lust lässt tiefen Schmerz quälend erahnen.

Sinnig sich paare;
Dass sich der Wille
Denksam erschließe, sich ziemend entschließe,
Mächtige Stille
Rings sich ergieße!
Sicherer Normen
Dauerndes Leben,
Göttlicher Formen
Leuchtendes Schweben,
Glücklicher Bilder
Schönes Gefüge,
Spieglungen milder,
Reizender Züge
Würden lebendig in Wolken und Wogen,
Schweifen mit mir in den Auen und Gauen,
Zögen den siebenfarbigen Bogen
Um des Herzens Sinnen und Schauen;
Freudiger Welten
Mutige Söhne,
Unter Gezelten
Helden der Schöne,
Hinter den Flören,
Edel zu schauen,
Rührend zu hören,
Blühende Frauen
Kämen auf Wegen
Kühner Gedanken
Mir mit den schlanken
Körpern entgegen,
Nahten bekränzend
Jedem Geschehnis, jeder Erscheinung,
Breiteten glänzend
Vor das Gedränge

Rauher Verneinung
Schirmender Träume goldne Verhänge,
Ja, und beriefen
Mich zum Vollbringen,
Weisen Vertiefen,
Klaren Gelingen![65]

IV Dürft´ ich am Strome
Lösen die Kähne,
Leicht wie die Schwäne
Unter dem Dome
Lastender Brücken
– Jammer und breite
Dörfer im Rücken –
Gleiten ins Weite!
Dürft´ ich entirrend
Ziehn mit den Lüften;
Über den Grüften
Rätsel entwirrend
Stehen in Düften;
Tief in des Berges Triften und Klüften
Schaun in die Wehen
Einsamer Seen;
Längs den Gestaden
Klagendem Schilfe
Liederbeladen
Schweben zu Hilfe;
Über den Ländern
Neben der Hügel
Steilen Geländern

65 In der dritten Strophe ist von der Zeugungskraft der Sonne und der entsprechenden Empfänglichkeit der Seele die Rede. Darauf deuten „zeugende Sonnen" und „Mutterbefehle" sowie „Mutterumarmungen".

Spannen die Flügel;
Rings um die Säume
Träumender Föhren
Ziehn mit den Chören
Flechtender Träume;
Über den Schleiern
Stürzender Flüsse
Stimmen des freiern
Busens Ergüsse;
Hinter der Grenze
Hangender Wiesen
Frierende Gipfel, felsige Riesen
Wecken zum Lenze;
Über dem Firne
Mitten im Schwarme
Teurer Gestirne
Breiten die Arme –
Einziges Schauen, Staunen und Grauen!
Bin ich geblendet?
Darf ich mir trauen?
Jählings gewendet
Dünkt sich mein Wesen,
Ahnt die unsterblich gesicherten Güter,
Spürt die getreuen ätherischen Hüter
Edler Gemüter;
Fühlt sich genesen,
Fühlt sich erlesen,
Sich auf den frohen,
Rührigsten Fittig der Lüfte geladen;
Sieht sich entflohen,
Sieht sich im hohen
Äther verloren;
Fern auf den Pfaden
Kreisender Schwaden
Wiedergeboren. –

V Heilige Runde!
Alles Seins unendliche Klammer!
Riesige Schatz- und Geschmeidekammer
Dessen, der schmiedet im innersten Grunde!
Jegliche Stunde
Leben von deinen
Sternen die meinen;
Lass mir den einen,
Gib mir den andern,
Keinen verhülle, verhehle mir keinen! –
Lohnendes Wandern!
Dichter und dichter
Lagern die Ringe
Rollender Lichter
Mir um die Schwinge.
Während sie wallen,
Wandelselig steigen und fallen,
Göttliche Namen,
Hohe Gesänge
Hör´ ich erschallen;
Trauliche Namen,
Wonnige Klänge!
Hoch in den weltumschließenden Hallen
Seh´ ich die alten
Lieben und liebsten Heldengestalten
Sich in den Grenzen der Lichtergesellung,
Sich in vertraulich-steter Erhellung
Voller entfalten;
Sehe Gebärden über mir werden,
Rascher Gebärden
Wechselndes Leben, deutendes Walten![66]

66 In der 4. Strophe wurden ätherische Substanzen „wiedergeboren“, deren Formenreichtum in der 5. Strophe festgehalten, geschmiedet und gestaltet wird.

VI Leicht wie die Welle,
Süß wie die Töne,
Strahlt mir das helle,
Strebt mir das schöne
*Haar Berenikes*
Glanz und Beglänzung spinnend entgegen.
Ich, mit der regen
Sprache des Blickes,
Grüße die reinen,
Zierlichen Lichter;
Denn wenn sie scheinen,
Scheinen´s Gesichter!
Durch die Gesichter dringt ein Gesicht,
Klar wie das Schöne,
Süß wie die Töne,
Treu wie der Freiheit vollendetes Licht!
Ja, das ist mein, doch ist´s nicht das meine,
Das ist das deine,
Edle *Amalie* – mein Licht, dein Gesicht!
Ja – denn was Meister und Geister empfinden,
Edles dem Gürtel des Himmels entwinden,
Holdes verbinden,
Schönes entschleiern, Würdiges zeigen,
Herrliche Jungfrau, dir ist´s gegeben,
Teure *Amalie*, dir ist es eigen;
Aber das Höchste scheinst du zu heben
Und das Erhabenste scheint sich zu neigen,
Um in sein Wesen dein Ich zu verweben!

Berenice heißt ein Sternbild in der Nähe der „Jungfrau";
es besteht aus einer Ansammlung einzelner Sterne.[67]

VII Find' ich hier wieder,
Was ich ersehne?
Schwebe hernieder,
Du, der ich Lieder
Flammend entlehne,
Flammende Lieder!
Was ich ersehne,
Bringe mir wieder!
Lockende Klagen,
Bittende Tränen,
Sanftes Versagen,
Liebliches Wähnen,
Stürmisches Wagen,

---

67 Aus dem Weltall der Sternenwelt stammt das Urbild unseres Kopfes. Das höhere Streben, das uns der Dichter beschrieben hat ist jetzt an einem kosmischen Urbild seines Wesens angelangt. Rudolf Steiner beschreibt diesen Moment: „Das Herz blickt zum Kopf auf und das Herz wird im Kopf sehen ein Abbild des ganzen Sternenhimmels. Der Kopf aber wird zum Herzen blicken, und wird im Herzen die Geheimnisse des Menschenrätsels finden, wird lernen, das eigentliche Wesen des Menschen im Herzen zu ergünden." (Siehe „Goethes Leben im Rhythmus von sieben Jahren", Kapitel „Die Doppelgestalt des Leibes", S. 163ff.)

Stilles Verzagen,
Bebendes Hoffen, –
Darf sich´s erneuen?
Siehe, Getreue, siehe die treuen
Arme sind offen!
Neige dich, neige,
Ach, und das Göttliche, wo sich´s auch zeige, –
Füge zu meinen Entschließungen Flügel,
Fass´ und führe die tönenden Zügel,
Dass ich´s im lautersten Wandel ersteige!
Du mein wärmstes lebendiges Du!
Horch, auf mühsam erklommenen Stufen
Ruf' ich dir zu:
Du! Du! Horch und höre mich rufen,
Höre dein wärmstes lebendiges Du!
Sprich, o Geliebte, sprich, dass des Lichtes
Wellengewebe
Völlig sich hebe,
Nichts an dir hemme, nicht mir verhehle
Deines Gesichtes
Redende Seele!
Werd´ ich vernommen?
Werd´ ich es gerne?
Selig erschrocken
Eilst du zu kommen,
Rings von der Sterne
Küssendem Regen, silbernen Flocken
Duftig behangen.
Steh´ ich gebunden? Seh´ ich beklommen? –
Heilig willkommen,
Kränzende Locken,
Kosende Wangen,
Wangen, vom Wagnis der Liebe durchglommen,
Heilig willkommen!

Hab´ ich euch wieder! –
Welch ein Umfangen!
Heilig willkommen,
Letzender Busen,
Labende Glieder –
Blume vom blühenden Herzen der Musen,
Pflegling der Wünsche, Flügel der Träume,
Seele der Räume,
Kostbarste Bürgschaft mutiger Lieder,
Hab´ ich dich wieder! –
Wenn ich die Qualen des Scheidens erwühle,
Wenn ich das Wiedersehen durchfühle,
Wenn ich mein Aug´ in das deine versenke –
Zeugin ist jede duftende Nacht,
Wie so verlangend ich deiner gedenke,
Ach, wie so sehnlich ich deiner gedacht! –

VIII Lachender Morgen!
Zwischen den Sonnen
Einzig die Wonnen
Liebender Sorgen
Innig zu fühlen;
Von den Azuren
Atem zu borgen;
In den Gewühlen
Hehrer Naturen,
Was wir verschwiegen
Leidend errungen,
Fröhlich im jungen
Arme zu wiegen!
Unter Geschlürfe
Haftender Küsse
Heldenentschlüsse

Hurtig aus Kummer und Schlummer zu retten;
Großer Entwürfe
Schimmernde Ketten,
Froh durch die Götter, frei durch den Frieden,
Weiter zu schmieden!

IX Höre die Kräfte
Stolzer und zuversichtlicher rauschen,
Flutende Säfte
Wallungen tauschen!
Ihrem erwachten
Oder vollbrachten
Bildnergeschäfte,
*Ihm* ein Belauschen,
*Ihm* ein Betrachten, *ein reiches Erachten* –
Dass wir sie kennen,
Jauchzend benennen,
Die die Beglückung,
Liebesentzückung
Tief im geweihten
Schoß uns bereiten!

X Könntest du beben,
Wenn wir uns heben
Aus dem Licht der gereiften Gestalten?
Könntest du zittern, Göttern erzittern,
Die als *Gewalten*
Mitten in Wettern und Urgewittern
Hundertarmig beschicken und schalten?
Sieh, ein Erstarken
Weht aus den Marken
Alles Urechten, alles Uralten.

Nur was empfunden ist, wird auch erlebt;
Aber wofern du suchst das Unsterbliche,
Nirgends Vererbliche:
Nur das Empfundene hält und erhebt!

XI Weiseste Wallfahrt, frömmstes Erkühnen!
Während die reinen
Flammen der Seelen die Seelen vereinen,
Mir im Gemüte Schöpfungen grünen
Unter dem himmlischen Taue des deinen:
Über die Bühnen
Alternder Monde
Fürder zu gleiten,
Räume zu messen,
Bis zu dem Fonde,
Bis zu den Essen
Werdender Zeiten
Niederzuschreiten! –
Hin und hinüber! –
Herrliche Sonde!
Strahlige Zinken
Wechseln und winken! –
Vor und vorüber!
Nahn wir mit Anmut den Mächten, die streiten!
Beuge dich über die äußersten Sonnen
Tief in die Weiten und Zeiten![68]
Laß du die Blicke zur Rechten und Linken
Steigen und sinken! –

68 Der geistige Blick des Dichters umfasst jetzt Sonnen im Weltall, wo überall geistige Wesen walten. Das kann wohl mit den von der Astronomie erfassten, unermesslich großen Räumen und unzählbaren Sternen verglichen werden, die der Dichter aber mit dem Walten des Geistes von wirklichen Wesen verbindet. „Amalie“ ist für ihn die Brücke zum geistigen Weltall, deren Ursprung im Herzen des Menschen ruht.

Dort, wo Sachen gebrechen und Sonnen,
Sinn an Entbehrung der Sinne leidet,
Dort, wo der Sinn sich des Seins besonnen,
Sinniges träumend am Werden sich weidet,
Dort, wo der Traum sich fürs Wollen entscheidet,
Aber das Wollen in Duft sich kleidet,
Dort, o Geliebte, wo Duft und Wille
Innerlich warm und wohlgesonnen
Sich von der kalten Unendlichkeit scheidet
– Duft und Wille
Eins in geheimnisatmender Stille! –
Dort, wo der Duft sich zu Dunst gesponnen,
Dunst und Tau zu Nebel geronnen,
Dort, wo der Nebel, lässig verkürzt,
Lose geschürzt,
Aus dem urdünnen, aus dem urdunkeln
Dunste des Chaos entronnen
Und zur Gemeinde der fesselnden Sonnen
Blond in die Wiege des Äthers gesunken –
Siehst du den Nebel glimmen und funkeln,
Sahst du ihn kämpfend dämmern und dunkeln,
Ihn, der durch Funken
Leben erworben, Körper gewonnen?
Ihn, der im Vorbild blühender Sonnen
Sonnig sich seine Zukunft ersonnen?
Dort – er hat trunken
Wirbelnd begonnen,
Steuert, entsteuert, indem er die feinen
Flöre der Räume sucht zu ergreifen
Durch sein Erscheinen,
Lodert und fodert,
Was in der Schöpfung flüchtet und modert,
Läßt im Entschweifen

Bleiche Gewänder,
Dehnsame Bänder
Hinter sich schleifen,
Schreckt das Gewühl der beseelten Geschlechter
Gleich dem Verhängnis –
Grausen Verflechter
Wilder Bedrängnis
Nennt ihn die Zunge des Wahns und der Bängnis! –
Leise durchbrochen,
Krümmt er die Ränder,
Beugt sie zu sich und biegt sie zu Jochen,
Schließt sie zu Ringen,
Die ihn umrollen, die sich umschlingen,
Blickt mit gesichertem Glanz auf die Länder,
Blickt in des Äthers verborgene Wogen,
Zeigt sich mit unbeständigen Streifen,
Blitzenden Kronen, feurigen Reifen
Prächtig umzogen;
Kreist durch den West zu des Ostens Schlünden,
Um sich straffer und strenger zu ründen
Und in gestattbarer Näh´ der bewährten
Sphärengefährten
Sich sein sonniges Dasein zu gründen –
Denn der Geselligkeit ist er ergeben!
Aber der Strahlende wünscht zu bestrahlen:
Steh, um die Stirne zu heben,
Um dein Herz in das Auge zu malen!
Steh´ o geliebte Genossin, denn eben
Schickt er mit wundergewaltigem Streben
Fülle des Stoffes ins hohle Gefilde,
Dreht sich dort lichteinsammelnde Schalen,
Modelt nach seinem Bilde Gebilde,
Regelt sich eine dankbare Gilde

Schwebenden Lebens aus seinen Geweben.
So ist gesittet das kreisende Leben,
So der sphärische Wille zufrieden!
Siehe den Glutball innerlich sieden,
Seine Besäumung flattern und beben!
Schon sind von seinen gedehntesten Bogen
Schichten geklommen, Trümmer geschieden,
Scheiben gewichen, Monde geflogen,
Welche, die Wälzung versuchend, entschwinden –
Doch sich den Tiefen
Wieder in schiefen
Läufen entwinden,
Ihre Sonne finden, empfinden
Und an die erste Weisung sich binden.
Siehe die Werdenden wie die Gewordnen
Schön um das Muttergestirn sich ordnen
Und aus demselben mit tagenden Augen
Sehnlich den Segen der Wärme saugen!
Allen jedoch ist die Sonne gewogen,
Gönnt es den Kindern und Enkelkindern
Eigen zu leben, zu mehren, zu mindern,
Wie sie es pflegen, es andre gepflogen –
Allen im All ist der Schöpfer gewogen!
Blühe denn, Sonne, blühe, denn hohe,
Goldene Wanderblume, blühe!
Funk´ und funkle, himmlische Glühe!
Lange bewirt uns mit weckender Lohe,
Leben will Leben, was ihm auch drohe! –
Kehr, o Geliebte, die Liebe hervor,
Trage das Zeugnis der forschenden Blicke,
Trage hinüber, empor!
Sind´s nicht Geschicke,
Die sich bekennen, die sich verkünden?

Sind's nicht die frühen
Geistigen Mühen,
Die sich verbünden,
Die sich beglühen,
Die sich entzünden?
Sind´s nicht die Bronnen
Alles Entstehens,
Alles Geschehens?
Aber die Bronnen, der Geist und die Sonnen
Kommen in Kraft herübergeronnen;
Treten ins freie
Haupt als Gedanken,
Bringen die Weihe,
Brechen die Schranken,
Finden als Worte
Klang und Pforte,
Strömen als Liebe
Warm ins Gemüte,
Adeln Wünsche, veredeln die Triebe,
Schwingen die Leuchte,
Flechten die Blüte
Göttlichen Wissens, menschlicher Güte,
Sorgen durch süße Besaitung der Stimme,
Dass kein Entglommenes jemals verglimme! –[69]

XII Wären wir drüben,
Tief in den Wesen
Näher dem Wesen!
Wären wir drüben,
Wo wir uns fühlten, wo wir uns wüßten

69 Alles was im vergänglichen Leben jemals als Geist aufgeglommen ist, wird, auch wenn es nur kurz erahnt wurde, scheinbar wieder verdunkelt, taucht in der geistigen Welt wie gebündelt und ewig wirksam wieder auf.

Weg von den Straßen, weit von den Küsten,
Die uns betrüben!
Fern von den Achsen
Sterbender Welten,
Mitten im Wachsen
Erbender Welten,
Auf den geahnten Geistergeleisen
Hinter *Alcyones* fertigen Kreisen,
Wo wir mit Neigung die Genien küssten
Mählig verschollner Äonen und Zonen,
Wo wir erwartend die Hauche begrüßten
Leise beginnender Jahrmillionen!
Heißes Gelüsten!
Mich in die Höhen hinüberzuwagen,
Mich durch die lauten Stürme zu schlagen,
Draußen, wo Klang und Echo gebrechen,
Durch die starrenden Öden zu stechen,
Durch die stummen Fröste zu jagen,
Dich um die trauten
Hüften zu fassen,
Dich durch die Gassen
Aller erschauten,
Aller betauten
Himmel zu tragen,
Geister zu fragen,
Was sie beglücket,
Sternen zu sagen,
Was uns entzücket,
Göttern zu klagen,
Was uns bedrücket!
Reinstes Behagen,
Liebste Beschwerung, lieblichste Führung:
Unter dem Sieg der erhabensten Klärung,

Unter anmutigster Wechselgewährung
Holder Berührung
Drüben zu sinken
Tief in des Schöpfers geistige Helle,
Dort von der blinken,
Läuternden Quelle
Knieend zu trinken,
Knieend die helle
Spende der innersten göttlichen Welle![70]

XIII Geister der Fluten,
Götter der Flammen,
Immer zusammen
Stifter des Tüchtigen, Geber des Guten –
Unter des Donners Dröhnen und Stöhnen
Gründer des Schönen!
Ihr, auf jeder ersinnbaren Spur
Sehnen und Säfte,
Scheiden und Schäfte,
Strecker, Vollstrecker der großen Natur!
Euere Sendung,
Eure Vollendung
Ruht im Ermessen, schließt im Versöhnen!
Die euch verhüllen oder verhöhnen,
Die euch verlassen oder verletzen –
Frevler und Toren!
Denn von den Rechten,
Die wir beteuern,
Die wir verfechten,
Von den Gesetzen,
Die wir erkoren,

70 Die Gründe des Göttlichen können auf der Erde nicht ein für allemal betreten werden, sondern immer einmal wieder denkend, dichtend, künstlerisch tätig erahnt werden.

Die wir beschworen,
Ohne mit euern
Fachenden Schwingen
Sie zu befeuern,
Ihre bestimmende Kraft zu erneuern
Und mit bewirkendem Hauch zu durchdringen:
Jedes ist Lüge,
Jedes ist Sünde,
Was es auch rüge
Oder begründe! –

XIV Mächtige Ordner, Bändiger dessen,
Der sich des *Unbedingten* vermessen,
Sagt mir ein Finden,
Lehrt mich ein Fügen,
Weitem Empfinden
Nennt ein Genügen! –
Götter, ihr lasst mich´s wissentlich werden!
Aus dem Getrieb und dem Irrtum der Triebe,
Dort aus der Selbstsucht falschen Beschwerden,
Hier aus des Dünkels verworrnen Gebärden –
*Das* nur rettet mich, *was ich liebe*!
Götter, ihr zeigt mir zu euch die Stege,
Lehrt mich der Weisheit innigste Pflege,
Liebende Götter, ich dank´ euch, *ich liebe*!
Satzungen kränken,
Meister beschränken,
Worte sind trennend, Taten gebunden,
In der Gedanken gegliederte Reihe
Zaubert der Zweifel Lücken und Wunden:
Wahrheit in höchster und keuschester Weihe
Wird nicht gesagt, nicht getan, nicht gefunden,
Aber vom liebenden Herzen empfunden! –

Ihr, auch im Streite
Nirgends entzweite,
Sorgliche Götter!
*Hegt, was ich hege*!
Gönnt mir zur Seite
Dies mein Geleite!
Welcherlei Wege
Mein bewegtes Gemüt auch beschreite,
Hegt mir dies rege,
Freundliche Herz, das mir glaubt, dem ich glühe,
Dass es in Tönen,
Dass es im Schönen
Freudig mir schlage, kräftig mir blühe!

## (11) Alpen und Alpenwacht. 37
(1866)

I 1 Du Welt der weltverlassnen Wege,
O Welt der Bergesherrlichkeit,
Du ungeheures Schanzgehege
Im Horst verbürgter Sicherheit!

2 Monarchen weinen, Szepter klingen,
In Staub geschnellt um deinen Fuß,
Indes von dir die Adler bringen
Den alten königlichen Gruß.

3 Ich neige mich vor deinem Throne,
Ich sink an deine Felsenbrust,
Ich schreit um deine Gipfelkrone,
Der schönsten Übermacht bewusst.

4 Denn wie das Standbild eines Kriegers
Entsteigst du glorreich dem Gesenk,
Du blickest mit dem Ernst des Siegers,
Erhabner Vorzeit eingedenk.

5 Von *Ihm*, der tat, bevor es tagte,
Von *Ihm* empfingst du das Gesicht,
Mit dem er aus dem Chaos ragte,
Mit dem er sprach: Es werde Licht!

6 Vom ersten Grunde gibst du Kunde,
Vom ersten Krieg der Leidenschaft,
Du redest von der ersten Stunde,
Dem ersten Stoff, der ersten Kraft.

7 Ich lausch´ auf deinen hellen Zinnen
Dem fernsten Gruß der Ewigkeit,
Weit unter deiner Stirn zerrinnen
Die Schäume launenhafter Zeit.

II 8 Wenn tief im Osten über Klippen
Das Aug´ der Schöpfung sich erschließt,
O das ist Tau von Geisterlippen,
Was deinem Morgenhauch entfließt.

9 Glück auf! Glück auf! Die Sonne stürzet
Urmächtig über Tal und Ried
Und sie bewegt, mit Glut geschürzet,
Die Göttliche, Gebet und Lied.

10 Der Nebel wand in losen Ballen
Sich bis zur letzten Schlucht zurück;
Wie Greise, die zum Sarge wallen,
Entzog er sich dem jungen Glück.

11 O Welt der Berge, welch ein Leben,
Das du vor Aug´ und Geist enthüllst,
Es ist ein Hoffen, Jubeln, Beben,
Womit du Puls und Seele füllst!

12 Da schimmern sie, die Gottesträume,
Dein Wald und deiner Blumen Glut!
Die Himmel küssen deine Säume,
Das Weltmeer trinkt dein Silberblut!

13 Hier frag´ ich deine Tannenhalle:
Hast du auch Seele, fühlest du?
Da jauchzt mit freudigstem Gelalle
Das Echo mir dein Jawort zu.

14 Und doppelt jauchzt die Menschenseele,
Sie blickt zum Himmelslicht hinauf,
Und was ihr auch zum Ganzen fehle,
Jetzt blüht es ihr im Busen auf.

III 15 Der greise *Ferner*, dem Gebote
Der Anmut hold, was sinnt er dort?
Er steht, bekränzt vom Sonnenrote,
Wer ahnt sein ungesprochnes Wort?

16 Wie diese Strahlen ihn bestricken!
Ach, jeder Strahl ein Liebespfand!
Die Strenge schmilzt aus seinen Blicken,
Mit Rosen schmückt er sein Gewand.

17 Er glänzt in wechselreicher Wonne,
Er hebt den leichten Wolkenhut
Und grüßt die jungfräuliche Sonne
Mit einem Blick voll Frühlingsmut! –

18 Du Form aus Gottes Paradiesen,
Der Erde heiligstes Empor,
O Welt der Berge – Staat von Riesen,
Hochwachtender Heroenchor!

19 Beglückt das Herz, das du beglückest,
Beglückt der Mut, den du entfachst,
Beglückt das Aug´, das du entzückest,
Beglückt das Land, das du bewachst!

20 Als über dir die Meere liefen,
Erhobst du zürnend Dom zu Dom
Und trugst die Rätsel aller Tiefen
Empor mit einem Feuerstrom.

21 Zum Äther warfst du die Gestalten
Der grausen, vielgelenken Brut
Und unerhörte Klanggewalten
Verrieten deines Schaffens Mut.

22 Die Wogen flohn, die kalten Schlangen,
Und bargen sich im eignen Gischt,
Im Abgrund hältst du sie gefangen,
Aus dem ihr Grimm vergeblich zischt.

23 Heim schickst du nun des Fatums Schergen,
Zersplitterst ihren Heroldstab:
*Das deutsche Land* mit deinen Bergen,
Sei´s ewig ein Despotengrab!

24 Du zeigst uns in erhabner Stille,
Dass dir der Gott im Innern blieb;
Unbeugsam ist dein Lebenswille,
Unsterblich dein Beseelungstrieb.

25 Dein Hauch beflort die fernsten Hügel
Und stärkt das klarste Volk der Welt,
Du schickst mit deines Stromes Flügel
Dem tiefsten Sassen Feld und Zelt.

26 Du zeitigst den Gedankensamen,
Du schirmest, was sich selbst erzieht,
Und hohe Seelen, edle Namen
Beherrschen klingend dein Gebiet.

27 So häufst du stolz auf deinen Rücken
Zum Völkerhort den Geisteshort,
Nach allen Straßen spannst du Brücken
Für deutsches Wesen, deutsches Wort.

28 Und auf den Brücken, mit dem Segen
Entwandern Genien Hand in Hand
Und streun von Perlen einen Regen
Und knüpfen ein erwünschtes Band.

29 Wohin ihr lichter Blick gefallen,
Dort baut sich leuchtend ein Altar,
Da hört man warme Stimmen schallen,
Dort kniet ein innig Seelenpaar.

30 O Tales Maien, Berges Mächte
Mit eurem vollen Lebensklang,
Ihr Sonnenhügel, Waldesnächte,
Wie fasst ihr mich so zauberbang!

31 Auf, Seele, such im Tatgewühle
Nach eines Freundes liebem Kuss –
Ach, Frühlingsmut ist´s, was ich fühle,
Und *eu*´r Geschenk ist der Entschluss!

# (12) Älpler und Alpentraum. 38

1 Die Sterne regnen helle Winke
Hinab aufs laulich-dunkle Land,
In Sorgen wach‘ ich auf der Zinke
Der schwindelhohen Felsenwand.

2 Und in des Tales schmalem Grunde,
Im Schoß der sommerlichen Nacht,
Wo beim gedämpften Schritt der Stunde
Noch manchen Herdes Flamme wacht –

3 Dort kniet, hinauf zum Himmel sehend,
So manche Seele, treu und gut,
Und manches Auge zittert flehend,
Und mancher Busen ringt in Glut.

4 O könnt´ ich durch die Räume dringen
Mit eines Cherubs Sonnenbrand,
Da wollt‘ ich rufen, wollt‘ ich singen:
„*Lebt und bewacht des Lebens Pfand*!“ –

5 „In deiner Denkart unverwundet,
In deinen Gliedern unentmarkt,
In deinem Hochgefühl gesundet,
In deinem alten Mut erstarkt –

6 Du Kerngeschlecht vom reinsten Kerne,
Das unter jeder finstern Macht
Mit frisch beseeltem Augensterne
Des Lebens echte Saat bewacht!

7 Die Lüge spinnt um deine Schwelle
Ihr trübes Netz von Schuld und Blut,
Die Torheit schüttelt ihre Schelle
Und dich bedroht ihr Übermut.

8 Wer steht wie du, der steht verraten,
Wer denkt wie du, der wird mißbraucht,
Ein *Dienst* ist jede deiner Taten,
Ein Schmerzensdienst in Schmach getaucht.

9 Wie lange willst du dich besinnen
Und fragend wenden deinen Blick?
Die Stunden und die Tage rinnen
Und voll Verrat ist das Geschick.

10 Auf, pflanze dich in ehrnen Reigen
Dem ernsten Gott vors Angesicht!
Nicht zieh die rasche Kunst der Feigen
Den Mut des Tapfern zu Gericht.

11 Auf, heisch als alter Völkerrichter
Die Götterwage dir zurück,
Erkämpfe Stoffe deinem Dichter,
Ersiege deinem Bürger Glück!" –

12 Und sieh, das Wort, hinausgerufen,
Enteilt mit geisterhaftem Schall,
Und nieder steigt´s die Felsenstufen
Mit nievernommnem Widerhall.

13 Lebendig wird es im Gemärke,
Das unter mir im Schlummer lag,
Beschleunigt wie durch Zaubers Stärke,
Im hellsten Glanz erscheint der Tag.

14 Gestirne, die versunken schliefen,
Entwinden sich des Himmels Tor
Und locken aus geheimen Tiefen
Den wundersamsten Lenz empor.

15 Sie drehn in schönen, stolzen Ringen
Sich durch des Äthers reinstes Blau
Und ihre Strahlenboten dringen
Ins kleinste Haus der fernsten Au.

16 Es steht in ihrem Lichterkranze
Ein Kriegsgott, herrlich von Gestalt,
Und schleudert eine Riesenlanze
Mit starker Sehnen Allgewalt.

17 Da tönen Zeit und Augenblicke,
Wie das Gebilde Memnons tönt,
Erschüttert rollen die Geschicke
Und horch! *der Untersberg* erdröhnt.

18 Und ha, welch rosiges Erkühnen!
Das ist der Lerche Liederstrahl!
Und Augen leuchten, Herzen grünen
Und festlich wogts durch Berg und Tal.

19 Das Land ist eine Riesenleier,
An die die Weltgeschichte streift
Und zu der einklangsvollsten Feier
Gebietend in die Saiten greift.

20 Und alles Lebens teure Mächte
Vernehmen ihr erhabnes Spiel,
Sie brechen durch des Herzens Schächte
Und suchen ein unsterblich Ziel.

21 Nicht *ein* Gefühl, das feige zittert,
Nicht *ein* Gedanke, welcher krankt,
Von Gottes frischem Hauch umwittert,
Nicht *eine* Rebe, die da wankt!

22 Der Greis erwägt, der Mann entcheidet,
Die Jungfrau schwärmt, der Jüngling glüht
Und jeder opfert, keiner neidet,
Denn Götter lenken das Gemüt.

23 Da klingen laut des Sängers Träume,
Indes der Krieger hebt den Schild,
Mit Geistern füllen sich die Räume,
Mit Donnern redet das Gefild.

24 Die aufgeblühte Hoffnung wendet
Ihr helles Aug´ in Seligkeit
Und Siegesboten, sternentsendet,
Umschweben das Gestad´ der Zeit.

25 Ich kehr´, im Innersten gehoben,
Wie wer vor Freude bebend fragt,
Das Herz, das Angesicht nach oben
Zum Gipfel, der mich überragt.

26 Ha, welch Getümmel, welch Gedränge
Auf schroffen Pfaden der Gefahr!
Bevölkert sind die Felsgehänge
Mit einer kühnen Kriegerschar.

27 Gewehre blinken, Schüsse knallen,
Indes die Menge wächst und schwillt,
Im ernsten Liede lässt man´s schallen,
Was aus geheimster Seele quillt:

28 „Der Älpler trägt an sich die Zeichen
Und das Gepräg der Felsenflur
Und Väter, die den Felsen gleichen,
Erzeugen Felsenseelen nur.

29 Ihm schuf ein tieferes Jahrhundert
Durch strenge Zucht die Seele frei,
Die Moden taumeln unbewundert
Im Veitstanz ihm am Herd vorbei.

30 Der Lichtschlag ist´s der Wetterstreiche,
Was seinem Denken Zeitmaß leiht,
Lawine lehrt ihn donnergleiche,
Bezwingende Beredsamkeit.

31 Er sendet Brand dem Schiff des Geiers
Ans leicht beruderte Verdeck,
Er brennt im Zornmut des Befreiers
Des Wahnes Raubgeschwader leck.

32 Dem Ahorn lauscht er ab die Würde,
Die Kriegerart dem Sturmeshauch
Und vor dem Feind und bei der Hürde,
Stets übt er den granitnen Brauch.

33 Sein Aug´ bewacht die Weltgeschicke
Als Vorhut gegen Ost und West,
Es pflanzt die Pfeile seiner Blicke
An Herzen und Gestirnen fest.

34 Er ist´s, den die Natur erzogen,
Zu leiten einen heil´gen Guss,
Des Westens Licht, des Ostens Wogen
Zum schönen Ineinanderfluss.

35 Er endet um sich zu vereinen
Dem Urgestein, dem er entsprang,
Und die verwandten Berge weinen
Ihm ihrer Ströme tiefsten Klang!“ –

36 Und rasch erkenn’ ich´s am Gepräge,
Das Aufgebot der Höhenflur;
Wie tönt durch seines Herzens Schläge
Die wärmste Seele der Natur!

37 Behend, mit siegestrunknen Klängen
Entrinnt, entstürmt mir Schrei auf Schrei:
Ein Hoch den Sängern und Gesängen,
Wer unter Waffen singt, ist frei!

38 Ein Hoch dem großen Geist des Lebens,
Er flocht ins Lied den hohen Sinn,
Verlust und Schmerz war nicht vergebens,
Er schuf unsterblichen Gewinn! –

39 Wie? Haben heut des Glückes Sterne
Die goldnen Pforten aufgetan?
Dort in des Tales tiefer Ferne,
Was wimmelt auf dem grünen Plan?

40 Glück auf! es kommt in dichten Schwaden
Ein frohverwegner Männerchor
Und zieht auf vielverflochtnen Pfaden
Heran, herauf, zum Berg empor.

41 Woher, aus welches Landes Weiten?
Was strahlt ihr Angesicht vor Lust?
Und sieh, wie warm sie näher schreiten,
Des edlen Zweckes sich bewusst!

42 Und Fahnen fliegen, Winke fallen
Und Grüße gibt, wer Gruß empfängt,
Im heitern Liede lässt man´s schallen,
Wozu der Ernst des Tages drängt:

43 „Dort, Brüder, wallt der Donaufluss,
Er wallt als heller Sieger,
Die Donau ist ein deutscher Fluss,
Ein deutscher Held und Krieger.

44 Die Donau wirbelt Gruß auf Gruß
Dem regen Österreicher,
Die Donau ist ein deutscher Fluss,
Und drum kein zahmer Schleicher.

45 Die Donau naht sich mit Verdruss
Der letzten deutschen Brücke,
Die Donau ist ein deutscher Fluss
Und möchte gern zurücke.

46 Die Donau nimmt mit sich den Kuß
Der schönsten deutschen Lande,
Die Donau trag´ als deutscher Fluss
Den Kuss zum Meeresstrande.

47 Und ob sich auch Bojar und Russ´
Gewaltig drob erbosten,
Die Donau trag´ als deutscher Fluss
Den deutschen Geist nach Osten!“

# (13) Zeitgeist. 39

Bewegt sind wir von Hast und Bängnis,
Wir fühlen halb im Fieberdrang,
Wir überholen das Verhängnis
In seinem dumpfen Donnergang.

Wir glauben nur dem Truggeräusche,
Wir beben wenn ein Rabe schreit,
Wir *fordern´s*, dass ein Wicht uns täusche
Denn Ohnmacht ist der Fluch der Zeit.

Wir eilen, den hinauszustoßen,
Der einer Wahrheit Huld erzeigt,
Es ist Verleumdung alles Großen,
Was prahlend unserm Schoß entsteigt.

Wo widersteht ein Herz entschlossen
Und gibt der Tücke nicht den Preis?
Wo hat der Treubruch nicht Genossen,
Der Meineid nicht ein Lorbeerreis?

Wo fehlt´s dem Flachkopf an Verklärern,
Dem Denker an Verschmach und Hohn
Dem glatten Schurken an Ernährern,
Dem Ehrenmann an Sünderlohn?

In Sinn und Sucht für Mahl und Magen
Gilt einzig Brot uns als Gebot,
Wir toben, jagen nach Behagen
Und schelten feig auf Kampf und Not.

Das Geld, auf das wir brennend lauern,
Ist unser Schicksal, unser Gott,
Der Arbeit weihn wir ein Bedauern,
Der Armut schlechtverhehlten Spott.

Es rührt uns jeder Troßgeselle,
Der gaukelnd auf der Bühne weint,
Wir blicken scheel, wenn auf die Schwelle
Des Nachbars eine Sonne scheint.

Wir schwärmen um die Narrenschelle,
Wir meinen was die Mode meint,
Kein Mahnruf rückt uns von der Stelle,
Kein Machtwink findet uns vereint.

Wir sind nur reg´ uns anzuranken,
Versagt ist uns der sichre Tritt,
Wir tasten, haschen, wünschen, wanken
Und Argwohn äfft uns Schritt für Schritt.

Heut ringen wir nach hohen Rechten
Und taumeln einen Freiheitstanz,
Doch morgen flattern wir und flechten
Ums Haupt der Tyrannei den Kranz.

Und sehn wir uns genug betrogen,
Da wird gewogen und gezählt,
Der Himmel wird zu Rat gezogen
Und jeglicher Altar gequält.

Umsonst ist euer frommes Beben,
Umsonst ist euer Ruf nach Licht,
So lang es euerm *innern* Leben
An einem schönen Stern gebricht!

Wir fliehn zuletzt zur trübsten Quelle
Und trinken dort statt Wahrheit – Wahn,
So wirft uns jede Schicksalswelle –
Wann endlich in die rechte Bahn?

Was frommt´s, dass unsre feine Sitte
Vom Schein beseelter Bildung strahlt?
Es ist der Sieg der rohen Tritte,
Mit dem die Zeit am liebsten prahlt.

Was frommt´s, dass wir mit falscher Liebe
Belagern jedes Wissens Spur?
Wir stehn im Sold der schlechten Triebe
Und bleiben Knechte von Natur.

Wie soll ein Genius sich verkünden,
Ein Göttersohn zu dieser Frist?
Durch welches Wort ein Volk entzünden,
Dem der Verzicht ein Labsal ist?

Wie soll er ein Geschlecht noch adeln,
Das nur den Stümper nicht verhöhnt?
Wie den Verrat am Guten tadeln,
Wo der Verrat nur wird gekrönt?

Dich wird auch keiner mehr erquicken!
Was auch die Kunde rauscht und weht,
Du wirst im Redestaub ersticken,
Bevor ein edler Bau ersteht.

Wohin auch deine Geister schwanken
Mit blütenlosem Wanderstab,
Du wirst verschmäht hinunterkranken
In ein beschämend ödes Grab.

O würde drum in höhern Räumen,
Was klug getan wird, wohlgetan!
O dürften wir mit schönen Träumen
Dem Pfortenring der Zukunft nahn!

Doch weise, so von Weisheit starrend,
Dass ihre Weisheit niemals taut
Und Herrscher, hart und blind beharrend,
Wo die sich staun – wer traut? wer baut?

Sie hassen´s, hoch sich zu vergaben,
Sie drehn sich schillernd nach dem Schein,
Denn jeder will nur haben, haben
Und keiner, keiner will was sein.

Was Jubel, wenn wir uns entschwingen
Für kurze Zeit dem alten Schmerz!
Um uns für *immer* loszuringen,
Ach, wie so klein ist unser Herz!

Wohl möchten wir die Welt verbessern,
Wer ist es, der *bei sich* beginnt?
Wir sondern, spalten wie mit Messern,
Wer ist es, der sich selbst entrinnt?

Wer schöpft ein Wort aus tiefem Bronnen?
Wer spricht ein ernstes Wort aus Pflicht?
Wer schielt nicht nach den Purpursonnen?
Wer trotzt dem Trotz ins Angesicht?

Doch du, vermess´ne Feuerseele,
Die manchen dunklen Flor zerriss,
Sieh zu, dass dir der Trost nicht fehle,
Wir andern fehlen dir gewiss!

Bei jedem Wirbelwind von Plagen,
Der über unsere Häupter tobt,
Den Freund und Nachbar anzuklagen,
Darin allein sind wir erprobt.

Wie kranke Kellermäuse lungern
Die jungen Herrn und tun gescheit;
Den Tüchtigern, dass sie verhungern,
Vergönnt man zum Verhungern Zeit.

O lüd´ ein Gottmensch unsre Sünden
Noch einmal liebevoll sich auf!
O stieg´ ein Rotbart aus den Gründen
Und stieß' uns mit des Schwertes Knauf![71]

Denn das sind dumpfe, herbe Tage
Und ihr Gefolg ist wilder Streit,
Sie winken einem Schicksalsschlage,
Ein Volk zu fällen *vor* der Zeit.

Die Gedichte der drei Stufen Dumpfheit, Zweifel und Seligkeit beziehen sich aufeinander. Das jeweils letzte sind:

I. Stufe: „Die erste Wallfahrt"
II. Stufe: „Der Mönch"
III. Stufe: „Zeitgeist"

„Die erste Wallfahrt" auf der I. Stufe führt zu den Dichtern und Denkern der Goethezeit, deren Wirken uns führen kann. „Der Mönch" am Ende

71 In den letzten Versen ruft der Genius nach der Hilfe des „Gottmenschen", das heißt nach Christus und denkt zugleich an einen großen Kaiser wie Barbarossa, von dem er nicht etwa Kampf und Sieg gegen Feinde, sondern einen Anstoß erwartet, der uns aufrüttelt und den Willen weckt.

der II. Stufe belehrt uns, dass uns die Götter in der Götterdämmerung in die Freiheit geführt haben. Damit verbunden ist das Herunterfallen in die Absonderung, die mit Zweifel und Verzweiflung einhergeht. Der Zeitgeist auf der III. Stufe winkt bereits mit der in Aussicht stehenden ERHEBUNG; aber diese von allen gewünschte Erhebung bedingt, dass die an den Pranger gestellten „Sünden" und Nachlässigkeiten sich auf das NOCH-NICHT- GEHEN-KÖNNEN auf dem Weg der Freiheit beziehen. Der nur freiwillig zu betretende Weg ist von den deutschen Dichtern und Denkern aufgezeigt worden. Wenn man immer nur erwartet, dass doch irgend jemand kommen wird, schreiben wird, führen wird, uns an die Hand nehmen wird usw., wird Freiheit missachtet. Nur durch Anthroposophie können wir lernen, auf unsere Dichter und Denker zu hören, was u.a. in dem Büchlein „Goethes Leben im Rhythmus von sieben Jahren" einmal versucht worden ist.

Auf der IV. Stufe werden von Fercher von Steinwand einige Menschen angeführt, die auch ohne Anthroposophie den Weg des Geistes gehen. Das sind zweifellos Ausnahmen. Aber auch wir werden mit Hilfe der Anthroposophie immer „Einzelne" sein und als „Ausnahmen" besagten Weg beschreiten. Das ist mit weiteren geistigen Kämpfen, die auch in der IV. Stufe beschrieben werden, verbunden.

# IV. Stufe: Anerkennen

## (1) Der deutsche Dichter. 40

Ich bin ein Dichter – trete keiner
Entheiligend in meinen Bann,
Ich bin ein Mann so gut als einer,
Der seine Waffe führen kann.

Zwar nehm´ ich nicht, ich bringe Leben,
Wo *treffend meine* Waffe zielt,
Doch alles Lebens Gleißner beben,
Wenn meines Wortes Donner spielt.

Dem Dünkel der erlognen Größe,
Der des Gedankens Vorrecht schmäht,
Ihm zeichn´ ich Wunden in die Blöße,
Die mein erzürntes Aug´ erspäht.

Mit List nicht lenk' ich Hieb´ und Stiche,
Mir liegt entartet Spiel zu fernst,
Es rauscht vom Flügel meiner Psyche
Des Lebens tragisch-tiefer Ernst.

Kein Zauber hilft, kein Kirchensegen
Zum Ziel mir durch des Zweifels Drang,
Ich kämpf´ als *Mensch* auf meinen Wegen
Mit jeder Kraft Zusammenklang.

Von unbrechbarem Mut getragen,
Erduld´ ich des Tyrannen Zorn,
Besteh´ des Daseins herbste Plagen,
Des Tadels giftbeträuften Dorn.

Ich bin nicht der Verneiner einer,
Weil mir kein Wunsch den Busen schwellt,
Ich stelle sinnvoll her wie keiner
Was der gemeine Sinn entstellt.

Mein Lebenspuls ist der Gedanke,
Der Stoff und Zeiten überwallt,
Ich achte treu des Alltags Schranke,
Doch seine Torheit lässt mich kalt.

Das Jenseits ruf´ ich aus den Grüften,
Gestaltend setz´ ich´s in die Zeit,
Umhauch´ das Diesseits mit den Lüften
Der webenden Unendlichkeit.

Ich schließ' mit einbildsamem Wollen
Der Zukunft Rätselpforten auf,
Beschwör´ Äonen, die verschollen,
Zum heil´gen Zwiegespräch herauf.

Ich bin des Volkes wärmster Sprosse,
Der reichsten Frucht enthülster Kern –
Es huldigt dem entherzten Trosse,
Wer noch missachtet meinen Stern.

Es ward mein Volk durch mich erzogen,
Der Nacht entrückt durch mein Getön,
Es hat auf meinem Lied erflogen
Des Ruhmes wolkenfreie Höhn.

So oft es drohte zu erlahmen,
Erdrückt von jedes Thrones Sohn,
Da trug´s in seiner Dichter Namen
Das Ehrenschwert der *Nation*!

Mich zieren Schleppen nicht und Borden,
Mich adelt kein verbriefter Schild,
Ich bin es durch mich selbst geworden
Der echten Würde klarstes Bild.

Ich kann mit keinem Wink beglücken –
Doch einen Cäsar mit der Tracht
Unendlichschönen Seins zu schmücken,
Das liegt im Wesen meiner Macht.

Dem blut´gen Krieger, dessen Ruhme
Mein Engel huldlos sich bewährt,
Verblasst des Sieges stolze Blume,
Von keines Lichtes Hauch verklärt.

Denn meine Gunst kann nur erfliegen,
Wer Liebe flicht in Lust und Schmerz,
Was sich nicht meiner Kunst will schmiegen,
Beseligt auch kein edles Herz.

Ich bin kein Heros, dessen Trachten
Der Tod begrenzt im Bretterhaus,
Ich lenke die Gedankenschlachten
Noch machtvoll aus dem Sarg heraus.

Der Fremdling lauschet meinem Klange
Die Würde meiner Heimat ab,
Die Zukunft geht mit meinem Sange
Einst über meines Volkes Grab.

Hell tret´ ich in verfallne Reiche
Zu später Enkel rauher Not
Und mildre des Bezwingers Streiche
Mit lieblich wirkendem Gebot.

Das Volk, in dem kein Dichter träumte,
Besaß auch nicht des Schaffens Macht.
Ob sich´s auch welterobernd bäumte,
Rasch welkend sank es in die Nacht.

Wo ich beflamme die Gewühle,
Dort gastet schön der Geist der Welt
Und aller Völker Mitgefühle
Bewirtet mein bekränztes Zelt.

Doch keinem zeitlichen Gerichte
Hält mein beschwingtes Wesen stand,
Ich stehe nur dem Weltgerichte
Mit meinem Volke Hand in Hand.

So lange meine Lieder sprießen
Und Herzensdrang und Seelenklang
Mit Mut und Freude sich erschließen,
Wer spricht von Tod und Untergang?

## (2) Einer vortrefflichen Frau in das Stammbuch. 41

Wer da mit holder Ungezwungenheit
Den Menschen kann begegnen und der Zeit,
*Wem* fürs Erhabenste in Kunst und Welt
Das Auge himmelsklar ist aufgehellt,
Wer für Gefühle hat ein Mitgefühl
Und Seele, zu beseelen das Gewühl,
Wem noch des Segens schön entrollte Quelle
Mit goldner Welle küsset Tisch und Schwelle:
Der ist der Götter Liebling und der Weisen,
Der darf sich *vor* dem Ende glücklich preisen.

Drum wenn du manchmal dich nicht glücklich nennst,
So mag´s geschehn, weil du dich selbst nicht kennst,
Weil du bescheiden eines hast vergessen:
An fremdem Streben still dein Tun zu messen,
Weil du zu schüchtern dich im Leben spiegelst,
Und so dein volles Glück dir nicht entsiegelst!

## (3) Frau Greistorfer. 42

Hier liegst du blaß auf der Bahre –
Nun bist du mein, nun gehörst du mir!
Du fühltest, o Frau, ich suche das Klare,
Das ahnt´ ich, o Frau, und gehörte dir.

Hoch über der einsamen Wohnung der Aare,
Tief unter dem Schleier gehäufter Paläste,
Im Dunkel der Wurzel, im Lichte der Äste,
Unendlich fragend umwerb' ich das Wahre.
In jeglichem Traum ist sein Bild mein Geleit;
Und welche Höhe des Seins ich erklimme,
Ich horche schmachtend nach seiner Stimme.
Hier vor dem Altar der Ewigkeit,
Auf den dich der hurtige Tod gebettet,
Hier vor den stummen Resten der Zeit,
Mit denen du bleibst an die Erde gekettet:
Hier lass ich meine verpilgerten Tage
An Aug´ und Urteil vorüberschweben
Und finde nicht Tage, nicht Lebenslage,
In welchen mir jemand auf klare Frage
So klare Antwort hätte gegeben
Wie *du*, o verklungenes Seelenleben! –

## (4) An König Ludwig II. von Bayern. 43

(Als Vereinsmitglied – Ein Toast im Römerbad)

Auf den stillen Geisterwegen
Der beglückenden Natur,
Mitten im ersehnten Segen
Einer weitberühmten Flur,
Kling´ er über jede Schranke
Ätherhoch und abgrundtief,
Der uns hier zusammenrief,
*Der unsterbliche Gedanke!*

Unter dem vertieften Bogen
Dieses schönen Sternendoms,
Dem wir kamen zugeflogen
Mit der Macht des Freudenstroms,
Lasst sie strahlen in die Ferne
Göttlichrein und jubelkühn,
Die uns aus den Augen glühn,
*Des Gemütes heil´ge Sterne*.

Steig aus unserm Herzensgrunde
*Dein* Gestirn zuerst hervor,
Mit dem höchsten Licht im Bunde
Nennt dich unser Jubelchor:
*Ludwig*! schallt es tausendtönig
Durch der Klänge Sphärenreich,
Fürst, den besten Fürsten gleich,
*Aber von Gemüt ihr König!*

Als der Wettkampf der Gewalten
Donnernd neben dir erscholl
Und in tausend Schreckgestalten
Die Begier des Sieges schwoll,

Fühltest du auf deinem Throne:
Lohnt den Starken der Gewinn –
Nur dem menschlichreinen Sinn,
*Nur dem Edlen ziemt die Krone!*

Als das „*Glück*“ von unsern Pforten
Seine Feuerkugeln schwang
Und mit ungeheuren Worten
Blendend jedes Herz bezwang;
Standst du bei den Eingeweihten
Vor der Muse klarem Born
Mit dem goldnen Wunderhorn,
*Mit dem Sprachrohr aller Zeiten.*

Leucht´ uns deine Sinnestreue
Wie das Licht am Himmelszelt,
Unser Innerstes erneue
Seine hellste Blütenwelt!
Tritt im Geist an unsre Runde
Als ihr weihevollstes Glied –
Die dich uns zum Freund beschied,
*Heilig wirkend ist die Stunde!*

Wo du schön bedenkend waltest,
Deinen Wert erkennen wir,
Wo du deinen Traum entfaltest,
Unsre Seelen sind mit dir.
Stehend zwischen Frucht und Samen,
Heben wir dein Bild empor,
Weben in des Himmels Flor
*Dein Gemüt und deinen Namen!*

## (5) Glück. 44

(Zur silbernen Hochzeit des österreichischen Kaiserpaares.
Wiener Neustadt, 24. April 1879)

Unter den vereinten Sternen
Dieser schönen Jubelzeit,
Die durch alle klaren Fernen
Festlich Seel' an Seele reiht:
An die Stunden edler Triebe
Denkst du frohbewegt zurück,
Fühlst den ganzen Wert der Liebe,
Preisest und verehrst *das Glück.* –

Nicht das Glück das täuscht und blendet,
Das verleitet, doch nicht führt,
Stets verheißt und niemals spendet,
Doch die bittre Flamme schürt:
Nein, du huldigst *jenem* Segen,
Den mit des Gemütes Kraft
Auf des Geistes lichten Stegen
Nur der Mensch dem Menschen schafft.

Aber unter all den Sonnen,
Die dein Seelenblick erflog,
Die dein Höhenschwung gewonnen,
Die dein Mut vom Himmel zog;
*Jene* bleibt die Auserkorne,
Die mit einem Strahlensieg
Aus dem tiefen Lebensborne
Eines Frauenherzens stieg.

Du gedenkst der holden Tage,
Da dein Frühling sich erschloss,

Da sich oft in Lied und Sage
Wogend dein Gefühl ergoss.
Und die Jungfrau sahst du kommen
In des Reizes Vollgewalt,
Und du neigtest dich beklommen
Der beseelenden Gestalt.

Ach, du häuftest ihr zu Füßen
Wunsch auf Wünsche, Kranz auf Kranz
Und sie weihte deinen Grüßen
Ihres Blickes hellsten Glanz.
Ja, sie folgt mit ihren Sorgen
Liebend deinem Pilgerstab,
Und du fühlst den Schatz geborgen,
Der das reinste Glück dir gab.

Und du bist zum Mann gediehen,
Ringst mit Zeit, Natur und Welt;
Nicht ein Schritt wird dir verziehen,
Auf dich selbst bist du gestellt.
Mit beklemmend kalten Armen
Fasst der Zweifel deine Brust
Und dich foltert ohn´ Erbarmen
Der erschütternde Verlust.

Doch *sie* gießt mit warmem Blicke
Licht um dein gestütztes Haupt,
Löst die Schlingen der Geschicke –
*Sie* vermag´s, *die liebt und glaubt*!
Wie vom Morgenstrahl getroffen,
Findest du Beruf und Rat,
Wieder steht die Welt dir offen,
Wieder bist du Herr der Tat.

Aber Scham und Neigung tötend
Schäumt der Trotz, der uns befängt,
Und die Zarte weicht errötend,
Und die Edle steht bedrängt.
Ja, du selber, schlecht bekundet
Und von Gegnern dicht umschränkt,
Hast die Gütige verwundet,
Die Besorgliche gekränkt.

Doch das Heiligste bedenkend
Ziehst du aus der Schlacht den Schild,
Schirmest tröstend, hütest lenkend
Das bestürzte Frauenbild.
Du verspürst die Lust des Kriegers,
Der sich festen Stand gewann,
Streitest mit dem Stolz des Siegers,
Denn du bist ein braver Mann.

Jauchzet frei dem Mann entgegen,
Der des Herzens Weisheit kennt,
Der nicht ruhelos verwegen
Sich vom Stern der Liebe trennt.
Lasst uns die Pokale heben –
Hoch die *Tugend*, hoch die *Frau*,
Sie, die Klang dem Liede geben,
Einklang unserm Lebensbau!

Keiner Säume, jeder streue
Rosen in des Jubels Flut,
Denn ihr Fest verdient die Treue,
Seinen Kranz der Liebesmut.
Eine Träne mag ihm tauen,
Der dem dunklen Zwist erlag,
Allen Menschen, die *vertrauen*,
Blühe heut ein Ehrentag!

Wunsch und Wort von Millionen
Haben heut den Thron gezückt,
Denn es wissen´s Zeit und Zonen:
Nur der Glückliche beglückt.
Wir mit eingestimmter Wonne
Rufen dringend: Leucht' uns gern,
O beherrschend liebe Sonne,
O gebietend hoher Stern!

## (6) Anastasius Grün. 45

(Ein Prolog zur 70. Geburtsfeier des Dichters.
Vorgetragen im Fortschrittsverein zu Wiener Neustadt am 8. April 1876)

Wie geküsst vom Strahl der Sonne
Richtet sich das Herz empor,
Mit dem raschen Gruß der Wonne
Schwingt die Seele sich hervor.
Und die glücklichen Gefühle
Werden hier zu Klang und Wort –
Ist hier ein geweihter Ort
Oder Antwort im Gewühle?

Glück uns allen, Glück vor allen
Sei den Edlen, welche warm
Nach dem höchsten Ziele wallen
Herz an Herz und Arm in Arm!
Denn beim Gotte, der uns leuchtet!
Keiner drängt sich hier zur Schau,
Dem des Einklangs goldner Tau
Nicht den schönen Blick befeuchtet.

Doch was uns zu dieser Stunde
Feierlich zusammenführt,
Ist es eine Siegeskunde?
Ist´s ein Liebreiz, der uns rührt?
Glänzt ein Fürst von seinem Throne?
Gilt es Ehre, Gut und Blut?
Droht uns eines Kriegers Wut
Oder heischt ein Held die Krone?

Nein! das menschliche Jahrhundert
Schafft im Geist so ungeteilt,
Dass der Kriegsgott, kaum bewundert,
Hurtig seinem Blick enteilt.
Niemand möchte hier erscheinen,
Rosen *dem* Erfolg zu streun,
Über den sich tausend freun,
Aber hunderttausend weinen.

Nein, wir sind es nicht, die dürsten
Nach dem Gnadenborn der Macht,
Uns erquickt der Mensch im Fürsten,
Nicht des Fürsten Stolz und Pracht.
Wir sind keines Cäsars Herden –
Denn wer wandelt unverhüllt,
Denn wer seine Pflicht erfüllt,
Ist sein Cäsar selbst auf Erden.

Nein, wir strebten nicht zusammen,
Um uns hier für das Bemühn
Leichter Reize zu beflammen
Und für Flüchtiges zu glühn.
Seid gegrüßt in hoher Weise!
Wär´s kein Gott, was uns durchzückt,
Heute trügen wir´s beglückt.
In die hellsten Götterkreise.

Denn fürwahr, was uns beflügelt,
Es ist göttliche Gewalt,
Und es fesselt und entzügelt
Uns durch Namen und Gestalt;
Es ist Licht von siebzig Lenzen,
Was vor unserm Aug´ sich wob;
Allzu herrlich für das Lob,
Sei´s bejubelt ohne Grenzen!

Sei´s bejubelt wie die Blüte,
Die ihr klares Aug´ erschließt,
Sei´s berauschend dem Gemüte,
Wie der Strom, der sich ergießt.
Denn es ist ein Wunderbares,
Wenn auch deutlich jeder Brust,
Wenn auch nennbar jeder Lust
Durch das *Grün* des jungen Jahres!

Dass auch im verlornsten Leben,
Selbst im Streben nach dem Schein
Pulse zittern, Funken beben,
Wert ein Heiligtum zu sein;
Dass die Kinder, die sich regen
In dem weiten Schoß des Raums,
Mit dem schönen Flor des Traums
Durch die Liebe sich bewegen;

Dass das schmalste Laub am Flieder
Mit derselben Seele grünt,
Die im Menschen kühne Lieder
Anzustimmen sich erkühnt;
Dass vom Tropfen, der sich ründet,
Bis zur Kugel am Azur
Sich die redende Natur
Auch als Denkerin verkündet;

Dass auch um die starrste Klippe
Noch ein Geistesfrühling blüht;
*Dieses* Genius warme Lippe
Hat's enthüllt, gejauchzt, gesprüht!
Ja, wir stehen hier zur Wehre
Mit des Busens regstem Blut
Für der Seele höchstes Gut,
Für des Volkes reinste Ehre!

Als die Herrschgier ihre Schlingen
Um die deutschen Völker zog
Und das Lied mit schlaffen Schwingen
In den Wald der Urzeit flog –
Sagt, wer hat das Wort entzündet,
Das man zu Despoten spricht,
Wenn man alte Ketten bricht
Und ein freies Leben gründet?

War´s nicht *diese* Feuerzunge,
Die den kranken Mut geweckt,
Die mit ihrem Donnerschwunge
Das Gespensterheer geschreckt?
War´s nicht *diese* Dichterstirne,
Deren Traum so göttlich klang,
Dass man ihn umwälzend sang
Von der Düne bis zum Firne?

Und als jüngst aus unserer Mitte
Plötzlich der Gedankensieg
Mit bekanntem Geisterschritte
Auf des Lebens Bühne stieg;
Als die Schar der Unversöhnten
Um den schönen Neuling schwoll
Und ein Feldgeschrei erscholl
Und des Hohnes Streiche tönten:

*Er* mit seiner Himmelsleuchte,
War´s der vor der Gottheit stand
Und den dunklen Feind verscheuchte
Mit erhobnem Opferbrand.
Und er warf die Priesterbinde
Über Volk und Vaterland –
Wir erheben Haupt und Hand
Nach dem heil´gen Angebinde!

Klar und klarer, warm und wärmer
Hat sein Wort uns überzeugt,
Dass der Frömmler sich, der Schwärmer,
Stets nur einem Götzen beugt.
Er gestand für alle Zeiten,
Dass zum Glück in Haus und Staat,
Dass hinan zur großen Tat
Nie versteckte Pfade leiten.

Freundlich ließ er uns erfahren,
Dass nicht Kunst, nicht Gold, nicht Rang
Jene Freiheit uns bewahren,
Die der schnelle Mut erzwang.
Nicht wer lobt und nicht wer tadelt,
Nicht der Scherz und nicht der Schmerz,
Immer ist´s das echte Herz,
Das Person und Sachen adelt.

Unter *seines* Sternes Walten
War der Fortschritt nicht ein Spiel,
Nicht ein Schritt hinweg vom Alten,
Um zu schreiten ohne Ziel.
Nein, er suchte die Vollendung
Als Begründer einer Welt,
Die auf innern Wert sich stellt,
Nicht auf Dünkel und Verblendung.

Und er suchte hochentglommen!
Treu erzählt uns jede Spur,
Wie er liebend einvernommen
Alle Stimmen der Natur;
Wie der Geist des Geistesriesen,
Deutend mit dem Friedenszweig,
Jeden leisen Fingerzeig
Dankbar durch ein Lied gepriesen.

Keiner hat, wir er, die Frauen
So beredt um sich geschart
Und ein edleres Vertrauen
Auf ihr Herz geoffenbart –
Denn wo Glauben, Lieben, Hoffen
Mitbeherzigt, mitbedenkt,
Klug verhindert, mutig lenkt,
Steht das Aug´ der Weisheit offen.

Pilgernd auf des Klanges Flügel,
Spielend mit des Himmels Glanz,
Bot er euch von Wald und Hügel,
O ihr Schönen, Kranz und Kranz.
Gebt ihm´s heute mit den Weihen
Der Unsterblichkeit zurück –
Große schätzen nur das Glück,
Das die holden Fraun verleihen.

Denn uralte Sterne melden,
Dass des Schöpfers hellster Ruf
Lorbeer, Dichter, Fraun und Helden
Innig füreinander schuf.
Durch das Fest, das wir beginnen
Mit der Lieblichkeit im Bund,
Feiern wir aus Herzensgrund
Großen Sinn und hohes Sinnen.

Da der wackre, der Gesunde
Seinen Gott am schönsten ehrt,
Wenn er auf dem Erdenrunde,
Fröhlich selbst, den Frohsinn mehrt;
Sei, was Leid ist, ausgeschlossen,
Jedes Herz mit sich versöhnt
Und der teure Held gekrönt
Durch die Lust der Festgenossen!

Wer mit seinem Geist verflochten,
Als sein Kriegvasall geglänzt,
Wer sein großes Werk verfochten,
Jauchzend sei er mitbekränzt!
Hoch soll das Gemüt bezahlen,
Was er hoch und kühn gebaut,
Hoch, so weit der Himmel blaut,
Hoch, so lang die Sterne strahlen!

## (7) Von statten. 46

(Bei Dr. Dunkelblau.)

Wag' ich mich mit frischem Blut
In den Sturm des Lebens –
Wo ich wandle, treff´ ich Glut,
Rasche Glut des Strebens.
Mächtig schwillt der Tatenstreit;
Doch ich seh´ mit Bangen
Von der bleichen Nüchternheit
Jede Kraft gefangen.
Da gewinne, wer´s vermag!
Eben mit dem platten,
Zeitbewussten Menschenschlag
Geht mir nichts von statten.

Wend´ ich Aug´ und Herz empor
Zu des Himmels Bogen,
Walle mit dem Sternenchor,
Mit des Äthers Wogen;
Und Erleuchtung schöpf´ ich dort
Aus dem Born der Dinge,
Fliege nach dem klarsten Wort
Mit des Geistes Schwinge –
Sei gepriesen, hoher Drang!
Über Nacht und Schatten
Geht mir der Gedankenklang
Wundersam von statten.

Führt ein leises Selbstvertraun
Mich aus meinen Grenzen
In die Kette schöner Fraun,
Die verstehn zu glänzen:
Deutlich fordert ihr Gesicht
Jedes Glück auf Erden,
Sicherheit und Dünkel spricht
Arg aus den Gebärden.
Wenn ich schiebe meinen Schub,
Lähmt mich ein Ermatten –
Nein, in solchem Schönheitsklub
Geht mir nichts von statten.

Zugewandt dem höchsten Preis,
Glücklich umgestaltet,
Tret´ ich in den Zauberkreis,
Wo der *Liebreiz* waltet.
Wie das reine Bild erquickt
Unter holden Bildern!
Wie die Seele selig blickt,

Wer vermag´s zu schildern!
Da gehorch ich mit Genuss,
Kann mich nicht ersatten,
Freude, Freundschaft, Wort und Kuss,
Alles geht von statten.

Aber ach, dem Schmerzgefühl
Lässt sich nicht entstieben;
Dreist umstellt mich das Gewühl
Derer, *die nicht lieben*.
Von des Eifers Überschwang
Lodern die Gemüter,
Und sie sichern durch den Zwang
Leib und Lebensgüter;
Selbst am Bord der Wissenschaft
Brüten diese Ratten –
Sagt, was geht mit *solcher* Kraft
Fruchtendes von statten?

Gläubig schließ' ich dort mich an,
Wirke treu verbündet,
Wo der wohlgesinnte Mann
Seine Welt ergründet,
Wo die Lippe nicht bejaht,
Was das Herz bestreitet,
Wo man wächst mit jeder Tat,
Die den Wunsch begleitet.
Da gewahr´ ich stets und stets:
Gleich entfernt von glatten
Wie von schroffen Seelen, geht´s
Guten gut von statten.

Doch der Eigensinn der Zeit
Weiß mich festzuhalten
Vor dem Thron der Eitelkeit,
Vor der Tür der Kalten.
Biegsam spricht der Eigennutz,
– Was er spricht, ist eigens! –
Eilends flücht' ich in den Schutz,
In den Schoß des Schweigens.
Wo den Weißen spielt *der Mohr*,
Spiel´ ich gern den Matten,
Wo der Geist den Gott verlor,
Geht mir nichts von statten.

Stilles Herz, entsage nicht!
Hast du groß empfunden,
Groß auch denkt das Schiedsgericht,
Das dich ausgefunden.
Nein wie jedes Seins Beginn,
Ruhig ohne Wolke,
Leuchtet ein erhabner Sinn
Im gesunden Volke.
Wenn du kühn die Schleier hebst,
Die dein Haupt umschatten,
Mit der Menschheit innig strebst,
Geht´s gesund von statten.

*Diesen* Hort betrat mein Fuß
Flügelleicht und leise,
Männer boten mir den Gruß
Vielgewandt und weise.
Wie der Stern am Himmelsblau,
Der aus Gott entsprungen,
Ist des Hauses edle Frau
Mir ins Herz gedrungen,

Aber wo sich Geist und Huld
Also herrlich gatten,
Denkt, es ist des Dichters Schuld,
Geht ihm nichts von statten!

## (8) Die Lawine. 47

(Prolog eines Konzerts zu Graz, zum Besten der unglücklichen Einwohner der Stadt Bleiberg in Kärnten.)

Wer hat den Genius der Natur ergründet?
Wer stieg hinab in ihres Wesens Schacht?
Wer kennt das Meer, in das ihr Trachten mündet?
Wenn sie gewinnend uns ins Auge lacht,
Was zückt ihr durch die wunderbare Seele?
Wenn sie zerstörend Kraft und Wut entfacht,
Wem horcht, wem folgt sie? Welchem Machtbefehle?

Dem frischen Tag und hellen Schnee gewogen,
Beschreitest du der Alpen schönen Ring
Und kehrst die Stirne nach des Äthers Bogen.
Die Pein entflieht, die heimlich dich befing,
Verjagt vom Glanz der freien Bergeszinken,
Der Zweifel stirbt, der dir am Herzen hing,
Bekämpft von Geistern, die vom Himmel winken.

Schon stehst du hinter Wald und Waldestiefen,
Wo Baum an Baum im Arm des Winters ruht
Und die besonnten Höhn vom Taue triefen.
Du siehst den Berg, sein Haupt in Sonnenglut,
Und seine Kronen im Azur verloren;
In seinem Schoße haben Zeit und Mut,
Geduld und Arbeit eine Stadt geboren.

Geboren – ja, wohl ihr, wenn auch *geborgen*.
Denn vielvertrauend schmiegt sich Haus an Haus,
Da scheint für jedes die Natur zu sorgen!
Du hörst von fern das freundlichste Gebraus,
Dem Fleiß und Eintracht ihren Klang verleihen;
Du fühlst die Zahl der Tätigen voraus,
Die dort sich gürten und zum Werk sich reihen.

Du spielst im Geist mit lieblichen Gestalten,
Du senkst den Blick, du blickst erfreut empor,
Vom heiligsten Genusse festgehalten.
Dein Busen wallt, es drängt ein Lied hervor,
Doch welche Brust vermöcht´ es auszuklingen?
Begeistert suchst du jedes Himmelstor,
Doch das Entzücken fesselt deine Schwingen.

Indes du strebst die Gottheit auszuwittern
Und mit der Wonne das Erstaunen ringt,
Bemerkst du kaum, wie Wald und Felsen zittern.
Bevor die rasche Umschau dir gelingt,
Erfährt dein schauderndes Gehör von oben,
Wo Donnerhall den Donnerhall verschlingt,
Wie schreckhaft streng sich die Natur erhoben.

Es sehnte sich der stolze Gipfelriese,
Um den der Winter seine Schienen wand,
Nach Lenz, nach Freiheit, nach dem Schmuck der Wiese.
Er schüttelt mit geheimnisvoller Hand
Von sich des Firnes klirrende Gewänder,
Denn *er* auch liebt des Lebens höchstes Pfand
Und sprengt dafür gigantisch Band und Bänder.

Entrollend wachsen ungeheure Ballen,
Um wie die Männer aus der Drachensaat
In grimmer Selbstzerstörung zu zerprallen.
Die Trümmerwolke stürzt von Grat zu Grat,
Die Trümmerschlacht vollzieht sich in den Lüften,
Der wilde Reigen der Vernichtungstat
Verschwindet tosend in des Tales Klüften.

Mit Grausen siehst du das Gebiet verwandelt,
Du fühlst, dass aller Drang in der Natur,
Wie jede Leidenschaft, mit Selbstsucht handelt.
Wohin der Schneestrahl der Lawine fuhr,
Im Flor des Sturmes seinen Hag durchjagend –
Wo siehst und sonderst du noch Stadt und Flur?
Du stehst verwirrt, entsetzt und weheklagend!

Ein Ungetüm – wir müssen´s *Elend* nennen –
Gewinnt vor dir nun Leben und Gesicht;
Es wächst und regt sich, um – sich selbst zu kennen!
Denn wie am Abend vor dem Weltgericht,
Wenn beim Posaunenruf die Gräber klaffen,
So bricht es hundertarmig hier ans Licht,
Um sich vom Abgrund keuchend loszuraffen.

Du nennst beglückt tief unten jene Kalten,
Die kein Gefühl mehr mahnt an Raum und Zeit;
Wie willst du´s nun mit diesen *Warmen* halten?
Du siehst, *der* irrt, mit seinem Gott im Streit,
*Der* teilt mit Kind und Greis das dürre Lager,
*Der* gibt dem liebsten Toten das Geleit,
*Der* wandert mit dem Hunger, wank und hager!

Und ratlos jammernd stürzest du zur Erde,
Verklagst das Los mit ungezähmtem Wort
Und die Natur mit arger Hohngebärde:
Was schaffst du Welten, regelst Zeit und Ort?
Ach, du verschlingst, wo immer, deine Kinder;
Vor deiner Tücke sichert uns kein Hort
Und deinen Schrecken lebt kein Überwinder!

Und deine Rüge bleibt nicht unverstanden;
Denn wo der Geist zum höchsten Geiste spricht,
Da klingt es Antwort klar in allen Landen.
Sieh da, durch die bestäubten Lüfte bricht
Ein sanfter Strahl mit holder Farbenspende,
Die wie das Auge Gottes dich besticht,
Dich leis´ erinnernd an Beginn und Ende.

Das Licht erweitert sich in Höh´ und Breite
Und zeigt ein Antlitz, hell und rein begrenzt;
Zum ersten Antlitz fügt sich rasch das zweite.
Du siehst das Paar zur vollen Schar ergänzt;
Du sinnst, du staunst, dass aus der schönen Gilde
Mit gleichen Zügen jedes Antlitz glänzt,
Mit gleicher Göttlichkeit, mit gleicher Milde.

Und jedes lässt das gleiche Wort entwallen;
Das tönt mit Einklang so von jedem Mund,
Dass du nur *eine* Stimme hörst erschallen:
„*Sich selbst* zum Zweck hat dieser Weltenbund;
Was Wunder, wenn nicht *euer* Zweck ihn leitet,
Ihn, der von Lebensgrund zu Lebensgrund
Mit unbedingter Größe fürder schreitet!

Doch dieses All, was tat´s, um euch zu schonen
Auf seinem ehern unbeirrten Gang?
Frei gab es euch, euch frei in allen Zonen!
Drum lebt ihr mit des Geistes Kraft und Rang,
Der dem verworrnen Schicksal euch entwindet,
Drum steigt ihr mit des Herzens Flügelklang,
Mit dem der Geist das Licht der Gottheit findet!

Ihr wisst dem Freund euch liebend aufzuschließen,
Ihr wirkt entscheidend, wenn ihr wirkt vereint,
Und bessre Welten müssen *euch* entsprießen.
Ihr dürft bejah´n, wo die Natur verneint,
Ihr dürft euch waffnen gegen ihre Strenge,
Ihr könnt erquickend sprechen, so man weint
Und herrschend sein durch eure Macht und Menge.

Wohlan denn, stemmt euch der Natur entgegen!
Bewältigt sie durch euer Hochgefühl
Auf ihren feindlich angemaßten Wegen!
Wie Götter mengt euch in das Notgewühl,
Sein Höchstes lasst den Edelsinn verwetten,
Nicht Wort, nicht Puls, nicht Atem werde kühl,
So lang es gilt, zu helfen und zu retten!"

## (9) Austria bei Magenta. 48

O Nymphengestalt, die den Alpen entwallt,
Die da wallt, wo der Sturm des *Gerüchtes* erschallt,
Die hinunter sich wiegt zum albingischen Strand
Im Wellengewand,
Durchpilgernd das nordische Tiefland!

Begegnet ein Aug´ dir am grünen Gestad,
Ein sinnendes Aug´, das dir folgt auf dem Pfad,
Ein Aug´, aus dem schön die Unsterblichkeit spricht,
Da wende dich licht,
Da neige dein klagendes Antlitz.

O heiliger Aar, du Beherrscher der Höhn,
Der heimwärts schwankt mit dem donnernden Föhn,
Verwundet vom Pfeil, der gelauert im Forst
Entfliege dem Horst,
Erfliege das nordische Tiefland!

Und triffst du, gequält vom entgeisternden Schmerz,
Ein edles Gesicht, ein empfindendes Herz,
O heiliger Aar, da beschließ' dein Geschick,
Da schließe den Blick,
Da schließe mit Schweigen den Fittig.

O Lerche, du Kind der frohlockenden Flur,
Du Blüte des Klangs, du verglühst im Azur;
Auf! Knüpfe noch einmal das heilige Band,
Beflamme den Brand
Am fernen Altar der Ottonen!

Dem Mann, den du siehst beim beschäumten Pokal,
Dem Jüngling, der krankt an liebender Qual,
Dem singe kein Lied von beglückender Glut,
Dem singe von Blut,
Von Blut und von röchelnden Brüdern!

## (10) Auf der Brücke. 49

O glücklich, wer da unten ruht!
Ihr rollenden Wellen,
Nehmt mich auf in eure Hut!

Wohin ich wandle, wohin ich seh´,
Es ist ein Weh, es ist ein Weh,
Zu atmen und zu leben –
Ihr könnt mir Genesung geben,

Ihr rollenden Wellen,
Nehmt mich auf in eure Hut!

Der mich zum Leben beschworen,
Ich muss ihn hassen;
Die mich geboren,
O sähe sie mich erblassen!
O stillet dies Weh, o kühlet dies Blut,
Ihr rollenden Wellen,
Nehmt mich auf in eure Hut!

## (11) Entmutigung. 50

Urheber der Welt, der die Weiten bewohnt,
Am kristallnen Gewölb der Unsterblichkeit thront,
Der im Spiele des Sturms mit umspannender Macht
Bewältigend wacht,
Goldäugig entblickend dem Äther!

Ich erheb´, ach wie bang! Mein gebeugtes Gemüt,
Das, o Gram! für ein Volk zu begeistert geglüht,

Für ein Volk, das, an Geist und Empfindung verarmt,
Nicht erwacht, nicht erwarmt,
Und Gunst und Güter vergeudet.

Zu schaun, wie sie schwillt des Verderbens Gewalt,
Wie sie reift und sich reckt bis zur Riesengestalt,
Und nicht König zu sein, um zu kehren den Schild
Nach dem Schaudergebild´
Und seinem zermalmenden Machtgriff;

Sich zu drehn im Gedräng mit dem Busen voll Klang,
Beknirschend den Zwist und den knechtenden Zwang
Und nicht Löwe zu sein, um ins feile Gewühl
Ein Löwengefühl
Zu schleudern mit schmetterndem Mahnruf;

Ein Gesunder zu stehn in umsargender Hut,
Sich ergreifen zu sehn mit ergründendem Mut –
O Jammergeschick! O tantalisches Weh!
Ach ich fleh'! Ach ich fleh'!
Allwäger, erwäg´s mit Erbarmen!

Entführ´, ach entführ´ auf dem Flammengespann
Des Blitzes mein Herz dem verheerenden Bann
Und spüle vom Haupt mir mit himmlischer Flut
Die sterbliche Glut,
Vom Fuß mir das Elend des Erdballs!

Wo nicht, o so lass wie den kundigen Schwan
Mich schweifen zum Kulm der Gebirge hinan;
Ich will im Gesenk beim Lawinengdröhn
Mit Klagegetön
Die klingende Seele begraben!

## (12) Widerstreben. 51

Es hälfe mir zum Martyrtode,
Besäß' ich Seelenüberschwang
Und pries´ in lavaheißer Ode
Den Freiheits- und den Gleichheitsdrang.
Es führte mich gewiß zum Brode,
Besäng´ ich *jenen* fromm erhitzt,
Der in bepurpurter Synode
Vom Drucke der Tiara schwitzt.
Ich trüge leicht schon Frack und Orden
Und goldne Borten unterm Kinn,
Wär´ ich des Hofes Harfner worden
Mit hohlem Wort und schlauem Sinn.
Und längst schon wär' ich Goldverweser,
Hätt´ ich die Künste mir erbuhlt,
Mit welchen man den Chor der Leser
In leiser Selbstvergiftung schult.
Doch stünde mir bei meinem Tode
Ein Kaiserkatafalk bereit,
Nicht möcht´ ich singen nach der Mode
Und gaukeln um den Schaum der Zeit.
O lasst mich stets den Strom belauschen
Der tief des Menschen Brust bewegt,
Mit der Natur die Wallung tauschen,
Die Gottes Zauberstab erregt!

## (13) Die Soiree. 52[72]

1 „*Sie* kann man, scheint´s, durch Rhythmen nicht verpflichten –
Nun gar ein Bühnenstück im höchsten Stil,

72 Strophenzählung vom Herausgeber eingefügt.

Das nennt Eu´r Exzellenz ein Krokodil
Aus Mutter Gäas alten Schichten,[73]
Wo alles Wachstum war ein Riesenspiel,
Wie´s eben *ihrer* Exzellenz gefiel!" –

2 „Ach, Gott, man muss sich nach dem Zeitgeist richten,
„Man kann für *unser* Volk nicht klassisch dichten,
„Und die Geschichte Deutschlands? – abgeschmackt
„Und für die Bühne mehr als allzu nackt!
„Aus dem, was dort sich frostig aufgeschichtet,
„Ward nie was *Packendes* hervorgeschlichtet;
„Der Dichter diene treu der Konvenienz,
„Sonst wird er zu viel *Grabbe*, *Kleist* und *Lenz*.
„Was Phantasie nicht tut, bewirkt ein Griff,
„Ein fleischlicher und der Verstandeskniff
„Mit einem Beischmack von Impertinenz!" –

3 So sprach man in den Räumen des Salons –
Die Damen waren reizend wie Bonbons,
und ganz impertinent
Erdufteten die Schlündchen der Flacons.
Ich suchte mit der Brust das Firmament
Und trat ans Fenster aus dem Hintergrunde;
Die Zeit war *jenseits* schon der Geisterstunde.
Ich selbst erkannte mich als insolvent
Der anspruchsvollen Einsicht gegenüber;
Mein Busen wogte wie das ferne Meer
Zur ungetrübten Sternenwelt hinüber,
Denn sie allein ist niemals seelenleer.
Sie ist´s, die dem Begehr und der Beschwer
An keinem Ort den Widerhall versagt;

73 Aus „Mutter Gäas alter Schicht" stammt das Krokodil. Fercher von Steinwand behandelt diese Schicht der Evolution im 6. Urtrieb der Gedichte „Johannisfeuer".

Sie öffnet dem, der als Bedrängter klagt,
Das Tor des Mitgefühles hoch und hehr!

4 „O heil´ges Vaterland, dein Sänger fragt,
Wann atmete dein Busen ohne Lieder?
Wo wär´, so weit die Zeit der Kühnheit ragt,
Wo wäre jemals Größe aufgetagt
Und flöge nicht auf *deinem* Aargefieder
Und klänge nicht in deiner Sprache wieder?
Wann hätt´ uns je die Unnatur des Marktes
Das reichbegabte Herz so schwer gedrückt,
Dass uns nicht ein Gemüt, ein gotterstarktes,
Mit seiner Macht der Trübung hätt´ entrückt,
Mit heitrer Zeiten tröstender Erwartung
Die hingewelkten Hoffnungen entzückt?
Wo hätte man dem Abgott der Entartung
Gefrönt, geopfert frech und sinnbetört,
Und hätte nicht vom deutschen Richterstuhle,
Der ins Jahrhundert glänzt als Völkerschule,
Die Sprüche der Verdammungen gehört?“ –

5 Nicht ahnend meines Wortes Zaubermacht
Durchwühlt´ ich mit gehobnem Aug´ die Nacht.
Indem mein Herz mir eine Träne schenkte,
Ergab´ sich´s mählig, dass ich sacht
Die feuchten Schwingen des Gemütes senkte
Und den getränkten Blick nach Westen lenkte.
Die *Jungfrau* war´s, die dort in reichster Pracht
Aus des Azurs entlegnem Spiegel glänzte,
*Die* Jungfrau, die mit goldnem Rechtsbedacht
Einst Wunsch und Ziel der Sterblichen begrenzte
Und jetzt am Himmel als *Asträa* wacht.
Und in der Jungfrau saß ein Frauenbild,

Das sich mit Sternen aus dem Sternbild kränzte.
Das sah zu mir herüber groß und mild
Und ich erkannte durch die hohen Räume
*Die schöne Göttin dichterischer Träume –*

6 „O Königin im himmlischen Gefild,
Du, schwebend über jeglicher Gewalt
Als unverletztlichste Triumphgestalt" –
So rief ich, während ich mein Los erwog
Und Arm und Körper ihr entgegenbog –
„Du heitres Augenmerk des reinsten Triebes,
Das unerwartet jetzt mein Blick erflog
Durch alle Wolken dieses Weltgestiebes!
Wenn leuchtend durch mein Herz ein Wunder zog,
Begehrst du, dass ich´s wunderbar entsiegle,
Und wünschest du, daß im Orkangewog´
Erhöhten Lebens Zeit und Volk sich spiegle? –
Vergib, o Göttin, wenn ich des mich sträube,
Vergib, wenn ich dem Manneswert zulieb
Des Klanges Drang, des Wortes klaren Trieb
Mit Willensmacht und Urteilskraft betäube!
Gewiß, du triffst mich nicht in Geist erschlafft
Gewiß, ich schwank´ und krank´ nicht im Gewissen,
Gewiß, du siehst mich heiß nach dir beflissen –
Doch gibt's, ein Ding, wovor der Marmor klafft,
Ein andres, das den Meißel sprengt in Splissen –
Vergib, es klagt nicht ein Gemüt von Taft,
Es drängt nicht unfruchtbare Leidenschaft –
Schon ist´s ein Schmerz, wenn man der süßen Haft
Des ungestörten Urseins wird entrissen;
Allein es heischt die höchste Dulderkraft,
Hierunten als ein Dichter sich zu wissen
Bei solchem Zeitwind, der zusammenrafft,

Doch nie begrünend, nie veredelnd schafft,
Und deshalb deine Sonne kann vermissen.
Zu geistlos stets, um der Begeistrung Flug,
Zu machtlos, um die Zuversicht zu wecken,
Ist unsres Wollens, unsres Wesens Zug
Gerade gut und schlecht genug,
Um das Verhängnis uns herbeizunecken
Mit seinem Blitz und peinvoll dunklen Schrecken!
Versahn die Götter mich mit Geistesgaben;
So hab´ ich, weh, nur *einen* Lebenszweck:
Zu suchen einen friedlichen Versteck,
Um dort mein Pfund mit Weisheit zu begraben.
Drum laß, o Göttin, laß mein Wort in Banden;
Es fehlen Ohren, die sich letzen dran,
Verständlichstes entgleitet unverstanden
Und Warnung gilt als Wahn in allen Landen.
Ich gab mich *deinem* Willen untertan,
Als ich mit meiner Harfe trat heran,
Durch keine Feigheit, durch kein Hehl beschränkt –
Ich habe keines Menschen Wohl gekränkt,
Ein Wohl für mich war nie mein erster Plan –
Ich fühlte, was da fühlt der Pelikan,
Wenn er sein Liebstes mit dem Herzblut tränkt!" –

7 Da regte sich die Göttin in der Ferne,
Sie richtete sich auf im Kranz der Sterne,
Sie kehrte ganz mir die Erscheinung zu.
Und Wehmut schien und Ernst in ihr zu walten,
Als wollte sie mit Liebe sagen: Du,
Dir hab´ ich einen Irrtum vorzuhalten!
Nicht das Gemeine müßig zu begrollen –
Es ist der Lebenszweck des Ungemeinen,
Das Rundgemälde des Verhängnisvollen

Geräuschlos-unbedenklich aufzurollen
Vor allen, die da leben, *um zu scheinen*!
Viel zählt der Mann am Rand des Festungswalles,
Viel wiegt der Namenszug des Vorwurfsreinen
Im Notgedräng des zweifelhaften Falles
Und mit dem Guten lässt sich köstlich weinen;
Gleichwohl beharre drauf: *Der Geist ist alles*
Und durch den Geist lässt alles sich vereinen –
Das schien die Göttin im Gemüt zu meinen.
Des goldnen Auges märchenhafte Seele,
Der Züge Huld, die meinem Herzen galt,
Die Sittigkeit der jungen Wohlgestalt
Bestrickte wie unsterbliche Befehle.
Ein leis´ Erröten schien die Gottgewalt
Der klaren Stirne menschlich zu versöhnen;
Mit jedem zartbewegten Strahl des Schönen
Verriet sie des Gefühles Tiefgehalt
Den Ahnungen, den Augen und den Tönen
Und kostbar schien der Mund das Wort zu krönen,
Das, wenn´s erscholl, durch alle Zeiten schallt: –

8 „„Was,““ sprach sie mir mit einer Engelsstimme,
Die wie der Wandergruß der Alpenquelle
Hinabglitt in des Herzens Purpurzelle –
„„Was zagst du, mir zu nahen? – Auf und klimme!
Wie wer verzichtet, hältst du still auf Höhn,
Wo wanke Nebel dich noch trüb umwallen,
Heran, wie wohnt sich´s über Wolken schön,
Wo in den weiten, großbesternten Hallen
Des reinen Einklangs alle Zweifel fallen! –
Ich sehe dich mit Tränen übergossen,
Dein Feuer müde wir vom Harm verzehrt –
Du pilgerst ohne pilgernde Genossen!

Nie hat die Gunst der Zeit geschärft das Schwert,
Das die Natur dir in das Herz geschnallt,
Und, die du liebtest, haben *sich* vermehrt,
Das Leben nicht – und sind durchs Leben alt!
Doch ist der Weg zum höchsten Ziel es wert,
Dass wir mit Opfern Schritt für Schritt bezahlen –
Du, was du bist, du bist es durch die Strahlen,
Die holdgestimmt mein Stern dir zugekehrt,
Du steur´, im tiefen Innern unversehrt,
Zur Quelle deines Lichts durch Kampf und Qualen!
Doch überall und immer unverwehrt
Erlabe dich aus meinen goldnen Schalen;
Was auch dein Herz im edlen Durst begehrt,
Du hast nur bei den Göttern anzufragen,
Allein das Leben wisse zu ertragen!““ –
Hier schien die Göttin, wie von Leid beschwert,
Zum fernsten Stern die Augen aufzuschlagen;
Sie tat wie jemand, den das Leben lehrt,
Das Beste sei: Das letzt Wort nicht sagen!
Doch sie erriet an mir ein heimlich Zagen –
„„Weh,““ rief sie aus, „„bin ich so schlimm geehrt!
Weh mir, ist´s möglich? Du, der nichts entbehrt,
Wie kannst du deine Mitwelt hart verklagen,
Dass ihr so spärlich meine Blicke tagen,
Sie, die vielmehr mich dünkt *bejammernswert*,
Weil ihr Gemüt den Blicken nichts beschert;
Sie, die die Sitte, *herzlos-keck zu wagen*,
Mit Ehrverlust bezahlt und Niederlagen;
Sie, der die Sorge Geist und Mark verzehrt,
Weil stets ein unversöhntes Mißbehagen
Die Ernten ihrer Tätigkeit verheert!““
Sie wich. Ihr Wesen schien emporzuwogen
Mit jedem schönen Himmelsglanz im Bund,

Ihr Haupt erleuchtete des Äthers Rund,
Das mit smaragdnem Lorbeer war umzogen. –

9 Ich aber kehrte rasch mich ab vom Fenster,
Durchflutet von des Lebens reinstem Licht;
Ich übersah mir die Salongespenster,
Ich sah den Sarg in jedem Angesicht.
Sie drehten sich so peinlich abgesüßt,
Als hätte jeder sein Stück Bösewicht
In einem Jesuitenhaus verbüßt;
Als müßte jeder jedem, der da grüßt,
Versichern: Freund, ich bin derselbe nicht,
Ich bitte, glaub´ mir´s, ich bin gut und schlicht!
Ein ungeheures, gräßliches Erbarmen
Umarmte schüttelnd mich mit Riesenarmen!
Ich zog die Stirne, zog die Wimpern nieder,
Denn schicklich fand ich´s oder klug, zu schweigen;
Ich hob das Haupt, erschloß die Augen wieder,
Denn redlich ist´s und nicht den Feigen eigen,
Den Rechtsmut, der uns glüht durch Herz und Glieder,
Den Menschen unzweideutig vorzuzeigen –
„Darüber herrscht von nun an kein Zerwürfnis:
„Nichts ist unsterblich, nichts als das *Bedürfnis*;
„Wer *dieser* Gottheit freundlich dienen kann,
„Ist seiner Zeit und aller Zeiten Mann.
*„Nur ihm* gehört nebst Gold der höchste Preis,
„Der Preis des Heldentums, das Lorbeerreis!" –
Das war´s, was ich aus einem Mund vernahm.
Wahrhaftig nein, es war kein Zeitverstoß,
Nein, das ist echte Frucht aus unserm Schoß:
Ist unser Herz auch noch so klein und lahm,
In *Heuchelei der Selbstsucht* sind wir groß –
Zum Teufel, ja! Was weiß ich, wie das kam?

Die Hohen, Niedern, Häßlichen und Holden
Verstehn es unbeschreiblich wundersam
Die Klau´n des finstern Scheusals zu vergolden
Und die verrückte Fama zu besolden! –
Es wand mein Eingeweide sich in Scham.
Mir ward im Vorgefühl des Unglücks bang,
In das die Niedrigdenkenden und Schlechten
Durch ihren Sturz, durch ihren Untergang
Den Edlen und den Tüchtigen verflechten –
Es galt, die reinste Schutzmacht zu verfechten.
Und hier erfuhr ich im Gedräng und Drang,
Wie schwierig und entsagungskühn es sei,
Ein Losungswort der Götter frank und frei
In ein Gespräch mit Menschen umzusetzen –
Tu, was du willst, du mußt verletzen! –
Vorbei mit dem, was Zweifel heißt, vorbei!
Ihr seid nicht eins nach ewigen Gesetzen,
Sei´s, kraft des Herzens, auch mit uns entzwei!
Ich war in Wahrheit durch den Geisterschrei
Der höchsten Lebensführung aufgestört
Vom Webstuhl meines Wesens wie ein Kind,
Das dunkel fühlt, dass ihm die Welt gehört,
Es fühlt in seines Träumens Irrgewind.
Denn das bedenke jeder Lückensteher,
Und das verleugne sich kein Lügendreher:
Es ist vom guten Gott ein Angebind,
Ein stetes Fest für Kinder und für Seher,
Dass sie das Rechte sehn, auch wenn sie blind!
Ich sprach deshalb, wie wer die Welt nicht kennt,
Und drum das Ding beim rechten Namen nennt,
Für das die Lippen stets gefroren sind,
Indes das Herz dafür in Hochglut brennt:

10 „Wie? Wär´ euch die Geschichte zu erhaben,
Zu prunkhaft und zu gotisch aufgeschossen
Und thront ihr Geist zu prahlerisch auf Rossen,
Um eure Praxis mit Moral zu laben?
So? Wollt ihr ewig bleiben Schwerenöter?
Ihr ... !
Ihr meint wohl gar, ihr wärt um viel gescheiter,
Als einst die kaiserlichen Welterstreiter! –
Von jenem Greis an, der mit Riesenmut
Aus Ungarblut
In Deutschlands Ära schuf das Morgenrot,
Bis zu dem Kaiserjüngling am Schaffot
Hat Mann für Mann mehr Kern im Hirn getragen,
Als *Ihr* dort mit dem breiten Gold am Kragen –
Erlaubt, das merken wir – das wissen wir –
Was blickt ihr mir ins Auge leer und stier?
Was leugnet ihr?
In welche Kasten auch, an welche Körner
Sich wagen eure Fühl- und Angelhörner,
Wie sich dafür auch euer Rechtmaß drechsle
Und euer Vorwand seine Farbe wechsle:
Wir spüren´s an der Weise, wie ihr zwackt,
Ihr seid in *Egoismus* eingesackt
Und eure Gaben selbst verraten Gier!
Sind hier nicht aus des Unrats Hauptrevier,
Wo Reich und Rat nur blüht fürs Beutelspicken,
Sind hier nicht Reichsberater aus Fabriken?
Nicht Reichsverräter unter *Laws* Panier?
Minister nicht aus Rechtsanwaltsboutiquen
Und mehr des Rechnens als des Rechtes Zier?
Sind hier nicht vielbestallte Bücherschmiede?
Nicht neue Herrn mit alter Amtsägide
Und einem Schleichgang wie das Fieber schier,

Heut rohe Dunse, morgen feile Ducker –
Ihr seid verderbenträcht´ger als die Mucker!
Und dieser Jüngling hier aus Löschpapier
Ist unsre Hoffnung doch? Wie *der* erquickt!
Urklassisch in Sentenzen und Manier!
Und wie so freundlich ihn die Mutter tickt,
Ihm die Beruhigungsmaitresse nickt!
Ich bracher Wildling, wie erklär´ ich´s mir,
Warum aus ihm so mannbar und geschickt
Der Schnapphahn feinster Selbstversorgung pickt!
Kein Flämmchen Ungestüm bei so viel Galle –
Der wird – *Verwaltungsrat* in jedem Falle!
Nicht *einen* kenn' ich hier
Und draußen unter tausenden nicht vier,
Die nicht im Zeitgeschmack zuzeiten blitzten,
Indem sie mit der Schminke des Gerechten
Sich friedsam für Gesetz und Recht erhitzten. –
Wozu dies Filzen und dies Fiedel echten? –
Die Menschenkraft, die eures Hirns bedarf,
Nach eurem eigensten Bedarf zu knechten,
Das ist das Recht, das *euer Herz* entwarf,
Um *dieses* dreht sich euer Tun und Lassen
Und nur mit diesem Rechte nehmt ihrs scharf;
*Uns* bleibt das Recht, zu lieben und zu hassen
Und das Gesetz: *Heut mir und morgen dir* –
Das älteste Gesetz bei Mensch und Tier! –

11 Gern baut man auf den Weisen und den Starken –
Ihr seid hierhergeschickt aus allen Marken,
Um im Verein zu *aller* Wohlgedeihn
Mit edelster Begier auch das zu *sein*,
Als was ihr euch gerühmt an allen Orten.
Ihr feiert hier mit Worten

Ein groß Turnier –
Hinweg von unserm Elend das Visier! –
Ihr habt euch *nicht* in Volk und Land verwandelt,
Ihr wurdet *nicht* Tribunen! Ihr seid *ihr,*
Für *euch* nur tagt ihr hier
Und betet *euer* kläglich Hausbrevier!
Das heiß ich doch mit Weltverstand gehandelt! –
Ihr tagt wahrhaftig schon seit vielen Jahren,
Doch dass *in euch* was tagt, das konnten wir,
Von denen jeder wahrer kämpft als ihr,
Das konnten wir in keinem Jahr gewahren.
Nun aber forscht im Buch der Staatsgefahren,
Wo denn erzählt es uns von Volkserwählten,
Die *so* das Volk mit leerer Hoffnung quälten,
Die stets als Ohnmacht, *nie als Macht* erschienen
Und die als *Geist* – das Himmelreich verdienen!
Ihr, nicht dem Volk und seiner Not Vermählten,
Ihr immer nur vom Volke Losgeschälten,
Bemerkt einmal mit minder schalen Mienen:
Hell schwitzt die Lebenshast der schamlos Schlechten –
Wer scheut sich noch, den Witz euch anzuflechten,
Ihr wärt die Tröpflinge, die ausgeschwitzten?
O Heil, mit dem die Götter uns bespritzten,
Um das zu bitten wir uns nie erfrechten!
Ihr Götter spieltet leider die Verschmitzten
Und ließet einen Ballast uns erfechten
Und kein Palladium, für das wir „blechten“,
Für das wir Brust und Kehlen uns erhitzten!
Wie viele fand ich, die da Formeln spitzten
Und nicht von den Vertrauensstimmen zechten?
Wer ist´s, der spricht und nicht dadurch beleidigt,
Dass er das Ärmste, nämlich *sich*, verteidigt?
Wann habt ihr denn, seit ihr im Phrasenschacht

Geschäfte macht
Und euch die Hexen goldne Zöpfe flechten,
Wann eine Schutz- und Rettungstat vollbracht?
Wann wart ihr *nicht* verschüchtert und verflacht?
Wann seid ihr würdig, daß wir mit euch rechten
Und nicht euch richten
Und zu den Prellern und Geprellten schichten?
In allen Kleinigkeiten seid ihr Riesen,
*Wann habt ihr sittliche Gewalt bewiesen*?
Wann jenes tiefe, tiefbewahrte Gut
Der reinen Seelen, die sich schön erheben,
*Wann die erlösende Begeistrungsglut*,
Die selbst das schlaffste Herz beflammt mit Mut,
Beflammt mit Freude für erfrischtes Leben?
Wie? Hattet ihr für das gesunde Blut,
Nach dessen Puls wir unsre Wünsche weben,
Nur *Paragraphen* auszugeben?
Wer dankt es euch, dass ihr euch rückt und renkt,
Vor jedem Waghals eure Stirne senkt
Und Staat macht auf dem Weg *der halben Gnade*?
Ihr setztet *unters* Nichts uns – viele Grade! –
Dem Dämon Fluch, der euch mit Blindheit schlug,
Der euch gelehrt, statt Liebe, Schwert und Pflug
Den Gott der *Carriere* anzubeten!
Doch wir im Land, wir Stürmischen und Steten,
Die *nicht der Augenblick* zusammentrug –:
Obgleich wir stehn im Wind und Wetterzug,
Noch gab es nirgends Winde, die uns *drehten* –
Heda, ihr Herr´n, sind wir nicht Manns genug,
Um eure *Seelengröße* zu vertreten?
Die wir uns wohl verstehn auf Haus und Herd,
Und wohl verstehn auf Wohlstand ohne Lug,
Was seid ihr unsres Ärgers Steckenpferd?

Und wer das Glück erhaschen will im Flug,
Was seid ihr *dem*? – Er ist wie ihr so – klug! –
Hinlänglich zeigt ihr uns, wie ihr euch schwenkt –
Ihr Trotter, dass ihr was Erträglichs denkt,
Wann denn entdeckt ihr das dem Freund des Echten?
Wann fangt ihr an, das Leben *recht* zu lieben,
Und laßt euch einmal *nicht* von solchen schieben
Und laßt euch einmal *nicht* von solchen knechten,
Die erst den *Kampf ums Dasein* groß betreiben
*Und dann als nackte Schurken sich entleiben*?!
Was Wunder nur, wenn wir, von euch getrennt,
Seit langem jeden Lebensweg beschreiben,
Den uns die Not, den uns der Zufall nennt!
Denn ihr, bei Gott, ihr habt nur das Talent,
Uns *durch verstärkte Fasten* aufzureiben –
*Ihr seid Parleurs, ihr seid kein Parlament*,
Quatemberhelden, wenn ihr friert und brennt! –

12 Ihr aber, die ihr *bildlich* Helden seid –
O *ihr*!
Die ihr vielleicht durch des Geschicks Entscheid,
Vielleicht durchs Mißgeschick der Ehrbegier,
Vielleicht auch durch den Schick berufen seid,
Der ausgesprochnen Welt der Dichterseele
Zu geben durch Gebärde Leib und Kleid –
Wißt, was ich euch am wenigsten verhehle!
Ihr wurdet einst von jener Rangesstufe,
Wo man nicht allzuschwer an Ehre trägt,
Und wo die Not das Stundenzeichen schlägt,
Emporgerufen durch des *Dichters* Rufe,
Des Dichters, der mit Kraft, mit unentzweiter,
Des Wortes kreisende Metalle prägt,
Indem er deren Hoheitsrecht erwägt.

Ihr stiegt hochan auf seiner Klangesleiter
Und einzig *seine* Würde gab euch Würde;
Ihr stiegt zu Reichtum, Ansehn und so weiter.
Nun aber tragt ihr an der schlimmsten Bürde:
Ihr seid das Roß – *der Geist nicht euer Reiter*!
– Schon gut, ich kenn´s, das würdige Gebrechen!
Es ist der Zwiesprach tödlicher Begleiter,
Der eitelste Verlegenheit-Bereiter –
Euch juckt der Kitzel, stets zu widersprechen!
Was soll´s, ihr ärmsten Streiter und Bestreiter?
Ihr geht zu oft mit euerm Schiff zu Scheiter
Und schaukelt zwischen Fronen und Erfrechen!
Man weiß, euch sind die *Schneider* nur genehm
Und höchstens *Namen* können euch bestechen,
Man weiß, die Starken sind euch unbequem –
Doch heut ist´s nicht an dem! –
Gewiß, das eine bleibt euch unbestritten:
Gewiß, ihr werdet jederzeit geritten
Von irgendetwas oder irgendwem.
Gewiß, ihr seid die bestgeschulten Lacher
Und heizt und hetzt den Unterhaltungsschacher,
Gewiß, man grüßt, begrüßt euch angenehm
Als auskunftsreiche Festlichkeitenmacher,
Gewiß, ihr holt euch manches Diadem
Als Fächler, Wedler oder Lustanfacher,
Gewiß, ihr fährt mit Fürsten in Karossen,
Hochtönig scherzend nennt ihr sie Genossen
Und spreizt so manch Baronie mit Sprossen;
Und selbst wohl macht ihr fürstliche Gesichter
Doch wer das Schicksal kennt, das ist der Dichter! –
Ja, überhebt euch, ja, belügt euch nur!
Traum, längst schon habt ihr übers Ziel geschossen,
Ihr bringt die Sache nicht, ihr täuscht durch Glossen,

Was *euch* befährt, nicht was ein Herz erfuhr,
Ist euern leichten Sinnen aufgeschlossen,
Ihr übt den Klatsch, ihr habt nicht die Natur!
Ihr, macht ihr euch das Streben leicht durch Possen
Und schirmt und hebt ihr euch nicht fort und fort
Durch das bedeutungsvolle, reine Wort,
Das wie der Quell der Schöpfung unverdrossen
Mit Eigenart und *nicht* mit Eigennutz
Zu aller Menschen Schutz
Aus dem begeisterten Gemüt geflossen:
Bei Gott, ich seh´ euch noch hinabgepfarrt
In die cimmerischen Gemeindetiefen,
Wo eure Vorfahrn nach dem Groschen liefen
Mit Tratsch und Trommel – narrend und genarrt! –

13 O zur Natur, die sich emporgeschwungen
Im Feu´rgewühl der edlen Leidenschaft
Zum Ab- und Ebenbild der Geisteskraft –
O zur Natur, ich fleh´ mit tausend Zungen,
Bekennet euch, und wär´ es notgedrungen!
Die Wahrheit, die euch fehlt auf allen Stegen,
Sie strahlt aus *ihrem* Antlitz euch entgegen
Und was wir schätzen, ist durch *sie* gelungen
*Und hat nicht wie aus Zwergenbrust geklungen*!
Wer sich mit *ihrer* Hoheit konnte regen,
Dem kam ein Gegner niemals unterwegen,
Den er nicht hätte durch das Herz bezwungen;
Der trifft auf keinen Trotz in diesem Leben,
Der sich im Geist nicht fühlte hingegeben,
Der wird ein Wesen nie, ein sanftes, sehen,
Das ihm nicht gern erschlösse seine Wehen!
O tauchet tiefer zur Natur der *Ahnen*,
Zu *der* Natur, in deren wärmsten Gründen
Sich Puls und Geisteswirksamkeit entzünden!

Gedenket ihrer Lager und der Bahnen,
Wo sie entrollten ihre Fahnen,
Wo kein Verzagen wohnte, kein Entsagen,
Das ihren angebornen Wert
Und ihre Weisheit hätt entehrt –
Wo kühner Kräfte Walten war und Wagen!
Wo Helden rangen in des Hofes Räumen,
Wo man zur Halle ritterlich Gepränge,
Zum hohen Walde trug ein hehres Träumen,
Von Tat und Bild ein wunderbar Gedränge –
Nein, nicht bloß ihres Willens stolzes Bäumen,
Ihr Herz auch seht gewaltig überschäumen
Jetzt von der goldnen Fülle der Gesänge
Und jetzt vom Donnerkrieg der Leidensklänge!
Ihr trefft allda *dieselbe* warme Brust,
Mit der ihr auf dem Schicksalsamboß wimmert,
Mit der ihr späht, wo eine Hoffnung schimmert,
Mit der ihr tragt die Lust und den Verlust –
Sei du gewandt und Königen verwandt,
Sei wie ein Sklave vor ein Rad gespannt,
Gleichgültig, ob du willst, sollst oder musst:
*Der* Vorgang geht mit dir durch Licht und Duft,
Ein Vorgang nie und nirgends ausgenannt,
Allein auf Erden überall bekannt
Und allen Zeiten gleichbewußt! –

14 Seid zehnfach Enkel, ihr auch werdet Ahnen!
Der Enkel aber, der euch nicht versteht,
Hat frevelnd abgeschworen seinen Fahnen –
Ha, dringlich ist´s, euch flammend dran zu mahnen!
Hat euch der Dünkel, dem ihr nie entgeht,
Ihr Tänzer auf den Scheiteln von Titanen,
Nicht jeden Blick verdunkelt, o dann seht:

Es ist wahrhaft die Majestät der Ahnen,
In deren Angeln eure Welt sich dreht;
Sie hat die Burg, die Zauberburg vollendet,
Von deren Turm ihr euren Aar entsendet,
Von deren Knauf eu´r furchtsamstes Gebet
Und eurer Würde höchste Flagge weht!
Und dünkt er euch zu scharf, ihr Wetterhauch,
Ist euch zu reckenhaft ihr Wort und Brauch:
O habt den Mut, darüber wegzufühlen
Und laßt von ihrem heil´gen Elternkusse,
Von ihrer Tatkraft mächtigem Ergusse
Die Sprossen eures Gottgehalts bespülen! –
Ihr schwingt euch vom Gewinne zum Gewinn –
Kann sein, daß *der* und *der* Gewinn euch friste;
Mit Arg befleckt ihr jedes Tuns Beginn,
Die Herzen trennen sich im bittern Zwiste –
Längst hat euch das Verhängnis auf der Liste,
Euch rettet nichts mehr, als der *große Sinn*!
Und was euch aufrecht hält im Kampf der Massen,
Nicht die Verhöhnung ist´s und Halbversöhnung,
Es ist die freundlich-ernste Angewöhnung,
Den Menschenwert bedeutungsvoll zu fassen!" –

15 Ich ließ sofort die Leuchte meiner Blicke
Von Tisch zu Tisch, von Gast zu Gaste wandern,
Ich sah ein Antlitz zugewandt dem andern
Und merkte, dass man hin und wider nicke
Und Klang und Klarheit absichtsvoll ersticke.
Und Schatten flogen über Stirn und Mienen –
Jawohl, ich stand vor einem Mißgeschicke!
Denn was, o Genius, was verdankst du ihnen?
Und sage, wie die würd´ge Pflege heißt,
Die du, o *Kern des Lebens*, ihnen schuldest?

Die Pest des Moders nährst du, wie du weißt,
Wenn du das Scheinverdienst im Dienste duldest.
Sie glänzen durch ihr Nichts zu überdreist,
Als daß ein guter, sachbewußter Geist
Sich ihrethalb in Glanz und Glut verwandle
Und mit dem Schicksal über sie verhandle. –
Das saß wie eine Zunft, die sich verschwört
Und sich durch leichte Zeichen unterredet,
Wie man am besten Heiligstes befehdet
Und wann und wie man sich mit Glück empört.
Durch jene Klinge, die sich nicht lässt biegen –
Durch jenen Knotendruck, mit dem der Wicht,
Sogar der Elendste, mit Vorteil ficht:
*Durch Schweigen* dachten sie für heut zu siegen.
Man las es ihnen deutlich vom Gesicht,
Sie säh´n den Ernsten gar zu gern erliegen –
Nein, so ersterbend höflich bin ich nicht! –
Und meine Falken ließ ich lustig fliegen:
Ich bin ein armer Erdenwurm,
Doch keinen zweiten trefft ihr an,
Der in des Schluchzens und des Jauchzens Sturm
Mir´s hätte gleich getan! –

16 Wenn meine Muse käme, halb unschicklich
Wie eine Dirne kosend, rund und nett,
Anködernd aufgeputzt – bei Blitz, ich wett´,
Mit Herz und Urteil rieft ihr: Wie erquicklich!
Und tät' die Muse blaß und geistreich kränkelnd,
Die Langeweile leicht hinausgedänkelnd,
Das hießt ihr auferbaulich zum Entzücken –
Ihr sticktet euern Witz aus meinen Stücken!
Ihr würdet, was ihr immer seid durch *Worte*,
Und wenn ihr´s *seid*, kaum je am rechten Orte,

Ihr würdet plötzlich in des Herzens Lücken
Allüberzeugend und bezaubernd *gut*
Und tätet einmal, was ihr niemals tut:
Des Dichters Börse würdet ihr beglücken;
Ihr sögt aus der galanten Muse Mut
Und drücktet die noch mehr, die euch nicht drücken! –
Holdseligster *Krakeel der Unnatur*!
Warum nicht hast du mich an dich ersteigert?
Du Gott schriftstellerischer Beutelschur,
In welcher Laune, welcher Bosheit nur
Hast du mir deinen Patenkuss verweigert,
Du Schwefelstern am schmutzigen Azur!
Denn leicht verdaut´ ich jetzt auf deiner Spur
Das Leben ungesiebt und ungeseigert.
Du übst so schön die sanfte Traubenkur
Nach zarter Weisung der Theater-Uhr
Und äugelst klug, mit Eselshaar gewimpert –
Warum nicht hast du mir auf Gottes Flur,
Als ich mein heiligstes Gelübde schwur,
Mit deinem Blech den *Laube* vorgeklimpert
Und nahmst mich Knirps, der *so* mit sich verfuhr,
Nicht göttlich knuffend an die Gängelschnur?
Ich wär' nicht *ganz* verschillert und verschimpert!
Ich wär´ in meiner Blödheit und Erblindung
Nicht stolz darauf, ein *Mensch* zu sein, ein bloßer,
Und nicht auch Schwimmtier oder Schnabelstoßer!
Und es erfolgte meine Versentbindung
– Ich Dummkopf, ich, ich großer! –
Nicht durch die Himmelswehen der Empfindung,
Nein, weit anständ´ger durch der Praxis Windung!
Gott gnade dir, verstockter Antichrist,
Daß du – denn sieh, nun wär´ ich blitzesschnell,
Vom Stapel flög´ ein Stück zu jeder Frist,

Als Segel hätt´ ich das Arachnefell
Der dünnsten, dürrsten Sprechart aufgehißt,
Bei welcher keine dicke Schnupfmamsell
Ihr Döschen zwei Minuten lang vergißt –
Blutdürstiger Herodes, der du bist!
Und o, wie würd' ich sammel-fröhlich wachsen!
Man fände mich auf allen Pflanzenachsen,
Ich wäre rings verkeilt mit Blumenlesen
Aus Schriften derer, welche längst gewesen.
Die gute Arbeit von bescheidnen Leuten
Versäumt´ ich niemals, pfiffig auszubeuten;
Was soll zur Mache mir die Größensucht?
Die Größte, wenn sie *mein* ist, ist die *Frucht*.
Nur *der* ist nicht verrückt,
Der an den Menschen wie an Schwämmen drückt!
Die Dichter selbst, die in des Lebens Riffen
Sich langsam abgeschliffen,
Die unser Volk, im Tiefgefühl der Sühne
Nach ihrem Tod als Genien begriffen,
Ich ließe sie den Katzensund der Bühne
Mit wiederholtem Edelmut beschiffen.
Sie landen, gottlob, nicht als frische Tat –
Als solche wären sie ein Kunstverrat;
Sie tragen den Geburts- und Ammengneis,
Den Wiegenschweiß zu wahr in jeder Naht;
Da müsst' ich ihnen doch um jeden Preis
Beweisen durch den Abweis mit Verweis!
Allein wie´s eben steht, sie machen Staat,
Sie kommen und sie gehen als *Citat*!
Sie sind ein Tierkreis, der sich täglich dreht,
Somit ein Ding, das sich von selbst versteht.
Ich nutzte sie als Luft- und Schwebestraßen,
Um im Geleis derselben bestermaßen

Die Zwickelgänge meiner Epicykeln
Recht augverwirrend auf- und abzuwickeln.
Das sag´ ich hier mit nichten um zu spaßen,
Vielmehr, ich möchte jeden Dichter nickeln,
Der es verschmäht, zu bröckeln und zu prickeln.
Denn seht, sich bilden heißt nicht, *selbst erschaffen*,
Nicht, *selbst erkämpfen und mit eignen Waffen*,
Und nicht, *sich mit bemühn in edler Brunst* –
Sich bilden heißt: *Mit seiner Wasserkunst*
*Im Spiegel großer Toten sich begaffen*!
Und *andre* bilden? – *Davon*, mit Vergunst,
Hat ein Genie auch nicht den kleinsten Dunst;
Wir Vielgeschäft´gen, wir verstehn das besser,
Wir führen Farbentopf und Gift und Messer –
Denn andre bilden heißt: *Ihr Innres töten,*
*Ihr Äußres mit der grellsten Tunke röten*!
So schwömm´ ich stets als fetter Korksel oben –
Nicht bloß am Teetisch und in Garderoben,
Auch im *Gebärhaus* müßte man mich loben!
Mir gölt´ ein Römer stets nur als Gigant,
Der höchstens ale ein Urkloß kann verblüffen,
Der späte Römling erst als Diamant,
Er, der von Schlachten faselt wie ein Fant
Und viel vom Putze weiß und nichts von Püffen –
Und kurz, ich wäre glücklich hohlgebrannt,
Und kurz, ich wär' entwurzelt und entmannt,
Und kurz, ich wär' im tiefsten Sinn ein Pfründner,
Ein vielversuchter Hintertreppengründer
Und jedes Bündnisses ein schlauer Bündner!
Ich wär' in meinem besten Tun ein Sünder
Und noch dabei
Mit naivster Wind- und Windsackbeutelei
Der eignen Sünden rührigster Verkünder!

Doch käme mir ein ungelegner Gegner –
Da macht' ich´s wie die Pfaffen,
Ich wüßt´, und wär´ er zehnfach ein Verwegner
Und mir ein Überlegner,
Ihn durch *Bescheltung* mir vom Hals zu schaffen;
Man weiß, die Striemen von Verleumdungsstreichen
Entbrennen schmerzlich-lebhaft noch an Leichen!" –

17 *Wenn nicht die Götter dir das Aug´ umnachten,*
*Mit dem du lotsest deine Schmuggelfrachten,*
*Du fürchtest nicht von unten her die Zeichen?*
*Du Schelm!* –

18 „Nur nicht zurück, nur nicht erbleichen,
Und führe nie den Ton der Aufgebrachten!
Das Publikum, das läßt sich leicht erschleichen,
Beim Publikum ist alles zu erreichen,
Das Publikum lässt sich erpachten,
Läßt sich ertrotzen und sogar erweichen.
Doch hätt' ich allerdings dahin zu trachten,
Ich und die Hadernsammler meinesgleichen,
Daß es nicht merkt – *wie sauber wir´s verachten*!

19 O ihr bedürftigen Bedürfnishelden!
Ich sitze täglich, sitz in mich verloren
Als Perchtoldsdorfer vor des Dorfes Toren
Tief unter Weinlaub, Wolfsmilch oder Melden
Mit feinster Lebenslust in allen Poren
Und Gültigkeiten, die bei niemand gelten.
Der höchsten Praxis hab´ ich zugeschworen,
Die hohe Praktiker mit Hochmut schelten,
Denn Hochmutspraxis üb´ ich allzu selten!
Ich greif´ mir seufzend hinters Joch der Ohren,
Weil keine von den wohlgebeizten Müttern,

Die ihr mit sicherm Willenstakt erkoren,
Auch mich geboren!
Sie hätten schmollend bei des Bratens Schmoren
Mir´s eingedrillt: die Leute, die mich füttern
Mit meinem Jambus *schüchtern* zu erschüttern
Und meines Griffes und Begriffes Stützen
Darauf zu stützen – *nur mir selbst zu nützen*! –

    Ihr Herrn und Frau´n, erwägt es nach Gebühr!
Ob ihr seid Schreiber, Schranzen oder Prasser,
Seid Schiffausflicker oder Ruderfasser
Und euch in Orden werft und Goldgeschnür,
Wenn ihr das Volk bedient mit Gischt und Wasser –
Nach Stand der Dinge kann ich nicht dafür,
Daß das Geschick mich schickt vor eure Tür,
Um da zu rufen krass und immer krasser:
Ich hass´ euch, *ihr verkappten Menschenhasser*!
Einst kam durch Kind und kindliches Vertrauen
Erlösung von der Tyrannei der Schlange –
Ich suche lang mit leis´ gewecktem Klange –
O säh´ ich irgend ein Vertrauen tauen:
O dürfte das Vertraun mit Jubelsange
Auf eine Kindlichkeit der Herzen bauen!
Entdeckt´ ich nur, ach nur auf *einer* Wange
Ein schönes, ein beherztes Liebesglimmen,
Das sich beglüht an hochbeseelten Stimmen –
O fühlt` ich mich nur einmal nicht betrogen
Und fänd´ ein Aug´, um dessen Sternenbogen
Die heil‘gen Perlen der Begeistrung klimmen,
Durch Himmelskraft dem Seelengrund entzogen!
O daß euch eine Fackel, euch ein Brand
Aufwirbeln könnte – ha! mit Macht, mit Macht –“

21 Hier trat ich stürmisch an des Fensters Rand,
Dem Feldherrn gleich, der im Geräusch der Schlacht,
Von seines Feindes Überzahl erschreckt,
Die Arme nach der Oriflamme streckt –
Ich blickte nach dem Himmel und nach *ihr*,
Die Göttin stand noch dort und über mir.
Der Tau des Mitleids und der leisen Rüge
Umfloß den schönen Einklang ihrer Züge,
Als wollte sie zu mir herniederfragen:
Wie kann ein weiser Mann sich zwecklos plagen?
Ich sprach empor: „Du siehst, daß ich mich füge;
Verzeih, daß ich das Schlimmste schlimm empfand
Und dich, Erhabne, nicht *sogleich* verstand!“ –
Ich trat zurück mit festem Wohlbedacht:
„Empfehle mich ergebenst vorderhand –
Man nennt euch die *Elite* im Vaterland –
In Volks und Vaterlandes Mitbetracht –
Allseitig vieles Licht und gute Nacht! –
Ihr kennt ihn doch, *den Brand an den Getreiden*?
Und *sie*, die durch den Pilz am Korne leiden?
Wohlan, vor ihnen, die ihr oft verlacht,
Und vor den Sehern, deren Seelen schneiden,
Weil sie sich ganz auf Gottes Schwert vereiden,
Vor ihrem Schnitte nehmt euch wohl in Acht;
Sonst werden alle, die die Aussaat meiden
Und wie die Pilze das Getreid beweiden,
Um Grund und um Gelegenheit gebracht,
Sich gegenseitig länger – zu beneiden! –
Inzwischen säh‘ ich gern vor meinem Scheiden
Das Licht der Demut hier vertausendfacht,
Und allen wünsch‘ ich, die in Schein sich kleiden,
Für morgen größern Geist und kleinre Pracht.
Für heute könnt ihr´s angenehm verwinden,
Daß einer, der da redet gleich den Blinden
Und drum so gern mit Sternenaugen wacht,
Die Tür mit Glück und Anstand weiß zu finden!“ –

Der Dichter leitet das Gedicht „Soiree“ mit dem Hinweis aufs Krokodil in „Mutter Gäas alten Schichten“ ein und spricht in der 5. Strophe von Urbildern der Schönheit. Hier stehen sich Hass und Liebe, Hässlichkeit und Schönheit gegenüber. Mit dem Sternbild „Jungfrau“ verbindet er die Schönheit, und das Gegenteil wird bekanntlich mit dem Skorpion verbunden.
Ursprünglich aber gab es den Skorpion nicht, der erst durch eine Abspaltung von der Jungfrau entstand und dann von derselben durch das Sternbild „Waage“ entfernt gehalten wird. Darauf hat Hermann Beckh in seinem Buch „Der kosmische Rhythmus im Markusevangelium“ aufmerksam gemacht. Steinwands Genius weckt die Ahnung auf, dass der Skorpion in einer fernen Zukunft von der gewissen Entartung wieder befreit und als Adler zu einem verheißungsvollen Wesen umgewandelt wird.

## V. Stufe: Einsetzung

### Schlachtchor am Lechfeld. 53

(10. August 955)
(Strophenzählung vom Herausgeber eingesetzt)

1 Über Strom und Felsenhang
Wallt ein Engel hell wie Glut,
Rauscht ein Ton mit Wetterdrang:
Rüste dich, du deutscher Mut,
Deutsches Land und deutsches Blut!

2 Kranzlos eilt und todesbang
Cäsars Aar in deine Hut –
Cäsars Glück auf deinen Gang!
Wachse, wage deutscher Mut,
Deutsche Kraft und deutsches Blut!

3 Götter, die die Zeit verschlang,
Geister, feucht von Lethes Flut,
Richten sich empor zum Klang:
Leite, leuchte deutscher Mut
Deutscher Name, deutsches Blut!

4 Du, vor dem der Ring zersprang,
Den des Irrsals Drachenbrut
Um die Seelenschwinge schlang,
Herrsche herzhaft, deutscher Mut,
Deutscher Geist und deutsches Blut!

5 Der vergebens männlich rang
Mit des Fremdlings alter Wut,
Ruft vom Auf- zum Niedergang:
Rette, richte, deutscher Mut,
Deutsche Waffe, deutsches Blut!

6 Du, der Not und Furcht bezwang,
Der dem Mann das höchste Gut,
Ihm die freie Tat erschwang,
Wache, walte, deutscher Mut,
Deutsche Liebe, deutsches Blut!

7 Wo du gehst, ist Gottes Gang,
Gottes Aug', wo deines ruht,
Drum gelingt, was nie gelang –
Lebe hoch, o deutscher Mut!
Deutsches Leben, deutsches Blut!

8 In der Schlacht, im Siegesdrang
Jauchz´ es mit entflammter Glut,
Jauchz´ es das Gefild entlang:
Lebe hoch, o deutscher Mut,
Deutsches Leben, deutsches Blut!

9 Mit des Echos Doppelklang
Tönt der Felsen, klirrt die Flut –
Ewig tön´ es im Gesang!
Lebe hoch, o deutscher Mut,
Deutsches Leben, deutsches Blut!

Neun Jahrhunderte sind seit der Schlacht auf dem Lechfeld im 10. Jahrhundert bis zum 19. Jahrhundert vergangen. In seinem Jugenddrama „Drahomira", das in Prag im 10. Jahrhundert spielt, hat Steinwand den Anfang behandelt. Drahomira heißt die slawische Königswitwe, deren Sohn Wenzel bis auf den heutigen Tag in Tschechien und ebenso im Drama zu Recht als Heiliger verehrt wird. Die heidnische Drahomira hingegen wird mit liebevoller Nachsicht zurückgedrängt. Daneben spielen Heinrich I. und sein Sohn Otto, nachmals der Große, wichtige Rollen. Sie verweisen die damals herrschende ungarische Oberhoheit in die Schranken. Nicht mehr wird im Drama Ottos endgültiger Sieg über die Ungarn auf dem Lechfeld behandet. Erwähnt sei davon lediglich noch, dass dieser große Kaiser seinen Sieg dem Erzengel Michael verdankt, der von nun als Schutzgeist der Deutschen angesehen wird und damals den „deutschen Mut" zum ersten Mal entflammt hat.
In der 2. Strophe wird „Cäsars Aar" genannt; das ist der deutsche Adler im Wappen unserer Kaiser; auch auf dem Lechfeld geboren. Der aber muss nun lange, lange um sein Überleben kämpfen und oft todesbang ausharren. In der 3. Strophe tauchen Götter auf, die wir in den Werken der deutschen Mystik von Jakob Böhme über Meister Eckart bis zu vielen anderen wiederfinden. Ebenso können in der 4., 5., 6., 7., 8. und 9. Strophe Stufen in der Entwicklung des deutschen Mutes erkannt werden, der sich manchmal kämpfend, manchmal ausharrend, im Ertragen von Leid in Geduld und Opferbereitschaft stählt. Dazu gehören die Vernichtung der Ritterorden wie die der Templer, Martin Luthers religiöse Reform mit Überwindung der Inquisition, das Durchhalten im

30jährigen Krieg, der zwei Drittel der deutschen Bevölkerung auslöscht, der Mut, welcher der Gottlosigkeit Napoleons Widerstand bietet und sich nicht der ebenso geist- und gottlos werdenden Naturwissenschaft unterordnet, die mit Goethe das Leben als wissenschaftliches Territorium erobert. So füllt sich der Text des Gesanges vom „deutschen Mut" in Form von neun Strophen.

Die Zahl neun erinnert an die Lehre der neun Hierarchien. Sie stammt ursprünglich von Paulus, der in Athen auf dem Areopag gepredigt hat, wobei ein gewisser Dionysius zuhörte. Er und Schüler von ihm haben dann die Lehre der neun Hierarchien gepflegt und auch aufgeschrieben. Raffael hat Paulus in Athen gemalt, wie er predigt und gleichzeitig die Zuhörer charakterisiert. Die griechisch aussehenden erscheinen als Menschen, die gesättigt sind und nicht bedürftig, eine ganz neue Lehre aufzunehmen. Rechts unten im Vordergrund gibt es aber jenen Dionysius als einen feurig begeisterten Mann mit einer Frau namens Damaris, die den Weltapostel hören. Die Frische ihrer Haltung erinnert mehr an die ungebildete, aber elementar kräftige Geistigkeit eines Germanen, dem jenes „saftige Plänkeln statt dürres Gedänkeln" ansteht. Der „Saft" im „Geplänkel" bedeutet Entwicklungspotential. Darauf kommt es in der Entwicklung des Christentums an.

# Kyffhäuser Gäste. 54

(Strophenzählung vom Herausgeber eingefügt)

1 Die letzte Glut der Sonne war verglommen,
Die Sterne traten aus dem kühlen Blau
Und Stern und Blume tauschten ihr Willkommen.
Mit Geisterodem klang´s von Gau zu Gau:
Wer pilgert heute nach der *Goldnen Au*?
Wer hilft allda der feuchten Nymphe weben
Ein wandelbares Kleid aus losem Tau?
Und es begann sich bald ein duftig Elfenleben
Am Fuße des Kyffhäusers zu senken und zu heben.[74]

2 Wem nicht nach innen jetzt die Sinne schliefen,
Der hörte Heroldsruf und Hörnerklang
Und Stahlgeklirr in des Kyffhäusers Tiefen.
Der sah, wie sich ein Blitz zur Höhe schwang
Und sich im Bogen um den Gipfel schlang,
Der sah die Geister in den Lüften winken,
Indes der Berg mit Zauberwehen rang,
Der sah von dessen Kamm die dunklen Felsen sinken,
Altane leuchtend steigen und goldne Stühle blinken.

3 Ein Donner fuhr jetzt über Land und Hügel
Und tief im Berg erstand ein ehrnes Tor
Und aus den Riegeln flohn des Tores Flügel.
Ein Mann in Purpur trat mit Hast hervor
Und schritt zum schimmernden Altan empor.
Ihm schien ein Zorn das Angesicht zu streifen
Bei jeder Fernschau, die sein Blick erkor.
Vergebens ließ der Held sein Flammenauge schweifen,
Die stolze *Saat vom Lechfeld*, er sah sie nirgends reifen.[75]

---

74 Die „Goldene Aue" erstreckt sich zwischen dem Südrand des Harzes im Norden und der Windleite und dem Kyffhäuser im Süden und wird von der Helme durchflossen. Der Name Kyffhäuser wird auf das Wort cuffese (= Kuppe/Kopf) zurückgeführt.

75 Der Blick des Dichters dringt ins Innere des Berges, von dem wir zunächst zu beden-

Blick von Nordosten zum Kyffhäuser mit „Goldener Aue"

ken haben, dass hier wie überall auf der Erde untersinnliche Willenskräfte walten, die Ur-Substanz von „Mutter Gäa", der Erdenmutter. Sie verleiht ihren Menschen das Gepräge ihres Willens. Der Lebenswille der Deutschen hatte sich auf dem Lechfeld bekundet. Die Tat wird als historische Saat angesehen, die noch nicht aufgegangen ist: „Die stolze Saat vom Lechfeld, er sah sie nirgends reifen."

4 Ein heller Blitz umschlängelte die Pforte,
Als eine zweite Hoheit auferstand,
Entwallend dem geheimnisvollen Horte.
Sie trat bewegt an des Altanes Rand:
„Wer zeigt mir Kaiser Friedrichs Vaterland?“ –[76]
Und tiefer sank des Bartes reiche Welle,
Indes der Blick in Scham und Tränen schwand.
„Ist Eckwart heimgekehrt? – Wie hass ich diese Helle,
Wie sehn´ ich mich hinunter zur alten Schlummerzelle!“ –

5 Da gab im Hintergrund ein Ton sich kund,
Ein Klageton, vom tiefsten Schmerz getragen:
*„Mein Sohn! Mein Sohn!“* – und aus des Berges Mund
Sah man das Haupt des dritten Heinrich ragen.
*„Daß man dich rächte, statt dich anzuklagen*!“ –
Doch jene winkten ihm mit Aug‘ und Hand,
Empfingen ihn mit Grüßen und mit Fragen
Und schienen´s kaum zu sehn, wie sich bei Fackelbrand
Ein größrer Zug von Kaisern dem Felsverlies entwand.[77]

---

76 Der zweite Herold kann im Herzen Thüringens, in dem doch die Goldne Aue liegt, in den Volksgebilden nicht mehr Kaiser Barbarossas Vaterland erkennen. Er fragt nach Eckwart, der als sagenhafte Gestalt, als ein Hüter der „Ecken“ im Sinne der geistigen Grenzen Deutschlands, angesehen werden soll.

77 Heinrich III., * 28. Oktober 1017; † 5. Oktober 1056 in Bodfeld, Harz aus der Familie der Salier war von 1039 bis zu seinem Tod 1056 König und seit 1046 Kaiser im römisch-deutschen Reich. Sein Sohn Heinrich IV., Deutscher König 1056-1106, Röm. Kaiser seit 31.3.1084. Einige Geschlechter im Zug der nun folgenden Kaiser nach den Ottonen sind zunächst Salier, Staufer und viele andere.

6 Und jeden trug des Sehnens hoher Drang
Und Eile zeigte manch ein kühner Degen,
Der oft die Welt, sie niemals ihn bezwang.
Auch jener Friedrich fand sich unterwegen,
Der seinem Gott im Geist war überlegen.
Es drängte Konradinos Wohlgestalt
Der Geisterwarte rascher sich entgegen –
Hier angesichts der Zeit gebot die Schar sich halt,
Im Herzen mächtig glühend, im Antlitz streng und kalt.

7 Und unten ragt ein Fels im dunklen Forst,
Ein Fels, wo Adler rasten, Geier wohnen,
Die blickten staunend auf von ihrem Horst,
Entdeckten über sich die lichten Zonen
Und sahn die Schienen funkeln und die Kronen.
Auch hätt' es jedes Adleraug´ erkannt,
Wie jetzt die Helden standen vor den Thronen,
Wie jeder seinen Blick im Raum hielt festgebannt,
Als wär´ auf Unerhörtes die Seelenkraft gespannt.

8 Und horch, ein Hifthorn sandte seine Klänge
Aus tiefer Ferne gellend durch die Nacht,
Ein leises Beben flog durch das Gedränge,
Das oben zur verhängnisvollen Wacht
Den letzten Strahl der Hoffnung angefacht. –
Die Wolken, die des Himmels Rand umfingen,
Erhoben sich, als ging´s zur Wetterschlacht,
Ein bleiches Dunstbild rang sich los aus ihren Ringen,
Um hoch heranzuschweben auf schmalen Silberschwingen.

9 Bald ließ sich klarer das Gebild erkennen,
Indem ein warmer Wind es näher trug
Und einen Namen schien ein Held zu nennen.
„Er naht in einem Boot mit Segels Flug
Und, was die Segel zieht, ist Seelenzug!“ –
Zwei Männer, die sich mit dem Arm umwanden,
Indes ein Elf die blanken Ruder schlug,
Sie waren´s, die als Fracht im Nachen aufrecht standen
Und vor der Kaiserbühne sich rüsteten zu landen.[78]

10 „Sprich, gibt´s ein Volk, das unser Schwert bedarf? –
O bringe, Freund, von einem Mann uns Kunde,
Der großen Plan mit großem Sinn entwarf –
Sprich, Eckwart, sprich, wir sind mit ihm im Bunde!“ –
So rief aus *einem* Mund die Heldenrunde
Und zog von beiden einen in den Kreis.
„„Ich meld´ euch nichts von einem schönen Funde,““
Versetzte dieser kurz – „„weh euch, dies Volk ist Eis!
Verstockt sind seine Fürsten und schlaff ist jedes Reis!““ –[79]

78 Die beiden Männer entpuppen sich als Eckwart und als der Dichter selber. Während die zuvor genannten Kaiser aus dem Erdinneren des Kyffhäusers erstanden sind, kommt jetzt aus der Atmosphäre ein Seelenschiff dessen „Segel zieht ein Seelenzug“. Atmosphäre und Erdinneres verhalten sich zueinander wie Gefühlsleben und Willensleben. Im Willen walten Schicksale, die mit wiederholten Erdenleben zu tun haben, im Fühlen hingegen die Schicksale des gegenwärtigen Lebens.

79 In einfache Anführungszeichen gesetzt fragt die Kaiserrunde, ob es ein Volk gibt, das diese Heldenrunde braucht. Damit ist gesagt, dass es deren Volk, das ja eigentlich das deutsche ist, nicht mehr gibt und seiner alten Kaiser nicht mehr würdig ist. Paradox ausgedrückt: Die Deutschen sind keine mehr. Der Gast bekräftigt, in doppelten Anführungszeichen gesetzt: „„Dies Volk ist Eis““ und ihre Fürsten sind verstockt.

11 Kaum hatte sich dies Wort hinausgewunden,
So war es rings, als hätt' ein schwerer Traum
Das Tor zur wachen Wirklichkeit gefunden.
Gestalten flogen nach dem Höhenraum
Aus Forst und Feld und aus des Flusses Schaum
Mit langen Wangen, eingeknickten Rippen.
Sie schwebten um des Berges Gipfelsaum,
Sie setzten, Elstern gleich, sich oben um die Klippen –
Im Antlitz halb erleuchtet, bewegten sie die Lippen:

12 „Die Zeit will lächeln und der Handschuh zierlich
Lenkt wieder ihren Mückengeist manierlich.
Es klirrt kein Staufe mehr in unsern Gaun,
Wir kämpfen edler, kämpfen friedlich – traun!
Wir sehen, wie das Elend allerweit
Ringt mit der schimmernden Erbärmlichkeit.
Wir sehn, die Völker nicht mehr in Gefechten,
Wir sehn sie heut mit Wünschen und mit Wähnen,
Mit Sehnen, Seufzen, Bitten und mit Tränen
Nachtrachten ihres Lebens schönern Rechten
Und drum fast ohne Hoffnung auf Genesung
Sich drehn um die geheiligte Verwesung.

13 Wir alle sehn des Vaterlandes Eiche
Wie eine stehende Gigantenleiche
Aufragen zu den Sternen der Geschichte!
Die Wipfel wehn im unbestimmten Lichte,
Die Zweige weichen rings des Sturms Gewalt
Und jede Stunde naht ihr winterkalt –
Das Geld, das Geld ist Hohenstaufe worden
Und klirrt den Mäklermarsch nach Süd und Norden,
Um jeden Edlen, dessen Ruf erschallt,
In seines Strebens, seines Sterbens Krämpfen
Durch Fördrung des Gemeinen zu bekämpfen!" –[80]

14 Da sank in Trauer jedes Heldenherz
Und seine Träne ließ auch Eckwart fallen,
Denn solchen Schmerz zu sehn ist tiefster Schmerz,
„„Zum Rückzug denn in des Kyffhäusers Hallen!""
So fuhr er fort – „„ich laß das Horn erschallen, –
Wohl! Als ich gestern ritt zum Berg hinaus,
Um auskundschaftend durch das Land zu wallen,
Von Freiheit träumt´ ich schon, von Sang und Kampfgebraus –
O kommt, ihr bleibt die Träume und ich die Treu´ im Haus!"" –

80 Die Verse der 12. und 13. Strophe haben nicht mehr das differenzierte Versmaß der vorangehenden Strophen. Sie sind undifferenziert, stumpf und das entspricht der geistigen Schlaffheit, von der sie berichten. Es herrscht ein erbärmlicher „Mückengeist". Anstatt Mut, treue Aufrichtigkeit und Kampbereitschaft, in der die Staufer-Kaiser sich mit ihrem Volk verpflichtet fühlten, ist „das Geld Hohenstaufe worden" und die „deutsche Eiche" eine „Gigantenleiche" wie jene Weltenesche Ygdrasil.

15 Schon hob der Bergwart von dem Mund das Horn –
„Nein!“ rief der Finkler – „denkt, vor vielen Jahren
Vertrieb wie jetzt uns Schmerz von hier und Zorn,
Da sie den *heil´gen* Schergen*bund* gebaren,
O lasst uns heut Geduld und Mut bewahren!
Du, Vogt, enteil´ mit diesem Feldherrnstab,
Der einst vor Merseburg gelenkt die Scharen –
Wenn Gott dem deutschen Volk *nach* uns noch Helden gab,
Dem *klügsten* und dem *kühnsten*, dem pflanz‘ ihn auf das Grab!“ –

16 Dies hörten die, so auf den Klippen saßen.
Man konnte sehn, wie sie der Klang durchdrang,
Wie sie den Stab mit starren Blicken maßen,
Wie Haupt für Haupt sich in die Höhe zwang,
Als Eckwart ihn empfing und sinnend schwang.
Als ob ein Sturm sie von den Zacken fegte,
Entrauschten sie nach Auf- und Niedergang,
Hei, wie das hangend rief und singend sich bewegte,
So daß die fernste Welle der höchsten Lust sich regte.

17 „Gefeit ist keiner, der sich nicht befreit –
Vergeblich sucht die arge Frucht der Zeit
Durch wirre Wechselspiele bunter Farben
Hinwegzutäuschen falsch geheilte Narben,
Vergeblich sucht sie heuchelnd wegzulachen
Des Geistes Notstand und der Seele Darben:
Die Wunden werden blutend auferwachen,
Die Tiefen rächend öffnen ihren Rachen!

18 Beseht euch hier den Grafen, dort den Lord,
Den Kardinal mit dem Gemüt, dem brachen,
Und den französischhohlen Flügeldrachen;
Sie sind beschäftigt mit dem Seelenmord
Und ziehn die feilen Kräfte im Akkord.
Unendlich aber schwillt das Heer der Schwachen,
Das fällt in´s Netz für seine Siebensachen
Wie der verliebte Hering im Fjord!"

19 „Beseht euch die Verschmitzten und die Flachen;
Der Neid, die Bosheit ist ihr Lebensnachen;
Sie führen Kniff und Finte mit an Bord
Und brauchen sie zum Dämpfen und zum Fachen.
Sie wünschen lechzend, Geist für Geist zu plätten,
Bis die Gedanken dorren an den Glätten;
Allein die Kraft, die zweimal Rom gebrochen,
Läßt Übermut in Macht nicht ungerochen!

20 Sie stehn als Sieger, stolz auf den Besitz,
Sie tun, als ob sie nie zu sterben hätten;
Es zweigt ihr Eigennutz auf allen Stätten
Und ihre Schlechtigkeit aus jedem Ritz.
Sie treiben´s fort, entsetzlich und ergötzlich!
Und doch, was gilt´s, es ist nur Sünderwitz,
Bezeugen könnt´s vielleicht ein Schlag, ein Blitz –
Und aller Blicke seht ihr funkeln plötzlich
Wie durch die Nacht des Himmels Goldkleinode!
Wer jauchzte da nicht klangvoll jubelnd: Hoch!
Trotz kahler Mode, schaler Qualmethode!
Trotz Jammer, Scham und bittrer Tage Joch,
Trotz Schuld und Schimpf – ihr müßt´s bejahen doch:
Das deutsche Herz regiert der Finkler noch! –[81]

---

81 Der „Finkler" ist Kaiser Heinrich I., Vater von Otto dem Großen.

21 Nun such zu diesem Löwenruf die Klaue!“
Sprach König Finkler, den der Chor bestrickte,
Indes der Vogt mit unverrückter Braue
Die Blicke seiner Herrscher überblickte,
Den Stab erhöhend, sich zur Antwort schickte.
Die Kaiser schritten zweifelnd um ihn her –
Der fragte, der verneinte, jener nickte
Und jegliche Gestalt erschien gedankenschwer
Und wälzte von Gefühlen ein unbegrenztes Meer.

22 Und Eckwart: „„„Gern gehorch ich´ und betaue,
Was zwischen Pfründen keimt und lahmer Pflicht –
Doch steht hier einer, den ich euch vertraue,
Der hat ein Aug´, aus dem ein Leben spricht
Und hört, ich bring´ ihn euch vom Hochgericht!
Ihn machte keine Henkershand beklommen,
Der Tod erhöhte seine Zuversicht;
Da fühlt’ ich mein Gemüt von stolzer Lust entglommen,
Die Lust, ihn zu befreien, ist, traun! Von Gott gekommen!““ –

23 Nachdem er Winke nach *Nordost* gesandt,
Verschwand der greise Wächter in den Weiten.
Die Helden aber, von ihm abgewandt,
Gewahrten mit Erstaunen den Befreiten
Und baten ihn, mit Mut heranzuschreiten.
„Wofern dein edler Ernst uns nicht betrügt,
Verdienst du bessres Los und schönre Zeiten!
Wie nennt sich das Vergehn, das man an dir gerügt?
Wer ist es, der zur Kränkung dir große Schmach gefügt?“ –

24 Wie wer ins Antlitz einer Gottheit blickt
Und mit Vertraun erharrt ein gütig Zeichen,
So war die Schar von diesem Mann bestrickt.

„Bei Gott!“, rief einer, „der ist unsersgleichen,
Mir ist, als sollt ich warm die Hand ihm reichen!“ –
„Ich“, sprach ein andrer, „muß – wohl fühl´ ich´s ganz –
An Würde der Erscheinung diesem weichen.
Es ist ein ernster Mann, doch in der Jahre Glanz
Und gab ihm Gott nicht Kronen, was fehlt ihm noch der Kranz?“–

25 „„Wer sagt´s, ob Deutschland mich, ob ich es zeugte?
Stets hat in seinem Herzen meins gepocht““ –
So sprach der Gast, indem er sich verbeugte
Und seinen Arm um eine Leier flocht,
Die schwer besaitet war und schön gejocht,
„„Ich war´s, der Krieg und Bruderkrieg verdammte,
Der geistig wirksam für die Eintracht focht,
Der jeden Hass betrog, woher sein Grund auch stammte,
Der Lieb´ und Gegenlieb mit neuer Glut beflammte.““

26 ““Ich war´s, der laut der Herrschbegier geflucht
Am Fuß der Alpen, an des Beltes Pfaden,
Der Mann für Mann beschwörend heimgesucht:
Wenn man euch waffnet, um – euch selbst zu schaden,
Umarmt euch, weint, statt euch im Blut zu baden –
So war der Lohn des Meutrers mir gewiss,
So fand ich vor das Richtbeil mich geladen,
Das sich mit seltner Kunst umsonst nach mir befliss,
Bis ein Kyffhäuser Sturmwind dem Blutbann mich entriss.““ –

27 Betroffen sah hier mancher Fürst zur Erde,
Sie sah'n ihm fragend ins Gesicht: Du weinst? –
Ein *Welf* erhob sich mit des Leun Gebärde:
„Du sagst uns schlau, was du mit Hochmut meinst.
Der du den Krieg für Schimpf zu halten scheinst
Und Heldenmut und selbstgewähltes Trachten
Mit stillgenährter Leidenschaft verneinst,
Sprich, sollen wir fortan dich ehren, dich verachten?
Wer bist du? Nenn das Endziel, nach dem du scheinst zu schmachten!"

28 ""Mein Tagwerk ist, die Geister zu empören,
Wo Geist und Urteil stößt auf Gegenwehr;
Mein Ziel ist, die Zerstörung zu zerstören,
Ich wirk´ und schaff´ in sichrer Wiederkehr –
Ich bin der *deutsche Geist*! – Nun denn, seht her,
So hab' ich mich in Körper übertragen!"" –
„Du bist der deutsche Geist, der –" „„*Eben der*!""
Nun sahn die Häupter drein, als wollte jeder sagen,
Was suchst du hier, o Fremdling, du kannst uns nicht behagen!

29 Da rief der Gast, vom eignen Wert begeistert:
„„Was aus den Rätseln dieser Erde sprießt,
Was Herzen findet, was die Geister meistert,
Was ewig sprechend aus den Sternen fließt
Und einen untäuschbaren Gott erschließt;
Was scheinbar sich aus Zeit und Welt verloren
Und doch um uns in tausend Strömen schießt:
Das ist dem deutschen Geist urmächtig eingeboren,
Das klar hinauszusagen, hat er bewusst geschworen!""–

30 Der zweite Friedrich überwand die Stille:
„Ist, was er tut, durch *Liebe* nicht geweiht?
Ist, was ihn leitet, nicht ein *großer Wille*?
Ein *freier* Mann ist´s und sein Herz gefeit,
Gereift für jeden folgerechten Streit!
Was gilt s, er hat als Mensch auf klaren Bahnen
Sich selbst vom innern Missgeschick befreit.
Dich lieb´ ich, Ruhm der Schlacht, und euch, bekränzte Fahnen,
Doch lasst mich oft, ihr Götter, den Ruhm des Geistes ahnen!

31 Gesteht, wie war uns Mutigen zu Mut?
Ha, *den* erfüllte Zeit und Volk mit Bangen,
*Der* wich erschrocken vor des Bannes Glut,
*Der* rieb sich auf im irdischen Verlangen,
*Den* stach die Ruhmsucht mit versteckten Schlangen;
Jetzt hält uns in jahrhundertlangem Leid
Vielleicht ein Wahn, ein kranker Wunsch gefangen,
Wohlan, von deinem Weg, o Pilger, gib Bescheid,
Und ist´s ein Weg zur Freiheit, ich folg´, bei meinem Eid!"

32 Die Helden fuhren auf bei diesem Schwur,
Als wär´ ein Feuerstrom in sie geronnen,
Um hin zum Geist, zu lenken die Natur.
„Und ging´ dein Banner durch Gestirn und Sonnen,
Wir alle folgen dir mit tausend Wonnen!"
Und in die Saiten sah der Gast sofort,
Die schon geklungen, eh der Griff begonnen:
*„„Ein höchster Wille treibt uns all von Port zu Port,*
*Den Toren durchs Verhängnis, den weisen Mann durch´s Wort,""* –

33 Doch schnell, als hätt´ er schon zu viel gewagt,
Besann er sich und fand´s für brav zu schweigen.
Mit einer Größe, die ans Größte ragt,
Ließ er die Stirne gegen Westen steigen,
Denn Glut begann und Qualm sich dort zu zeigen
Und Donner stürzten durch die Nacht heran.
Da schwang sich *Eckwart* in den Heldenreigen:
„„Ihr seht, dort flammt *Paris* beim Echo von *Sedan*,
Jetzt ist es Zeit, zu reiten – wohlan, ihr Herrn, wohlan!““

## Heimsuchung. 55

Ich war in jenem Drang nach edlen Taten,
Der unbegrenzt des Jünglings Busen schwellt,
In des Bedenkens Irrgewind geraten;
Er, dessen Licht das Einst und Jetzt erhellt,
*Der Geist der Rückschau* stand mir zugesellt.
Ich sah mein Leben glühn in tausend Wunden,
Mein reinstes Ich von Freund und Feind entstellt –
Wie schwoll mir dicht um´s Herz die Qual verweinter Stunden,
Die Krankheit der Enttäuschung, mit Grausen durchempfunden![82]

Da fing ich an, mein Dasein zu bejammern,
Ich fühlte mich mit jedem Gott entzweit;
Die Sehnsucht griff mit geisterhaften Klammern
In mein Gemüt, in dies Gemüt voll Streit,
Um es zu bergen über Welt und Zeit.
Schon gab mein Geist im Ringen und Verlangen
Den fernsten Sonnen endlos das Geleit,
Schon war mein Ahnungsblick vom Riesenbild gefangen,
Nach dessen Glanz auf Erden umsonst die Wünsche rangen.

So kam der Morgen, dessen Strahlentiefe
Der *Waage* schönen Sternenkreis verschlingt.
Als ob nach mir ein Klang des Himmels riefe,
Der Mut und Blut verhängnisvoll durchdringt,
Enteilt' ich meiner Hütte fluchtbeschwingt.
Kaum hört' ich mehr des Landes Flüsse schäumen,
Von Wald und Felsen fand ich mich umringt;
Entgegen wuchs mein Herz den unbewohnten Räumen,
*Vollendung*, rief ich schmerzlich, hier darf ich dich erträumen!

---

82 Steinwands „Geist der Rückschau" erstreckt sich mit der sogleich angedeuteten Begegnung mit dem Weltapostel Paulus bis in die Anfänge des Christentums.

Noch stritt mein Laut vernehmbar mit den Lüften,
Als dicht vor mir ein schriller Ton erfloss,
Dem Klang des Lichtes gleich in Totengrüften,
In das die Feuchte tropfend sich ergoss.
Wer ahnt das Wunder, das sich mir erschloss? –
Nachdem ich forschend meinen Blick verbreitet,
Entdeckt´ ich, ausgeprägt im Felsgeschoss,
Des Weltapostels Bild, von Schwert und Buch begleitet,
Wie wer zum tiefsten Wirken entschlussgewaltig schreitet.[83]

Hier focht die bittre Gier der Leidenschaften
In meiner Brust, um sich mit Schmerz und Hohn
An dieses Mannes Umriss zu verhaften.
Ich rief wie Menschen, die vermessen drohn:
Du jeder Tiefe schicksalstiefster Sohn!
Was schuf dein Mut uns mit dem Wort in Waffen?
Was brachte dir die Folgezeit zum Lohn?
Ein trostlos Irrgeweb von Wütrichen und Pfaffen,
Von frommbetrunknen Köpfen, gemischt mit geistesschlaffen!

Wie sank mein Wort zurück, als ich gewahrte,
Dass die Gestalt im Schmelz des Lebens schwoll,
Das Haupt den Geist beweglich offenbarte,
Der Wunsch, zu reden, auf die Lippen quoll,
Bis also die beseelte Brust erscholl:
„Auch du, mein Kind, die Beute der Verblendung?
Verlangst, was *Liebe* nur erlangt, mit *Groll*?
Du suchst verwirrten Aug´s das Antlitz der Vollendung,
Hier neige dich betrachtend und achte meine Sendung!“

83 Paulus in Athen. Siehe S. 214f.

Noch klang der Ernst ihm witternd um die Lippen.
Dem Donner gleich, der durch die Wolken bricht,
Da wand sein Arm sich aus den Felsenrippen
Und hielt das Buch mir unter das Gesicht;
Ich beugte mich, zu lesen den Bericht.
Nicht Zeichen sprachen aus des Buches Rahmen,
Ein Spiegel wies mir unter glattem Licht
Des Heilands edles Haupt in Leiden ohne Namen,
Die Schrecken heilig steigernd, die da mich überkamen.

Wie jemand, der im Streit sich fühlt geschlagen,
Die Kraft durch Eifer aufzuwiegen strebt,
Entfacht´ ich meine Sucht, um dies zu sagen:
„Nicht *die* Vollendung die der Wahn sich webt,
Ich heische die, die mit den Menschen lebt! –
Als ob die Geister alle mich umschwirrten,
In deren Missklang dies Jahrtausend bebt,
Entschickt´ ich einen Schlag, dass rings die Wälder klirrten,
Und Bild und Spiegels Trümmer dem Zauberbuch entirrten. –

Da klang ein Tritt, so schwer wie Särge klingen,
Ein Atem fing metallkalt an zu wehn,
Dann trat ein Fremdling aus des Waldes Ringen;
Der schien in Ahnung dessen, was geschehn,
Sein greises Angesicht nach mir zu drehn.
Sofort ermaß er meines Blickes Funken
Und nahte, streitend zwischen Gehen und Stehn,
Indes sein sternlos Aug´, in Qualen eingesunken,
Sich wandte wie vom Wirbel verborgner Welten trunken.

Da bog er ab von den geraden Gleisen
Und so, nach mir gekehrt in schrägem Gang,
Umschritt er mich in immer jüngern Kreisen,
Da der Versuch, zu halten, stets misslang.
Wie da sein müdes Herz nach Odem rang!
Ein Wehgeseufz´, ein wildgehauchtes, teilte
Des Bartes Nebel, der die Brust umschlang.
Erschrocken fand mein Blick, der jetzt auf *ihr* verweilte,
Dass hier kristallnen Rippen, kristallnes Licht enteilte.

Ich starrte hin mit ungeschloss'nem Munde,
Bestürzt im Geiste von des Zaubers Speer,
Nach dieses Busens äthertiefem Grunde,
Der wie der Lüfte durchschaubares Meer
Heranstieg blutlos und gestaltenleer. –
Doch kaum war meiner Brust ein Ach entstoben,
Entstand in seiner ein bewegtes Heer;
Das neigte sich hervor, bald webend, bald verwoben,
Ich sah das Leben bildklar vom Seelengrund gehoben.

Doch welch ein Leben! Bei zerbrochnen Sonnen
Von jungen Welten ein verworrner Strahl,
Verblasste Monde, Sterne, halbgesponnen,
Dazwischen Robespierre, von Scheelsucht fahl,
Der Lorbeer Cäsars, bei des Brutus Stahl.
Seitab das Weltmeer, schäumend um die Küste,
Gebirge, Feuer schleudernd in das Tal,
Und Kaiser, pupurstolz, und Päpste, voll Gelüste,
Davor der Edlen Häupter, gewälzt vom Blutgerüste.

Nun denk, o Horcher, wie dich´s übermannte,
Wenn dir ein Fremdling käm´, im Wind ergreist,
Und deinen Blick durch Seelenwunder bannte,
Wie sie verschwiegen längst in dir gekreist.
„Wer," rief ich stöhnend, „wer, gestörter Geist,
Wer weckt in dir die Taten und Gestalten,
Ob deren Sinn das Denken mir entgleist;
Wer hat dein Herz bepflanzt mit *meines* Busens Walten?"
Ihm näher rückend: „Sage, was ich von dir zu halten!"

Da dehnte steigend sich das Maß des Alten. –
Wie wer des Wortes längst sich hat entwöhnt,
Begann er zögernd seinen Mund zu spalten,
So dass das Antlitz brach, im Weh verschönt,
Ich selbst durch seine Haltung schien versöhnt.
Doch sprach er gleich Ägyptens Steinkolossen,
Durch deren Adern eine Sage tönt,
Wenn Sol, der alte Gott, vom Frührot übergossen,
Die Gipfel der Sahara befährt mit gold´nen Rossen.

Die Stimmen hört' ich unterster Äonen,
In reichem Echo schrak mein Herz empor,
Und Fernen sah ich über Fernen thronen
Und von verkannten Göttern sank der Flor,
Indes ihr Wahnbild wimmernd sich verlor.
Mein Wesen glühte, sich an ihn zu ranken,
Der so mein Glück und Leid heraufbeschwor.
„O trüge mich dein Geist aus den verhassten Schranken,
Zu tragen dein Verhängnis, nicht scheut' ich den Gedanken!"

Ich aber sah die fremden Himmel winken,
Nach deren Licht mein Herz verlangend schlug;
Umarmend schien der Greis auf mich zu sinken,
So wild und schwer wie Schneegestieb im Flug
Mit all dem Schmerz, den seine Größe trug.
Noch einmal warnte mich die warme Seele
Vor dieses Bundes schrecklichem Vollzug.
Das wackre Blut erglomm, als hört´ es Schlachtbefehle,
Schon lag mir auf der Schulter des Riesen breite Kehle!

Und neunmal schwang ich rückwärts meine Sohlen,
Indem ich rasch vom Fels ein Felsstück brach,
Umschweifte dann, zum Machtwurf auszuholen,
Gebückt den Feind, er schritt mir aufrecht nach,
So dass die Stirne meinem Ziel entsprach.
Ha, wie der Frost mich seiner Größe zückte,
Wenn so mein Glutblick auf sein Antlitz stach!
Bis ich den Arm mit Wucht dem Wind entgegendrückte,
Den Stein in stolzem Bogen ans Haupt des Gegners rückte.

Erschüttert hob der Umkreis an zu tosen,
Als stürzten Gletscher, angehaucht vom Föhn;
Ein Dampf umströmte mich in grauen Rosen,
Durchzittert von entgeisterndem Gestöhn
Und grüne Blitze warf er mit Gedröhn.
In weiter Schraubenwindung mich umschwallend,
Erklomm er knallschwer meines Hauptes Höhn
Und, *Ahasver!* erscholl´s, an meine Sinne prallend,
Mit jedem Graun des Klanges in meiner Brust verhallend.

# Das Stelldichein. 56

1 Als ich durch Schwermut war im Geist verdüstert
Und krankend schwankte zwischen *hier* und *dort*,
Als mir bereits sein erstes Losungswort
Der Genius des Grabes zugeflüstert –
War´s Glück, Verhängnis, war es Gnadenstrahl,
War´s Zug des Lebens, war es Seelenwahl:
Es trat ein milder Geist in meine Bahn,
So leicht wie Duft auf lenzgeschmücktem Plan.
Sein Angesicht verriet ein tiefes Leben,
Ein Triumphieren über Tod und Grab.
Und seiner Hand entglitt ein goldner Stab,
den ihm, so schien´s, ein ferner Gott gegeben,
Als er ihn hold als Boten ließ entschweben.
Wie taute mir ans Haupt des Wallers Kuss!
Wie fühlt' ich wärmend mir zu Herzen streben,
Ach, seines Grußes zärtlichen Erguss!
Er öffnete die lilienweißen Arme,
Den Blumen gleich, die frisch im Felde sprießen
Und in der Frühlingssonne sich erschließen,
Und nahm an seine Brust mich, seine warme,
Mit meinen Schmerzen, meinem Seelenharme.
Und als mein *reines* Schauen trat *aus sich*,
Da nahm es niemand wahr im Kreis als mich;
Ich durfte mir´s in Sinn und Seele lesen,
Dass ich dem Geist, der mich umgeben, glich.
Ich aber fühlte froh mich und genesen. –[84]

84 Die Erscheinung des Geisteskindes ist ein Anfang, der wie die Geburt eines Kindes gedacht wird, das aber die Welt mitbringt, in der es leben wird. Da wird das von Schwermut niedergedrückte Gemüt des Menschen vom Geisteskind getröstet, das es an die Brust nimmt, belebt und sich selbst als aufgehenden Geist erfahren lässt.

2 Und eben war des Tages Niedergang;
Und sieh, es blickte aus dem Purpurbogen,
Den über sich die Sonnenseele schlang,
Die Sonne selbst mit sanftem Licht hernieder
Und sang der grünen Erde, sang den Wogen
Und sang den Sphären ihren Schwanensang.
Ich senkte sinnend meine Augenlider
Und griff verwirrt nach jenem goldnen Stabe,
Den mir zu Füßen ließ der Götterknabe,
Als er sein Leben ließ in meines tauen.
Da rann es mir ins Blut wie süßes Grauen,
Wie hoher Kräfte nie gekannte Labe.
So ging ich nach den abendlichen Auen.
Die strebten mir mit hellen Knospenblicken
Die heimlichste Empfindung zu bestricken.
Sie schwärmten leis´, zu mir heranzuschauen,
Sie schmachteten, mir zu Gemüt zu dringen,
Mir ihr Geheimnis zärtlich zu vertrauen![85]

85 Der „Götterknabe“ kann sich in unserem Gemüt als Wesen erkennen, das durch das Mysterium von Golgatha und die Auferstehung Christi auf die Welt gekommen ist. So zeigt es bereits jenes Detail vom Kreuzabnahmerelief der Externsteine. Der Auferstandene Christus Jesus mit dem Stab in der linken Hand, auf dessen Schulter das Geisteskind zu denken ist, von dem heute nur die beiden Hände erhalten sind.

3 Nun flossen Glockentöne mir ans Ohr
Und zauberten und zogen mit den Schlingen
Der Melodien die Seele mir hervor.
Verlangend kehrt´ ich mein Gesicht empor;
Da sah ich von des Äthers höchsten Hallen
Gefiederweiches Taugewölke fallen,
So dass sich´s vom Zenit herabverlor,
Um Wald und Sicht mit weißem Ring zu krönen.
Da ward es über meinem Scheitel wach!
Denn Sterne blitzten nieder tausendfach
Und drängten, reich zu mir herabzutönen
Mit jeder hohen Sprachgewalt des Schönen!
Ihr Glanz war Eile, voll von Wonnebeben,
Ihr Klang ein Gruß aus einem andern Leben
Und schien mit Gottes Wohlgefühl zu wallen,
Um tief im Duft verlockend zu verschweben,
Um tief im Land beseelend zu verhallen.[86]

4 Ein Unfassbares wog, erwog und flog
Um alle Grenzen, die der Schein sich zog.[87]

5 Des Himmels Wölbung wich hinan, hinein –
„Komm näher," rief ich, „o verschöntes Sein!"
Nun kam vertraulicher der Reiz der Nacht
Umflorten Fußes und mit einem Tritt,
Der wie die Strömung der Gedankenmacht
Von Land zu Land, von Saum zu Saume glitt.

---

86 In der dritten Strophe blickt der Dichter zum Zenit auf und empfängt die „Sprachgewalt des Schönen". So wie im dritten Lebensjahr das leiblich geborene Kind die Sprache entwickelt, so jetzt der „Götterknabe" in der dritten Strophe, als ob die Jahre mit den Strophen korrespondierten. Die Quelle des in der Sprache erscheinenden „Schönen" ist der Zenit. Bei den alten Germanen stand der Polarstern im Zenit ihres geistigen Lebens, an dessen Stelle heute der Geist Christi wirksam wird.

87 Damit erscheint etwas „Unfassbares", dem der Dichter die 4. Strophe widmet.

Die Flur erglomm, von Liebesdrang entfacht,
Das hohe Rund der sommerlichen Räume
Beströmte leicht der Fluß der milden Träume
Mit wanker Schleierwelle.
Bald leiteten der Feen lose Reihn
Beim Wechselwink des Dunkels und der Helle
Ein Spiel von Tausch und holder Täuschung ein.
Die Kräfte suchten still sich zu gesellen,
Die Luft die Geister lispelnd zu bestellen,
Als sollte sich ein neues Weltall ründen.
Vom Walde schien ein Märchenstrahl zu quellen,
Der See wie silbernes Gespinst zu schwellen
Und am Gesichtskreis zwischen Bergesgründen
Erschloß und weitete sich Schacht auf Schacht
Mit tiefen, alabasterweißen Schlünden;
Dort schien, von Riesenelfen rings bewacht,
Des Himmels Lichtergießung einzumünden.[88]

6 Und flüsternd lief mein Odem durch das Sein:
„Ihr willigen Gestalten, zart und rein
Die ihr in Licht und Nacht Versöhnung webt,
Euch sei dies Herz gewidmet, euch empfohlen;
Mein Wille klammert, wo ihr wacht und strebt,
Sich treu an eure leichtbeschwingten Sohlen!“ –[89]

7 Da ward es lichter und belebter oben,
Ich fühlte, fand im Wesen mich gehoben.
Und siehe da! es drängte Herz und Wille
Mich aufwärts zu der schönen Ätherstille,
Als müsst' ich einem Gott entgegenklimmen,

88 Die fünfte Strophe drückt aus, als ob das Licht eines neuen Weltalls erschiene, zu dessen Diensten bereits Elfen als Elementarwesen wirksam sind.

89 In der sechsten Strophe widmet der Dichter sein ganzes Sein diesem neuen Tag.

Der niedersteigt aus dem Bezirk des Lichtes,
Um mein Gemüt und Schicksal zu bestimmen
Durch Offenbarung seines Angesichtes.
Den Körper leicht mit meinem Stabe stützend
Und gegen Dornen mich und Klippen schützend,
Erstrebt´ ich mit dem Fuße Höh´ und Ferne.
Und hinter Felsen und der Bäume Wipfel,
Bald meine Stege musternd, bald die Sterne,
Gelangt´ ich auf des Berges reinsten Gipfel,
Der schönen Sehnsucht gleich,
Die dem Gebet entwandelt hoffnungsreich.[90]

8 Tief unter mir der heimatliche Forst,
Dicht neben mir des Mondes lichter Horst,
Und eine ungeheure Einsamkeit,
Von keinem irdisch-armen Laut entweiht,
Zog feierlich und ahnend auf im All.
Die Brust entwand sich der Beklommenheit
Und der Erinnerung an verschwiegnen Streit:
Es klang das Herz in Hall und Widerhall,
Doch klang´s wie Zeugen einer schönen Zeit. –
Mir war wie dem, der plötzlich sich ermannt;
Ich fühlte mich verklärt von einem Triebe,
Den mir so viele Sterbliche genannt,
Den, wie mich dünkt, nur wenige gekannt –
Mit freudigster Bestimmtheit rief ich: *Liebe*![91]

---

90 In der siebten Strophe wird der Gipfel des Berges wie die Spitze der Weltenesche erklommen. Ein Wendepunkt ist erreicht, der dem 7. Lebensjahr entspricht. Das erste Jahrsiebt geht zu Ende und das zweite tut sich auf, in dem das Ätherische entwickelt wird, das der Dichter als „schöne Ätherstille" erlebt.

91 Die achte Strophe sagt von dem die Geistgeburt erlebenden Menschen, dass er eine „ungeheure Einsamkeit" durchlebt, dann aber einen neuen, unbekannten Liebes-Trieb erfährt. In den Kindern erwacht im siebten/achten Lebensjahr die Gottesliebe.

9 Wie wer den Glanz, der sich im Raum verbreitet,
Nach einem Brennpunkt leitet,
So wandt´ ich sternenwärts des Aug's Kristall
Durch den die Schönheit zu Gemüte schreitet –
Denn Funkel quoll jetzt rascher durch das All.
O welches Schauspiel ward mir dort bereitet
Durch jenes Rufes, jenes Namens Schall!
Dem Schwerte gleich, das aus der Scheide gleitet,
Entschwang die Göttin sich des Lichtes Strome,
Der zeugend fließt um die azurnen Dome,
Und kreiset zwischen Welt und Rätselwelt;
Den Blitzen gleich, die blendend sich entladen,
Entflog sie zu den endlichen Gestaden
Und sank herein ins klare Ätherzelt,
Den Leib sich schlank und königlich gestaltend.
Um sich die wankenden Gewänder faltend,
Beschritt sie sieghaft mit demantnem Fuße
Das erste rosige Geweb´ des Tages,
Der jung im Osten stand mit seinem Gruße.
Wie von den Klängen eines Flügelschlages
Erzitterten um mich des Äthers Breiten –
Sie sahn die Königin der Ewigkeiten!
Ich sah nicht, ob sie klimme oder schwebe,
Verziehe, fliehe oder näherstrebe,
Sie wuchs, von Wind, von würzigem bewegt,
Im Blicke klar, im Busen leis' erregt.
Und meine Lippen bangten hin zu ihr,
Und all mein Fühlen, betend sprach´s zu ihr:[92]

92 Die neunte Strophe deutet auf ein „Ätherzelt" und auf „des Äthers Breiten", wo die „Königin der Ewigkeiten" ihre Zelte aufschlägt. Auch das hat mit der Entwicklung des Ätherischen im zweiten Jahrsiebt zu tun. Im neunten Lebensjahr erwacht die Naturliebe. (Siehe „Goethes Leben im Rhythmus von sieben Jahren", S. 58, „Luftimaginationen – die neue Isis").

10 „O Liebe, wie erheb´ ich mich zu dir!
Dich ganz zu schauen, wie gelingt es mir!
Du nahtest hehr und heilig wie ein Schwan,
Den sich mit herzbezwingendem Getön´
Die Sterne sangen in die Sternenbahn,
Als ihre Strahlen ihn auf kalten Höhn
Am Spiegel keuscher Seen wallen sahn!
Aus Antlitz dir und Auge spricht das Herz
Bald mit des Wiedersehens sanfter Glut,
Bald mit des Abschieds engelschönem Schmerz
So rührend hold, so allumfassend gut,
Als wärst du, um zu teilen unsre Qual,
Den goldnen Altern auf der Flucht entfallen –
Gewiß, das war´s! – Bestimmt durch Not und Wahl,
Umgab die Zeit sich mit Gebot und Stahl;
Du hörtest hinter dir die Streiche schallen,
Das Leben weinen und das Sterben lallen,
Du sahst zurück und bliebst mit deinem Strahl;
Du bliebst, um uns zu retten und zu hegen,
Du bliebst, um umgestaltend in uns allen
Den Geist fürs höchste Wissen aufzuregen,
Wenn hohe Stimmen drohen zu verhallen!“ –[93]

11 Hier stammelt´ ich, wie wer sich neigt verlegen,
Wenn eine Majestät ihm tritt entgegen;
Doch fühlt' ich warme Wogen ihr entschwallen,
Da ward ich wach in Worten und verwegen:

12 „O süße Liebe, lichter Sternensegen,
Die du zur Macht erhebest das Empfinden

---

93 Die zehnte Strophe schaut auf „goldne Alter“, erinnert an jenes goldene Zeitalter, das längst vergangen ist, aber in der Biographie mit dem zweiten Jahrsiebt zusammenhängt und später im Leben die Geistgeburt ermöglicht.

Und selbst zur Macht dich webest durch Empfinden,
Vermittlerin und Mutter beider Welten,
Die du den Schwung, mich schön emporzuwinden,
Mich heut in deinem Hauche ließest finden –
Heerführerin, in deren Riesenzelten
Gedank´ und Trieb sich groß zur Tat verbinden!
Umhauch´ mit deiner Hoheit mich, umzieh
Mit deinem Glanzgweb´ mein irdisch Los!
Dies Herz, o sieh,
Das die Natur für ihren Zweck mir lieh,
O heb dies Herz auf deinen heitern Schoß
Und knüpf´ es aller dunklen Bande los –
Sei Mutter ihm und, ach, verlaß es nie!
Du Licht der Sehnsucht und Unendlichkeit,
Du sei im Traum und Streben sein Geleit,
Sein Wunsch sei deines Wunsches Hausgenoss´,
In deinem Atem mess´ es Raum und Zeit!
Dein Kind soll sein der unentweihte Sproß`,
Dein Kind das Lied, das seinem Blut entfloss! –[94]

13 Tief unten in der dämmertrunknen Au,
Gebunden an ein prächtig Feenschloß,
Erwartet mich das muntre Flügelroß,[95]
Das sonst mich trägt durch Nacht und Himmelsblau
Von Traum zu Traum zur schönsten Heeresschau.
O schmeichl´ ihm klug mit deines Wortes Fülle,
Umbreit´ es reich mit deiner Strahlenhülle

94 In der zwölften Strophe verbinden sich „Gedanke und Trieb“, die im Kindesalter als Intelligenz und Liebe erstehen und wie zwei Geschwister verbunden, die Seele für Harmonie im späteren Leben vorbereiten.

95 In der dreizehnten Strophe ersteht das Flügelroß Pegasus bei den Griechen. Die Ätherkräfte haben im 13. Lebensjahr die Reife erlangt, mit der sie später im Leben das Ich des Menschen in die Höhen der geistigen Welt zu tragen vermögen.

Und tränk' es mild mit deinem Morgentau!
Und wend' ich mich zum edlen Roß zurück,
So will ich seines Rückens stolzen Bau
Besteigen nur, erfrischt vom echten Glück,
Von jenem Glück, das ganz auf dir beruht!
O schmücke mich mit Gürteln deiner Huld,
Mit Weisheit, mit Gerechtigkeit, mit Mut,
Mit zarter Scheu, mit Adel, mit Geduld,
Mit Taubeneinfalt – doch mit jener Glut,
Mit welcher Gottes Engel führt sein Schwert,
Der Löwe seine Branke,
Wenn ihn ein ränkevoller Feind versehrt.
Und strauchelt je der eilende Gedanke,
Zertrümmert je der innre Sturm die Schranke,
Versieht sich je der arglos offne Sinn,
So mög´ es stets im Trieb zu dir geschehn;
Umschleire zart ein menschliches Vergehn
Und laß mir zu gesteigertem Gewinn
Den ungebrochnen Lebensmut erstehn! –
Erlauchte Lenkerin der Elemente,
Die treulich bindet, wo das Irrsal trennte,
Du Göttin, jedes Gottes Stammverwandte,
Nach deren Thron ich jede Lichtbewegung,
Ich jeden Tropfen meines Auges sandte!
Sachwalterin der tiefsten Herzensregung!
O kleid´ in dein ätherisches Gewand
Jedwede Tat und jede Geistesblüte,
Die sich verjüngt in Volk und Vaterland!
Du schöne Hirtin alles Schönen, hüte
Mit grünen, immergrünen Friedenszweigen
Der regen Geister schöpferischen Reigen,
Den edlen Reigen, der die Himmelsweite
Des deutschen Denkens und Empfindens schmückt

Und Helle wirft auf jedes Erdgebreite!
Doch *dem* Gedanken, der sich dir entrückt –
Ach eile, treu dein Banner ihm zu zeigen,
Und was er wirke, mache dir zu eigen!
Das volle Herz, das tief vom Harm befangen,
Das, schwer bedrängt, sich stürmisch will entzäumen,
Um zur Vernichtung sich hinabzuträumen –
O lös´ ihm bald sein tödliches Erbangen!
Dir wallt ein ernster Engel still voraus,
Der hoch die Fackel keuscher Sitte führt
und die erstorbnen Gluten heilig schürt;
O send´ ihn uns, erhelle Herz und Haus!
Du wahrst das Zauberwort, ach einzig du,
Um aller Wünsche tausendfaches Stammeln
Zu *einer* Flammenrede zu versammeln;
O lisple bald das Zauberwort uns zu!
Dir glänzt der Stern am Busen, dir allein,
Der alles Sterbensmüde rings im Volke
Zu neuem Werk erfrischt mit seinem Schein;
O ziehe rasch von diesem Stern die Wolke!
Du trägst den Blumenscepter in der Hand,
Dem jedes Königs goldner Scepter weicht;
O laß ihn ragen über Alp ´und Strand
Und blühn, so weit ein menschlich Auge reicht!
Du nährest das geheimnisvolle Feuer,
Das jedes Stammes rauhen Unterschied
Mit Milde schmelzt und kittet Glied an Glied –
O kett´ ans Herz uns, was dem Herzen teuer!
Um deine Stirne schlingt sich klar der Blitz,
Der, wenn er zielt und himmelskräftig zündet,
Den Wahn entlarvt am tiefumwölkten Sitz,
Den Grund versengt, auf den sein Sitz gegründet.
Woher auch drohe dieser trübe Gast,

Wohin er schleichend richte sein Getast,
Wo seine Macht auch brüte oder wüte,
Da nimm den Blitz und rühr´ ihn ohne Rast!
Doch wolle mit der Wonne deiner Güte,
Mit deiner ew´gen Jugend im Gemüte
Den Trotz, das Drängen kleiner Zwecke beugen,
Durch deren Zwist die feste Burg zerfiel,
Denn ihrem Spiel ist selbst die Gottheit Spiel –
Den *Hochmut* beuge, der nur Hass kann zeugen!
So manche wähnen, Witz und Welt zu lenken,
Indem sie nichts als *ihr* Gedeihn bedenken;
Und sieh, die Macht, zu nützen und zu schaden,
Scheint Gott auf allen Pfaden
An die Gewissenlosen zu verschenken.
Gefährlich freun sie, rühmen sie sich dessen
Und sehn zu gern die vielen unter sich,
Die im Gehorsam ihrer selbst vergessen
Und nicht verbleichen, wenn ihr Wert verblich.
Doch dir allein gehorcht man nie zu viel,
Du hast an Macht noch nie zu viel besessen
Und du allein, du lenkest nie vermessen!
O lenk´ im unermessnen Rätselspiel
Der Weltentwicklung, wie mein Volk, so mich
Nach *einem* Ziel, nach einem *großen* Ziel,
Dem Ziel, das nur ergründbar ist durch dich,
Erreichbar nur in deinem Himmelsstrich!
*Ein* Gut in uns, durch deine Gunst erneuert,
*Ein* Brand in uns, durch deinen Blick befeuert
Und jede Würde, die vom Haupt uns wich,
Wird kundbar sich mit unserm Haupt versöhnen
Und wiederkehren im Gefolg des Schönen! –[96]

96 Die ewige Jugend kann im 13. Lebensjahr bewusst werden und dem Hochmut vorbeugen.

14 Es rollt dein Licht bewegter durch den Raum,
Ich faß´, o Göttin, deines Lichtes Saum,
Daß mir dein Bild nicht allzu rasch enteile!
Wo schließt das Wort, des Wortes Zuversicht,
Wenn große Lieb´ zur höchsten Liebe spricht?
O weile noch vor meinen Blicken, weile!
Beflamme süß, beflügle meine Seele
Durch das Geflöte lieblicher Befehle,
Daß ich verwinde des Geschickes Pfeile,
Daß alles Weh, das allen ich verhehle,
Wie Frühtau sich in leiser Flucht zerteile,
Daß Zorn sich nicht als Fluch an mir bewähre,
Nicht Wunden schlage, sondern Wunden heile
Mit deinem goldnen Beile,
Daß Kränkung auf der Flut versöhnter Zähre
Mit schönem Schleier meiner Flur enteile!
Mein Schöpferteil mit Kraft und Tiefsinn nähre,
Daß es beständig zeugungsmächtig reife,
Daß es die Gottheit in der Menschheit greife
Und, was da menschlich, göttlicher gebäre.
Doch meinem Bildnersinn, o Göttin, streue
Die Blüten hellster Launen auf den Pfad;
Wohin sich rolle meines Schicksals Rad,
Mit Gegenliebe meine Lieb´ erfreue!
Denn wer ein Herz empfing mit ew´gen Trieben
Und, ihrer voll, vergebens Liebe sucht,
Dem wird bei jedem Schritt mit Dämonswucht
Ein Fluch des Wahnes ins Gemüt geschrieben. –

15 Du schmiegst an mich den reinen Busen traut,
Du meines Denkens keusche Blumenbraut,
Die Hände legst du auf die Stirne mir,
Besorgt sich neigend naht dein Antlitz mir,

O hehre Braut, ich lasse nie von dir –
Ich seh´ dein Aug´ in meine Seele sinken,
Sein Licht in Fluten durch mein Wesen blinken;
Zu ihrer Arbeit regen sich die Träume,
Es teilen sich die Nebel und die Schäume,
Es wölbt und weitet sich ein tiefer Bogen,
Gewalten seh ich auf- und niederwogen;
Ich sinne bildnerisch in klare Räume
Hinein Gestalten, webe Hüll' und Säume;
Verbannt ins engste Irrgewind der Erde
Sind Mißklang, Frost und feindliches Getöse,
Dass Geistiges im Geist des Friedens werde,
Dass Geistiges vom Geist sich friedlich löse
Und schweb´ ins All mit hellster Lichtgebärde! –

16 Hier, Göttin, kränze meinen Pilgerstab,
Den ich ergriff, als ich mich selbst gefunden;
Mit Liedern und mit Kränzen licht umwunden,
Geleit' er meine Seele bis zum Grab!
O lass im grauen Flor der müden Jahre
Mein Herz wie heut im Reiz der Jugend blühn,
O lass nicht eher als am Rand der Bahre
Den goldnen Traum der Kindheit mir verglühn!" –[97]

97 In der 16. Strophe mündet wie im 16. Lebensjahr die Kindheit und entlässt den Trieb ins Leben, der zum Geiste führt.

# Ausblick

Fercher von Steinwand drückt seine Botschaft in der Form der Ästhetik aus, die zuletzt im Gedicht „Stelldichein“ in dem goldenen Stab enthalten ist, den das Geisteskind als Symbol seiner Macht in Händen hält. Ist der Stab wie ein königliches Szepter, ist er ein Zauberstab, der etwas bewirken kann? Als in Steinwands früher Jugend seine Freunde dieser Macht Gehör schenkten, hat sich sogleich jene Artusrunde gebildet und in einer gewissen Gemeinschaftsbildung niedergeschlagen. Es ist nicht der individuelle Mensch allein, sondern ein Sozial-Wesen, dem sich der Mensch zugehörig fühlt, dessen Individualität im Aufblick zur Schönheit des Geisteskindes angesprochen wird. Solch ein Gemeinschaftsleben scheint im 19. Jahrhundert aufgehen zu wollen. Fercher von Steinwand hat jedenfalls damit einen Anfang gemacht und Karl König hat ihn fortgesetzt.

Man kann das so sehen, dass diese Entwicklungen der Individualität und die dazugehörige Gemeinschaftsbildung mit dem Mysterium von Golgatha begonnen haben, aber erst in unserer Zeit genügend verdichtet und konkretisiert sind, weil dafür eine gewisse Umgestaltung des Seelenlebens aus dem freien Tun des Menschen nötig ist. Rudolf Steiner beschreibt: es „trat etwas ein, was notwendig machte in den Seelen, dass sie einen neuen Anfang mit sich selber machten, dass alles neugestaltet, umgegossen werden musste und dass uns Seelen, die groß waren, wie Seelen erscheinen, die klein sind, weil sie umwandeln müssen die Seele zur Kindheit, weil etwas ganz Neues beginnt.“ Diese und die folgenden Worte spricht Steiner in einem Vortrag über das Markus-Evangelium aus. Er fährt fort, dass wir uns an einem Zeitpunkt befinden, an dem etwas beginnt auf die Erde niederzufließen, was früher nur dort geströmt hat, wo die Angeloi und die Archangeloi sind, was heruntergekommen ist auf die Erde, was hier die Seelen durchrüttelt, und die stärksten Seelen gerade am meisten.“[98] Steiner nennt

98 Rudolf Steiner, „Das Markus-Evangelium“, Vortrag vom 15. Sept. 1912, S. 26 f.

es die Umwandlung der Seele zur Kindheit. In der Form der Ästhetik hat Fercher von Steinwand diese Umwandlung in den 56 Gedichten der deutschen Klänge aus Österreich beschrieben.
Das Kind-Werden erfolgt im Laufe des Lebens. Es beginnt mit der Geburt und mündet in der Neugeburt einer für höhere Weisheit offenen Frömmigkeit. Karl König beschreibt Geburt und Geistgeburt in Anknüpfung an ein violettes und rosa Fenster des ersten Goetheanums. Geburt: *„Der ganze geistige Umkreis der Geburt taucht auf. Ein wunderschönes Bild zeigt uns die Begegnung von Mann und Frau, die gemeinsam das Kind empfangen:* ***Es wird sein.*** *Der ewige Geist eines Menschen senkt sich hernieder. Überschattet von der Liebe, harren die Eltern durch Glauben stark, offen durch Liebe und zuversichtlich durch Hoffnung auf die Niederkunft eines ewigen Wesens, das noch in der Sphäre des Geistes weilt. Es schaut in die Vergangenheit zu den Vorfahren und gleichzeitig in die Zukunft, dem neuen Werden entgegen, das mit der Geburt bevorsteht.*

Es wird sein ES ENTSTEHT Es ist So wird er fromm ES WEHT FROMMSEIN Die Frommheit weht

Das violette Südfenster
Geburt

Das rosa Nordfenster
Neugeburt

*Links entscheiden Engel, dass der Weg des Kindes zur Erde angetreten wird, und rechts ist die Entscheidung gefallen. Die ewige Form beginnt in der Mondenschale hinunter zu sinken zur Geburt."*

<u>Neugeburt:</u> *„Wir können sagen, durch den Tod im Sinne eines inneren Sterbens wird der Mensch ein frommes Wesen. Der Mensch fängt an, die Welt so zu erschauen, wie sie sich selber durch den Menschen in spirituellen Imaginationen offenbart. Selbsterkenntnis offenbart sich durch die Welt, und Welterkenntnis ersteht durch das Wesen des Menschen. Selbsterkenntnis wird Welterkenntnis und Welterkenntnis wird Selbsterkenntnis.*

*Auf der linken Seite erscheint das Mysterium von Golgatha. Von ihm geht aus, was den Menschen wieder fromm macht; so wird er fromm. ... Der Fall in die Sünde kann überwunden werden. Dazu gehört, was auf der rechten Seite gezeigt wird.*

*Das Böse wird in dem Licht von Golgatha erlöst. Der Mensch wird durch das Mysterium zum Helfer bei dem Werk der Erlösung."*

# Verzeichnis der Gedichte

Seminarangebot: FERCHER VON STEINWAND UND „GOETHE ALS VATER EINER NEUEN ÄSTHETIK"

Imanuel Klotz, Sonnenhalde 10, 88633 Heiligenberg
07554-9898970
Mobil: 015164609182
imanuelklotz@gmail.com